卿本娘子漢

5

完

鴻映雪 著

風 文創 610

目錄

第六十一章

楚謨回到京城，還未進府，就在門口聽管家說了顏寧受傷之事。

管家當初聽說顏寧受傷時，自然是代自家世子爺送了不少藥材過去，也打聽顏寧傷勢如今已好了，只是還在家靜養不出門。

可楚謨哪裡放心得了，他府門也沒進，撥轉馬頭，就往顏府而來。

秦氏正和秦可兒一起，在廳中安排府裡的過年等事，兩人就見下人領進一個風塵僕僕的人，一身披風上甚至都還有泥點子。

楚謨對秦氏和秦可兒行禮，著急道：「岳母，聽說寧兒受傷了？」

自從訂親之後，楚謨對顏明德夫婦已經以小婿自稱，顏府的下人若是管他叫姑爺，保準賞錢加倍。

秦氏看楚謨這樣子，是連回府梳洗都沒有就趕過來，心中自然高興。「致遠回來啦？你在英州的差使還順利否？寧兒的傷已經沒事了。」

「小婿今日剛到京，差使已經好了。岳母，那寧兒……」

秦氏失笑，叫了個婆子過來。「看看姑娘在哪裡，帶姑爺過去吧。」

秦可兒聽秦氏抱怨過很多次，說楚謨和顏寧兩人成親前還見面，可如今看秦氏一臉關心地吩咐下人帶楚謨去見顏寧，囑咐他留在府裡休息，讓人準備午膳，暗自好笑。

秦氏這是丈母娘看女婿，只有好的，抱怨那些話，也不過是嘴上說說而已。

楚謨跟著婆子到顏寧的薔薇院外，就聽到一陣鈴鐺的清脆聲音傳過來。

繞過薔薇院的院牆，顏寧正穿著一件紅色滾金邊鑲兔毛的夾襖，在院裡跑著，她的身後跟著一個……楚謨仔細看了一下，嗯，跟著一個紅彤彤的圓球。

「文彥，來啊，在這兒呢！」顏寧手裡舉著一只布老虎，手腕上的鈴鐺叮噹作響。

自從傷好之後，顏文彥特別喜歡來纏顏寧玩。

顏寧總覺得自己前世沒能護住他，心裡內疚，加上養傷，秦氏拘著不讓出門，她也樂得陪文彥玩耍。

顏文彥最喜歡找鈴鐺的聲音，顏寧不耐煩戴首飾，為了哄他玩，特意戴了一對鈴鐺銀鐲。

顏寧跑著轉身，就看到楚謨站在那邊，看著自己。她不禁一愣，跑過來。「楚謨，你什麼時候回來的？」

「今日剛到京，妳傷好了？」

顏寧看楚謨臉上還沾著灰塵，眼圈下陷，一看就是趕路沒歇好的樣子，知道他是關心自己，心裡有些甜意。「我沒事，你、你怎麼不回府梳洗一下？」

「岳母讓我留這兒歇息，等會兒一起用午膳。」楚謨得意地說。

這時，他感到有東西抱著自己的腿，低頭一看，一個肉乎乎的奶娃正抱著他的腿，好奇地看著他。

這娃娃長得細皮嫩肉，眼睛濕漉漉的，撲閃撲閃著，天真無邪。他穿著一身大紅棉襖，本來就長得肉鼓鼓，這下更似球一樣。

他忍不住捏了捏那娃娃的臉，結果在娃娃臉上留下兩個紅印。這……這也太嫩了吧！那娃娃正是文彥，他被莫名捏了一把，有些傷心，轉頭跟顏寧告狀。「撲，痛痛。」

王嬤嬤在後面走過來，抱起文彥。「孫少爺，這是您的姑父喔。」

楚謨一聽王嬤嬤的話，想起顏煦有個兒子，再一聽王嬤嬤說自己是姑父，高興地抱過文彥。「文彥乖，叫一聲姑父，姑父給你好玩的。」

他想摸個東西出來哄孩子，只是他身上值錢的東西雖然不少，可哪會有小孩喜歡的東西？他摸了半天，摸出一個荷包，裡面裝著四個小金錁子。

顏寧聽王嬤嬤說「姑父」，臉一紅，再一聽楚謨的話，瞪了一眼，跟文彥說：「文彥，來，來姑姑這兒。」

顏文彥卻沒聽顏寧的話，他被楚謨抱著，看著眼前那張俊臉，看了半天，確定沒見過，就伸手開始又摸又抓起來。

楚謨嚇一跳，被文彥一手抓著耳朵，一手抓著頭髮，狼狽不堪地叫：「噯，放手，噯——」

顏寧看他那狼狽樣，忍不住哈哈大笑。

楚謨見佳人一笑，眼睛就只顧著看佳人，冷不防鼻子一痛。

王嬤嬤最先發現過來。「孫少爺，不能咬啊。」

顏寧也連忙過去幫忙，只是兩人的動作還是慢了，等把顏文彥抱下來，楚謨那挺直的鼻子上，留了四個尖尖的牙印，看那樣子，沒個兩天，印子是消不了了。

顏文彥現在已經長了八顆牙，最喜歡亂咬東西，上次楚昭恒來探望顏寧，還被他一口咬在手上。

見楚謨捂著鼻子哀叫，顏文彥對自己留下的傑作很滿意，被王嬤嬤抱到手裡後，高興地拍著兩隻肉手，叫著「撲，撲撲——」

顏寧是既好笑又心疼，連忙讓人帶他去梳洗、搽點藥膏。

楚謨對著鏡子，看到自己那張俊臉上鼻頭通紅，四個牙印分明，哀叫道：「我還沒進宮面聖呢，這讓我怎麼見人啊？」

於是，楚世子進京第一天，就讓人代為稱病，而且閉門謝客，絕不見外人。

封平回家後，也聽秦婉如說了顏寧受傷之事，本想要探望，但到了顏府門前，聽人說楚世子剛到府內，他一笑，先去東宮交差了。

楚昭恒見到封平平安歸來，很是高興，又聽他說已經找到金礦，還安排胡成和耿大壯守在那裡，以防有人弄鬼，大是贊同。

楚謨先前已經有奏摺送回京中，提到此次招安能成，都賴封平勸降。

楚昭恒覺得此事不錯，他和封平商議半日後，撰寫一份奏摺送上。

過了幾日，楚謨進宮，將此次剿匪之事交差。楚元帝就按楚謨的功勞冊，給了賞賜，其中封平的受封最受人關注。

封家原本抄家時，三代不許入仕；如今封平立功，楚元帝親自打破這個規定，給他封賞。原來，封平呈上的奏摺中，寫了自己到潁州時，意外在山中發現金礦礦脈，特報給朝廷，又意外遇匪，有了勸降之事。

封家的金礦，楚元帝早就知道了，但封平這麼呈報，世人就不會知道，封平當年能活命，是因為楚元帝愛財。

帝王總是重顏面的，就算楚元帝當時真的想要金礦，可若封平說了實情，他顏面何存？如今這金礦，封平說是自己此次意外發現的，發現之後不敢私藏立即獻給朝廷，又為朝廷剿匪之事立功，楚元帝封他為六品員外郎，賜黃金千兩。

官職還是小事，有此封賞，封平就可重入官場了。

這個消息，最高興的莫過於秦紹祖和王氏夫婦。尤其是王氏，當初將女兒嫁給封平，她心裡是不願意的，畢竟那可是個白衣啊，現在封平封官，背靠太子這棵大樹，何愁將來官位不再高升？

王氏特意到封平的府上，幫女兒應對往來賀客。

有了封平受封之事，安國公府大公子李敬成為京郊南營副將的事，就沒受太多關注了。

李敬原本在京郊西營當差，他從英州帶兵回來後，那些新兵被分到西營和南營，李敬則調到南營做了副將。

京郊四營從調兵到兗州後，對三皇子一派來說，唯一的好事是韓望之也因此次協助剿匪有功，得了封賞，只是和太子一派如日中天相比，總是遜色了些。

楚昭業卻依然雲淡風輕的樣子，這讓跟隨三皇子的官員們安心很多。

很快，又是一年除夕。

對顏府來說，今年除夕只有一門婦孺在京，總覺得少了些熱鬧。幸好有文彥不識愁滋味，吵叫跳鬧，添了人氣。

照例，除夕進宮赴宴。

秦可兒當初要嫁給顏煦時，來京見過顏皇后，現在回京又添了文彥，秦氏就帶著顏寧和他們母女倆早些進宮去。

秦氏到時，見顏皇后身邊，李錦娘帶著兩個女子站在一旁伺候。

顏寧知道，李錦娘小產後不久，由顏皇后作主，東宮提早納入兩個良娣，而其中一個良娣，聽說有孕了。

她看看李錦娘，一身太子妃服制，帶著純金八寶鳳尾釵，雍容端莊，只是脂粉掩蓋下，還是能看出一絲憔悴。

顏皇后看到秦氏一家到了，吩咐那兩個良娣先回去。「妳們回東宮去吧，有太子妃留在這兒伺候就夠了。」

李錦娘聽到這吩咐，臉色亮了些。顏皇后這吩咐，等於是說無意在眾位誥命面前給她沒臉。那兩個女子自然有些失望，不過還是柔聲應是，退下了。

秦氏給顏皇后見禮，顏皇后連忙讓惠萍扶起她。

秦可兒和顏寧跟著秦氏，給顏皇后行大禮。

秦可兒想從王嬷嬷手裡抱過文彥，顏寧卻搶先去抱過來。她抱著文彥來到錦墊上，讓文彥跪下請安，嘴裡代文彥說：「文彥給姑祖母請安啦，姑祖母新春大吉，謝謝姑祖母厚賞。」

顏皇后撐不住地笑了，指著顏寧對秦氏說：「這個促狹的，這是生怕我給文彥賞賜少了嗎？哪有這樣討賞的？」

顏寧卻又拉著文彥接了一句。「文彥也代母親，謝謝姑祖母厚賞。」

這下，連秦氏都聽不下去了，拉著秦可兒說：「快把她拉起來，該打！」

惠萍湊趣跟顏皇后請示。「皇后娘娘，賞賜的荷包要不要加一個啊？」

顏皇后跟惠萍點頭，笑得說不出話，過了好一會兒才止住笑，拉過顏寧。「我還擔心妳傷沒好，現在看來傷好了，嘴皮子都伶俐了。給妳，我不只給妳大嫂和姪兒厚賞，給妳也厚賞。」說著，親手拿了一只鐲子給顏寧戴上。

顏皇后又抱過顏文彥，笑道：「長得像煦兒。」

顏煦的長相和顏寧一樣，也是像秦氏多些，顏文彥的長相揉合顏煦和秦可兒的優點，就更是白嫩了。

李錦娘看著顏皇后對顏文彥愛不釋手，想起自己小產的無緣孩子，心裡黯淡淒苦，面上還是只能笑道：「文彥長得好乖巧。」

顏文彥第一次見顏皇后，倒是不怕生。「姑——祖——」

他嘴裡字正腔圓地冒了兩字，大家聽了更是高興。

秦可兒看到李錦娘臉色有些黯淡，推了推顏寧，又向李錦娘那邊示意一下。

顏寧知道，大嫂這意思是讓自己幫太子妃解圍？

她有心不理，無奈秦可兒連著拉了幾次，她只好抱過顏文彥，道：「謝太子妃娘娘誇獎，文彥也給太子妃娘娘請安。」

李錦娘順勢讓織夢送了賞賜，又與秦可兒說了幾句話。

秦可兒說起玉陽關的事，廳裡歡聲笑語，其樂融融。眾人聊了半個多時辰，陸續有各府誥命夫人來請安。很快，人就到得差不多，顏皇后扶著李錦娘的手，來到除夕宴的正廳。

與往年一樣，前殿楚元帝帶著皇子們與眾臣喝酒，顏皇后帶著各府誥命和姑娘們歡宴。

宴席上，有夫人提到顏寧這個三品女將軍，一時大家起哄連著敬酒，顏寧酒量雖然不小，但是這麼連著喝下去，很快也臉色酡紅。

顏文彥坐在秦可人懷裡，看著姑姑喝酒，他一高興，手一推，卻把一杯酒灑在顏寧身上。

剛巧這時候，太子殿下帶皇子們來給皇后娘娘拜年請安，顏寧連忙扶著綠衣的手出去換衣裳。

此次除夕宴是辦在御花園邊，顏寧換好衣裳，不想這麼快回廳裡，就想走幾步散散酒。她走了一會兒，料想皇子們應該走了，就想回到廳中，卻在半路上遇見李錦娘和織夢，李錦娘顯然是刻意在那兒等她的。

看到她走近，李錦娘嘴唇開合一下，輕輕叫了一聲「寧兒」。

顏寧的頭還有些痛，扶著綠衣的手，行了個福禮。「太子妃娘娘。」

「寧兒，我是多謝妳那日的救命之恩。」李錦娘神色自然了些。「那日山道上，雖然妳……不過，還是多謝妳救了我。」

顏寧看她那樣子，是想說自己不敬打了她一耳光的事？

她的眼睛很利，剛才看到李錦娘提到「雖然妳」時，織夢在邊上搖了搖李錦娘的手。

顏寧不由皺眉。「太子妃娘娘不用客氣，那是臣女應該的。再說，我也是為了太子哥哥。」

這話，讓李錦娘有些不高興。自己道謝，顏寧竟就這樣輕忽的態度。她仔細看看顏寧，朦朧宮燈下，只覺顏寧容光煥發，比起以前更好看了些。她不由說道：「雖說是上下有別，但寧兒妳救了我，我還是承妳這個情的，只是當日我提醒過妳，上下有別，妳在太子殿下面前，還是要謹守君臣之別。」

她的話越說越快，織夢急得再搖，也不能阻止她說完這些話。

顏寧酒意上頭，怒氣也湧上來，仔細看了看李錦娘，忽然問道：「妳在嫉妒？」

「我……我是嫉妒妳，我對太子殿下一片真心，我……」

「妳憑什麼嫉妒？我和太子哥哥青梅竹馬，一起長大，我知道他愛吃什麼、愛玩什麼、喜歡做什麼、愛穿哪件衣裳，這些妳知道嗎？」顏寧卻直接打斷她的話，大聲問道。

綠衣聽到自家姑娘說「青梅竹馬」一詞，有些發愣，再一看顏寧，嘴裡不停有酒氣出來。姑娘這是——這是醉了？

顏寧說出興致來，卻是合不上嘴了。「再說真心，我太子哥哥地位尊貴，容貌俊美，溫柔體貼，才能不凡，對他真心愛慕的姑娘，沒一千也有八百，他要是願意，到街上走一圈，傾心的肯定更多，妳的真心很了不起嗎？」

李錦娘和織夢聽著顏寧這話，有些犯暈，李錦娘氣得手都抖了。「她們……怎能和我比？」

「有什麼不能比？妳是真心，人家也是真心，有什麼區別？」顏寧卻完全無視李錦娘青白交加的臉色。「再說，妳那是真心嗎？是無所求的真心嗎？要是太子哥哥沒給妳大哥升官，沒幫妳二哥去太學院進學，沒幫妳安國公府，妳會答應嗎？原本知道妳喜歡太子哥哥我還挺高興的，現在看看妳這樣子！我母親一直說，妻子是賢內助，妳賢在哪裡，又助在哪裡？」顏寧一通搶白後，說痛快了，拉了綠衣的手。「太子妃娘娘，臣女告退。」

「喔，對了，太子妃娘娘，妳嫉妒我、恨我都沒用，皇姑父不殺我，姑母不殺我，太子哥哥不殺我，妳能奈我何？再說，我父親和哥哥可沒指望靠我換官位。」

顏寧好像生怕自己捅刀子不夠狠，臨走前還在李錦娘的傷口上撒了一把鹽。

右邊的小道上，楚昭恒和楚謨正站在那兒，兩人都沒想到，還能見識到顏寧口若懸河的樣子。

楚謨聽到青梅竹馬時，臉都綠了，再聽到顏寧誇獎楚昭恒那一串話，只覺得肚子裡直冒酸氣，忍不住磨了磨牙。

兩人所站的地方，離顏寧她們所站之處，隔了幾步遠。

顏寧氣呼呼地一邊走一邊還跟綠衣念叨。「綠衣，妳等著，明日我就上街去，幫太子哥哥物色兩個年輕漂亮、溫柔體貼的姑娘，送給他。」

楚昭恒有些忍不住想笑，連忙手握空拳，抵在嘴邊咳了幾聲，忍住要衝出來的笑意，楚謨卻是磨牙再磨牙。

顏寧雖然有些醉了，耳力還是在的，聽到聲音立即轉過身來。「誰在那裡？」

「咳咳，寧兒。」楚昭恒叫了一聲。

顏寧往左邊走兩步，看到兩人站在花木後，叫了一聲。「太子哥哥、楚謨。」

楚謨看著她一臉紅暈，有些不是滋味地道：「顏寧，妳剛才說什麼？」

顏寧想了想，自己剛才說什麼了？對了，說了要送楚昭恒兩個姑娘。她看楚謨兩眼直盯著自己，問道：「怎麼，你也想要？」

楚謨正為那句「青梅竹馬」冒酸氣，聽到顏寧這話，不自覺點頭。廢話，他當然想要了，他要是早幾年進京，和顏寧是青梅竹馬的可就是自己了。

哪知道，顏寧看他點頭，忽然甩開綠衣的手，如蠻牛一樣衝過來，舉起拳頭就是一拳，幸好楚謨身手了得、見機及時，將頭一偏，護住自己的俊臉，顏寧那一拳，落在他肩膀上。

顏寧怒沖沖地道：「你作夢！我就算找到兩百個姑娘，也沒你的分兒！」說完，她拎起裙子，氣鼓鼓地轉頭，拖著綠衣就回廳裡去了。

楚謨揉著自己的肩膀，目瞪口呆。

楚昭恒咳兩聲。「致遠，寧兒喝醉了。咳咳，你沒事吧？」
李錦娘和織夢沒有走遠，聽到這邊的說話聲，走了過來。
楚謨無心在這兒聽他們夫妻說話，揉了揉肩膀。「太子殿下，臣先去前面了。」
楚昭恒點頭，轉回身，看到李錦娘扶著織夢站在對面，看著自己。顯然她知道自己剛才聽到她們的對話，臉上閃過一絲難堪，嘴巴張合著說：「太子殿下，顏寧剛才無禮，妾身……妾身……」
李錦娘本想說她不會和顏寧計較，表示她的大度，楚昭恒卻打斷她的話，叫過招福。「你進去，跟皇后娘娘稟告一聲，太子妃娘娘不勝酒力，先回東宮去歇息了。」
李錦娘看他要趕自己回去，眼眶紅了，淚水在眼眶裡打轉。
楚昭恒抬步就走，走兩步又停下，道：「妳回去，好好想想剛才寧兒的話。」說完，再不停步。
去年除夕，公子溫潤如玉，那時他是高高在上的太子殿下；今時今日，公子依然如玉，他已經是自己夫君了。
李錦娘看著楚昭恒遠去的背影，淚如雨下。
他們不知道的是在這條路的右邊，楚昭業正站在一株大樹後藏住自己的身形。他眼光複雜地看著顏寧走進廳中。
「無所求的真心？這世上，有無所求的真心嗎？」他嗤笑一聲。「世上，哪有無所求的真心。」

他收回目光，也轉身，往前殿走去。

這個除夕宴，楚元帝到底身子已經不如從前，待了一個多時辰後，自己就回勤政閣去歇息，讓楚昭恒帶著楚昭業陪著諸位大臣們守歲。

過了子夜，秦氏帶著顏寧、秦可兒和文彥回家。

顏寧喝多了，回到廳裡後，又喝了幾杯，完全迷糊了。

文彥年紀小，早熬不住睡著了。其實這麼小的孩子，若不是顏皇后一定要見見姪孫，都不會帶進宮去。

胡亂湊合著過了一夜，等到大年初一，顏文彥被王嬤嬤帶著拜年。顏寧如今有俸祿，直接讓人照著文彥的樣子，打了一個拳頭大小的銀娃娃送給文彥。

這麼一坨銀疙瘩，文彥抱不動又一定要抱著，最後，秦氏讓文彥在軟榻上玩，顏寧就在邊上看著他撅起屁股，然後再撲通一下摔倒。

顏文彥看顏寧樂得哈哈大笑，覺得這事好玩，摔得更起勁了。

秦可兒在邊上，指著顏寧。「寧兒，妳就折騰他吧！回頭妳俸祿用光了，沒嫁妝。」

顏寧抱著秦氏說：「不怕，母親會給我嫁妝的。」

對女兒的厚臉皮，秦氏好氣又好笑，指著她不知說什麼好。

幾人說笑了一陣，秦氏想起鎮南王已回南州，只留楚謨一個人在京過年，未免冷清，又讓人將他請來。

顏寧此時早忘了昨晚打楚謨一拳的事，楚謨看著她談笑熱鬧，想起昨晚她對太子妃說話時的滔滔不絕，也是好笑。

正月十五，楚謨陪著顏寧在京城大街上看了一回燈，路上還遇見周玉昆和周玉侖兄弟倆。顏烈不在，這兄弟倆感覺少了伴，直說也要去軍中歷練。

開元十六年，大楚過得很平靜，除了楚元帝臥床兩月外，可說是平安無事。這一年裡，宋政通的女兒宋芊芊嫁給濟安伯的嫡子劉岑。

開元十七年，就是顏寧及笄之年。

原本顏明德已經奏請楚元帝，打算今年要回京一趟，出席愛女及笄禮的，可是，到了三月，北境北燕軍馬有所動作，顏明德只好打消回京的打算。

楚謨對顏寧的及笄禮，盼星星盼月亮一樣，盼了一年多。他正月就寫信回南州，告訴鎮南王顏寧及笄的事，順便提醒自己的父王，可以與顏明德商議，將明年成親的日子定下。

鎮南王無奈，三月就讓人從南州送了幾箱東西，說是王妃給顏寧的及笄禮，隨後，又讓人算了幾個明年的黃道吉日，寫信去玉陽關讓顏明德可以挑選一個。

到了顏寧及笄那日，楚元帝說這可是本朝唯一一位女將軍的及笄生日，不能怠慢，並讓康保送了一對玉如意來；而顏皇后不能離宮，便讓惠萍代表自己來觀禮。

李錦娘帶著東宮良娣一起過來，她見到顏寧倒是平和許多。或許是因為隨著東宮董良娣生下太子的長子，她已經無心嫉妒顏寧。畢竟身為長媳，她的當務之急，就是生下嫡孫。

三皇子府裡，也讓劉琴代表送了一份厚禮。

顏寧打開三皇子府送的禮物，竟然是一幅玉陽關紅河山水圖。她知道，這份禮必定是楚昭業所備下的，因為那畫上盡是她當年曾與楚昭業提起過的景物。

楚謨送上的卻是一副精巧的鎖子甲，輕便漂亮，顏寧穿上正適合。

顏寧一笑，將這鎖子甲鄭重地放在房中箱子內，和自己心愛的弓箭收在一起。

顏明德與鎮南王的書信往來非常頻繁，一個要兒媳快點進門，一個要女兒晚點出嫁，據說幾乎隔天就送出一份書信，若不是南北兩地實在相距太遠，估計兩人又要打上一架。

最後，兩人將正月初三、八月十六和臘月二十七三個黃道吉日，送到楚元帝這兒。

鎮南王的說法是，既然楚元帝已經賜婚，索性連婚期也一起定了吧，當然，奏摺裡不忘寫了自己年高體弱、期盼抱孫等等。顏明德也寫了一份奏摺，列舉臘月二十七這個黃道吉日如何適合，自家女兒乖巧懂事，有她承歡膝下，自己夫婦如何之幸。

楚元帝被兩人鬧得頭痛，選了八月十六。

這一年裡，楚元帝精神更加不濟，早朝都未能天天上朝，太子名義上是協理政事，其實有不少事都交到他手中。

楚元帝唯一不放心的就是自己的三兒子。楚昭業對他一直恭敬孝順，他怕太子因為三皇子爭位之事容不下，又怕三皇子鬧得國政動盪。隨著他心情搖擺不定，太子一直不能替換掉三皇子一黨的人。

楚元帝為楚謨和顏寧選定成親吉日後，到鳳禧宮告知顏皇后，還笑著說起顏明德和鎮南王的奏摺。起身時，他一個踉蹌，只覺眼前一黑，一下往前栽倒。

顏皇后和康保就在近前，連忙伸手扶住，卻見楚元帝面色潮紅、雙目緊閉，嚇得連忙叫太醫。

太醫過來後，卻說楚元帝是大笑之中血氣上湧，痰迷心竅，有中風之兆。

楚元帝暈倒在鳳禧宮，這消息幾乎一日之間傳遍京城上下。原本，眾位朝臣都知道楚元帝這兩年身子不好，可是隨著這消息傳開，暗中另有一股流言湧動，都說太子等不及要登基，楚元帝是在鳳禧宮遇害了。

楚謨讓人快馬加鞭到南州，將孫神醫接到京城。但是，孫神醫到了京城後，和太醫院的太醫們一樣，都說楚元帝這是中風，他神志清醒，只是口不能言、身不能動，不過若調理得當，還是能醒過來的。

這話，說了等於沒說。調理得當能醒過來，問題是，何時才能醒過來？

國不可一日無君，宗室和大臣們，有心思活絡的人乘機奏請楚昭恒登基。

但是，隨著楚元帝被人謀害的流言傳出，楚昭恒卻不能馬上登基了，否則，不是坐實太子等不及登基的傳言？

若依顏寧的意思，管他流言如何說，先登基了大權在握，一切都好說。可是太子太傅鄭思齊講究正統，認為楚昭恒沒必要背此污名。鄭思齊年高望重，朝臣們贊成者眾，太子一派的文官裡又幾乎以他為首。鄭思齊還在朝堂上，說太子殿下事父至孝，絕不可能發生楚元帝尚在就登基之事。有他表態，三皇子一派乘機要求查楚元帝病因。

楚謨私下與顏寧談論時，嫌棄鄭思齊迂腐誤事，無奈文人的想法，總是講究名正言順、師出有名。

晉陽大長公主此時也跳出來，要求太醫救治楚元帝清醒云云。她雖然是女子，但她是楚元帝的姑母，輩分高，說話也有人聽。

楚昭恒沒有明說絕不提前登基之語，但輿論紛紛之下，也不能立即準備登基。表面上，京城還是風平浪靜，暗地裡，卻是爭鬥不止。

楚元帝昏迷的消息傳出，大楚周邊蠢蠢欲動。

七月，南州八百里急報，南詔樂正弘率領八十萬大軍，陳兵邊境。

楚謨無奈，只好回南邊領兵抗敵。

這兩年楚昭恒盯著戶部，讓各地補上虧空，朝廷的國庫也充盈不少。但是，大軍一動就是真金白銀，南邊征戰又一向是先由鎮南王府自籌，然後朝廷再補發。

臨行前，顏寧拿了一張八十萬兩的銀票給楚謨。

這銀子，還是當初在天牢裡，她從林天龍手裡給榨出來的。她在家裡一直沒什麼用錢的地方，再說，忽然拿出這麼一大筆銀子，秦氏非刨根問底不可，所以她一直妥善藏著。

這銀票面額，倒是嚇了楚謨一跳。「寧兒，妳哪來這麼多銀子？」

「別人貪的，我截胡。」顏寧撇撇嘴，不說是從誰那兒得來，但沒隱瞞來路。「這些銀子你帶到南邊去，若是軍餉緊急，也可拿來買糧食等物。」

楚謨看著這銀票，嗤嗤一笑。「這些銀子，算是妳的嫁妝好了，我帶回去，剛好拿十萬兩幫妳置辦莊園田地，剩下七十萬兩給妳放銀庫，明年妳嫁過來，就是南州城內的首富了。」

他堂堂男子漢，怎能用未婚妻的銀子？

但是顏寧為自己謀算擔心，這心意可珍貴得很，抱著反正明年顏寧就是自己媳婦的心思，他拿著銀子盤算起來。

顏寧聽了他的話，一笑。「隨你，只先別急著買，若是大軍糧草告急，這點銀子也能拿來救急。」

第六十二章

楚謨離京後，京中形勢更加緊張，楚昭恒和楚昭業在朝堂上屢屢針鋒相對。

到了九月，玉陽關和虎嘯關相繼六百里軍情急報至京。虎嘯關倒還好，只是又有北燕軍集結之勢，玉陽關卻已經打了兩場。

楚昭恒命周伯堅帶十萬軍隊趕赴虎嘯關，以防虎嘯關再落入北燕手中。

顏寧覺得形勢有些不對，心中一陣陣發緊。

外患時最易內憂。想起前世文彥落入楚昭業手中，她就有些坐臥不寧。如今玉陽關很可能有戰事，她不能把母親、大嫂和文彥送到玉陽關去，那還能送到哪兒去呢？

剛巧此時，南州來信，秦妍如要在十月出嫁。

秦老夫人覺得自己年紀漸大，想早些看著小孫女出閣。

王氏來報喜，說自己打算盡快動身趕回南州去，好料理秦妍如出嫁之事。

顏寧心中一動，勸說秦氏帶秦可兒和顏文彥去南州，又勸秦婉如也一起南下。

顏寧和楚昭恒說了自己的打算，最後說道：「不過，太子哥哥，我讓母親和大嫂帶文彥去南州，我不去，我要待在京城。」

楚昭恒聽秦氏已經準備去南州，欣慰了些。「寧兒，妳也去南州吧，等京中局勢穩定，我再派人接你們回來。」

顏寧搖搖頭。「太子哥哥，你身邊朝臣不少，可沒幾個懂武的，我要在京城陪著姑母和你。再說，我還答應母親，要打聽玉陽關的信送去南州。況且，南州有楚謨呢。」

楚昭恒聽到顏寧說要留在京城陪自己，心中一暖，可他怎能拖著顏寧犯險？

楚元帝驟然昏迷，京中流言直指顏皇后謀害，京城表面平靜，暗地裡已經鬥個不停。他雖然相信自己不會輸，但是何必要顏寧陪在京城冒險？

他張嘴還欲勸說，顏寧已經一口回絕。「太子哥哥，我若是去了，我母親擔心父親和大哥他們就不肯去了。如今京城萬事都好，讓我母親帶著大嫂她們去南州好了。你別說啦，難得出門，我去宮門碰運氣，若是姑母有空，我見見姑母去。」

顏寧說完，道了聲告退，直接轉身走了。

隨著楚昭恒監國，也只有顏寧一人敢在他面前說走就走，都不等他給個回應。

楚昭恒外表溫文爾雅，可處置二皇子宮變時讓人見識了鐵血手腕，如今他可是儲君，楚元帝此時要是駕崩，太子強勢登基，誰敢不敬？

顏寧離開東宮，嘆了口氣。太子哥哥是好意，可她這心裡怎麼放心得下？若楚昭業登基，別說他們待在南州，就是待在南詔，可能都太平不了。她不待在京城親眼看著太子哥哥登基，她這心裡就覺得不安。

楚元帝的暈倒，是意外，還是人為？

顏寧在皇城外，等人進宮向顏皇后請示。

錢雲長帶著一隊御林軍巡視，與顏寧擦肩而過的瞬間，他向顏寧微行一禮。

顏寧如今可不只是顏家姑娘，還是三品撫遠將軍，軍中又講究軍職高低，比她職位低，自然都得行禮問安。

顏寧看了一眼這位錢統領。「錢統領辛苦了。」

不等錢雲長說什麼，宮裡一位鳳禧宮伺候的太監，出來迎接顏寧。

楚元帝暈倒在鳳禧宮，但是，在晉陽大長公主帶著宗室眾人探病後，要求將楚元帝移到乾坤宮。

乾坤宮雖然是帝王寢宮，但楚元帝登基後很少待在那處，大半時間倒是宿在勤政閣。

顏皇后擔憂楚元帝身體，每日大半時間，都守在乾坤宮。

顏寧此時就跟著那位太監來到乾坤宮。她是第一次來這裡，左右打量一下，一樣的殿宇巍峨，少有人聲喧譁。

顏皇后在乾坤宮偏殿見了顏寧。「寧兒，妳今日怎麼想到進宮來了？」

「多日不見姑母，我擔心您。」顏寧仔細打量顏皇后，只見她眼皮浮腫、滿臉憔悴，眼角還有哭過的痕跡。

她心裡不由又嘆了口氣。姑母是重情之人，不管楚元帝對她如何，姑母心裡對元帝是有感情的，這若是換個女人，等不及要做太后了吧？這姑母卻生怕楚元帝出事，恨不得片刻不離地守著。

顏家門裡出來的姑娘，都是死心眼的傻子。顏寧心裡狠狠唾棄一下，卻無法改變死心眼的事實。

「姑母，您自己也要保重，看您臉色都不好了。現在，還是要您撐著呢。」她只好勸了一句。

顏皇后苦笑道：「我沒事。唉，苦了妳太子哥哥，他還瞞著我，外面那些流言，我都知道了。我就盼著聖上能醒過來，也好澄清這些事。」

世上的黑白，有時是在人嘴裡定的。顏寧知道顏皇后覺得委屈，若是當年的自己或許也會覺得委屈，然後一心為自己求個清白。

「對了，妳母親近日在家可好？」顏皇后倒是想起秦氏。

顏寧將秦氏和秦可兒會帶著文彥去南州之事說了一遍。

顏皇后點點頭。「去趟南州也好，妳在京也無事，不如一起去吧。」

「姑母，我剛才與太子哥哥說了，我要留在京裡，讓母親他們去吧！」顏寧將自己的打算說了一遍。顏皇后看她主意已定，也不再勸了。

「姑母，我到皇姑父的寢宮外給他磕個頭吧？」

「好，妳跟我來吧。」顏皇后當然不會阻攔，帶著顏寧來到乾坤宮外。

此時，康保和孫神醫正守在門外，見到顏寧，兩人招呼一聲。

顏寧就在院子裡，對著楚元帝寢宮的方向磕了三個頭，也算請安過了。

康保扶起顏寧，欣慰地說：「顏姑娘，難得聖上昏迷著，您還記得要給聖上請安。」

顏寧看了這位御前大總管一眼，笑道：「康公公，您辛苦了，姑母和太子哥哥都說，康公公對皇姑父這份忠心真是難得。」

康保一愣，隨即滿臉堆笑地說：「皇后娘娘和太子殿下過譽了，都是奴才應當的。」

「康公公是御前大總管，皇姑父最信任的人，以後，肯定也是姑母和太子哥哥的左膀右臂。」

「顏姑娘太抬舉老奴了，老奴只求個心安。」

「如今，能有個心安就難得了。聽說康公公老家是益州？家中還有什麼人嗎？康公公對聖上忠心，一定能得個心安的，將來還能回家享福呢。」

康保笑道：「多謝顏姑娘吉言。」

康保是元帝御前總管太監，深受楚元帝信任。如今，楚元帝乍然倒下，太子和三皇子對他都多有拉攏，但他是個明白人，如今兩邊拉攏自己，只是因為自己此時說的話值錢。

他看了顏寧一眼。這顏姑娘，比起皇后娘娘，可難纏多了。

顏寧又問康保。「康公公，我父親蒙孫神醫賜藥後，身子好了很多，如今父親遠在玉陽關，我想再跟孫神醫打聽一下……」

「喔，姑娘稍等。」

顏皇后聽顏寧說起顏明德，問道：「寧兒，妳父親身子可是又有不適？」

「沒有，姑母，只是我想著孫神醫既然在，就問他一下，求個安心。您去忙吧。」

顏皇后苦笑。她如今有什麼可忙的？不過楚元帝剛吃完藥，她得去看看，所以她留下惠萍送顏寧出去，自己則走進元帝寢宮。

孫神醫走了出來，顏寧對他使了個眼色，問道：「孫神醫，您當初離京的時候，給我父親留的藥快吃完了，不知是否還要配些？」
「那藥啊，姑娘跟我來，我給妳帶些調理身子的藥丸。」
「惠姑姑，妳稍等，我去一下就回來。」
顏寧跟在孫神醫身後，來到孫神醫暫住之處。
因為顏皇后和太子殿下都對孫神醫的醫術信任有加，所以如今楚元帝的身體，主要由孫神醫調理，太醫院每日來兩個太醫輔助。
孫神醫進了自己院子，找出一個小瓷瓶，遞給顏寧。「看姑娘有些上火，近日夜裡也沒睡好吧？此藥可安神祛火。」
顏寧苦笑著收了。最近，自己怎麼睡得著？
「孫神醫，聖上的病，還能好嗎？」
「中風醒來的也有很多，但是要恢復如初，得看機緣了。」孫神醫直截了當地回答。
顏寧預料的結果也差不多，她看了孫神醫一眼，又問道：「中風的人，病中會不會再醒不過來？」
這話讓孫神醫一驚，抬起頭，看顏寧兩眼盯著自己，眼神黑亮。
「聖上的身子，元氣本就大傷了。」孫神醫說這話時，心裡卻是翻江倒海。
這顏寧，打算讓自己弒君？
他不由又補上一句。「只是皇后娘娘每日都會讓老夫和兩個太醫一起診斷開藥，聖上進藥前，康總管都會親自嚐一口。」

顏寧明白了，太醫的醫術沒孫神醫高明，只是救人還是害人，仍舊能看出來。姑母要楚元帝活著，自己能怎麼辦？

顏寧猶豫了片刻。「孫神醫先好好給聖上看病吧，若有事，我再跟您聯繫。」

非常之時，當機立斷才是上策。可是，她能枉顧姑母的意思嗎？

顏寧走出乾坤宮，沿著御花園離宮。宮中往日花團錦簇，宮人內侍穿梭往來的熱鬧，如今不復見了。內宮裡的妃嬪們，恐怕都在擔心聖上若是熬不過，自己該如何立身？

走到宮外，顏寧坐上馬車，又有些後悔。孫神醫用藥高明，她若堅持要下手，孫神醫總能想出法子來的。

算了，既然現在已經出來，就不要想了。一個救人活命的神醫，自己何必要逼人做害人之事呢？

顏寧覺得自己重生後，往日刻在心裡那忠君愛國的念頭，好像都淡了。

若是今日不是楚元帝死，就是自己家人死的話，她一定會毫不猶豫弒君。現在，還沒到生死關頭，姑母又一定要讓楚元帝活著……

顏寧苦笑一聲。自己到底比不上楚昭業。

虹霓和綠衣看顏寧忽然苦笑，有些奇怪。

「姑娘，怎麼了？」綠衣關心地問道。

「沒什麼，綠衣。」顏寧看著虹霓和綠衣，忽然想起，虹霓有孟良了，她還沒給綠衣安排過呢。「綠衣，在文彥身邊照顧的人，我覺得王嬤嬤年紀大了，其他人沒妳細心，要不，妳……」

「姑娘，您再嫌棄奴婢，奴婢也要在您身邊多留幾年。」綠衣卻是微笑著搖頭。「奴婢不放心您。虹霓比奴婢做事爽利又有武功，可是她做事大大咧咧，要給姑娘的東西收拾等等，還是奴婢在的好。」

虹霓忽然聽到顏寧要送綠衣走，不等顏寧開口就道：「綠衣姊姊說得是，奴婢做事沒綠衣姊姊細心。不過，姑娘，不管您有什麼打算，奴婢總是要留到您出閣以後的。」

「姑娘，是……是有什麼不好嗎？」綠衣壓低聲音問道。她和虹霓給顏寧守夜，當然知道自家姑娘最近晚上睡得越來越晚，南邊的戰報、北方的消息，姑娘經常一看就發呆大半天。

「沒事，一切都還好。」顏寧不想讓她們跟著擔心。

「沒事就好，離回府還有些時候，姑娘，您歇歇吧。」綠衣拿了一個靠枕，給顏寧靠在後面，又拿起團扇，輕輕搖著搧風。

顏寧靠在車壁上，居然真的睡了過去。

秦氏離京之事，很快許多人都知道了，因為顏府壓根兒沒隱瞞消息。

三日後，王氏和秦氏都收拾妥當，秦可兒帶著文彥，秦婉如帶著女兒，一同離京上路。

顏寧跟秦紹祖說過，希望王氏和秦氏此行走官道南下。

「寧兒，官道可是要多好幾天呢。」王氏奇怪地說道。

的確，從京城往南州，從荊楠碼頭上船是最快的，而且坐船總比馬車要舒服些。

「大舅母，我聽說荊河馬上要運送糧草物資，到時河道上難免龍蛇混雜。走官道也就比水路多個四、五天，反正你們如今回南州，時間也充裕，要是在河道上被堵住了，那等起來可煩了。」

秦紹祖也知道，朝廷最近是在荊河運送東西。

王氏聽了這話覺得有理，所以最終，王氏和秦氏就帶著車隊走陸路南下。

顏文彥三歲了，說話索利很多，他這兩年幾乎就是顏寧的小尾巴，也不知是不是前世留下的緣分，對顏寧比對秦可兒還親。他聽說顏寧這個小姑姑不和自己一起走，大鬧了幾場。跟著母親坐在馬車裡，還沒離京，他已經哭著抱著顏寧說：「文彥要是想姑姑怎麼辦？」

顏寧見他哭，很心疼，連忙抱著哄他。文彥哭得跟一隻花臉貓似的，也不出聲，就抽泣幾下，拿手背抹了眼淚，然後繼續抽泣抹淚。

「文彥，你這淚水怎地這麼多呢，不哭啦，姑姑帶你騎馬好不好？」

「好。」文彥抽泣幾聲，點頭了。

顏寧抱著他騎上自己的棗紅馬，十五歲的小姑娘，面前抱著一個細皮嫩肉的小娃娃，看著分外可愛。

顏寧一邊催著馬，跟在秦氏馬車邊上，一邊跟他說：「文彥，這次去南州，可只有你一個會武功的男子漢，祖母和你母親都得靠你保護啦。」

顏文彥去年就跟著顏寧一起紮馬步，如今，歪歪扭扭還可以打出一套拳來。

文彥聽了這話，騎在馬上豪氣頓生。「嗯，姑姑放心，我一定會保護祖母和母親的！」

「好，有文彥保護著，姑姑就放心啦。還有啊，男子漢不能哭鼻子，過段日子姑姑就來南州接你們回家。」

顏文彥聽說顏寧會親自來接自己回家，心裡高興。「姑姑，父親也要來接文彥才行。」

「行，到時候你父親、祖父和叔叔都來接文彥，文彥騎著高頭大馬回來，威風吧？」顏寧摸著文彥柔軟的頭髮，溫柔地答應。

顏文彥一高興，差點從馬背上跳下去。

「找摔啊，別動！」顏寧連忙摟緊他。「到了南州，可不許調皮，要聽祖母和你母親的話，你要是不聽話讓我知道了，打你屁股喔。」她又威脅一句。

「姑姑——我會很想妳很想妳的。」顏文彥吐著舌頭，轉頭撒嬌。他難得有機會騎馬，想起上次顏寧帶他跑馬的速度，立時要求起來。「姑姑，跑快點，我們到城外等。要像上次那樣，讓馬飛起來。」

「好，抱緊了。」此時已經出了城門，顏寧一抖韁繩，縱馬跑了起來。

顏文彥高興地大喊大叫，兩人一馬，直接跑到官道上，顏寧才勒住韁繩，抱著顏文彥下馬。她指著遠方，告訴他玉陽關在哪邊，南州在哪邊，閒聊著，等了好一會兒，秦氏等人的馬車才跟上來。

顏寧看文彥上了馬車，又叫過侍衛頭領，讓他們路上務必小心，晚上歇驛站，寧可走得慢，不可在荒郊野地過夜。

顏家家將大多都跟著顏明德父子到玉陽關了，此時留在京中的人，只是些家中護衛，其中還有四個是楚謨留給顏寧的人。

為了確保安全，家中兩百多個護衛，顏寧派出一百五十人，又讓楚謨留下的四人跟著南下。

「到了荊楠碼頭後，會有鎮南王府的人來接，到時，你們幾個再回來。」顏寧想想，又低聲吩咐。「路上若是遇到事，記得無論發生何事，你們一概不理，只管守在夫人她們身邊。若是有事，護著人馬上走，東西丟了就丟了，切不可因小失大，中了別人的調虎離山計。」

那四人領命。「姑娘放心，我們必定護衛夫人們安全。」

「好，你們自己也要小心，到了荊楠碼頭後，盡快回來。」

官道之上，馬車揚塵，顏寧帶著虹霓、顏栓幾人，等秦氏的車隊都看不到影了，才翻身上馬回城。

快走到城門口時，顏栓走近顏寧，往城樓上示意。「姑娘，您看，那是三皇子殿下啊。」

顏寧抬頭，果然看到楚昭業站在城樓上，他所面對的方向，恰是秦氏等人離開的方向。

楚昭業感覺有人在看自己，一低頭，就看到顏寧正仰著頭，目光一瞬不瞬地盯著自己。他微微一笑，對顏寧招手示意。

顏寧也含笑點頭，心中所有思緒都藏在這笑容之下。

楚昭業走下城樓時，顏寧帶著虹霓騎馬等在下面，好像正專程等著他。

他見她臉上離愁還未能完全收住。「送顏夫人離京？」

見顏寧點頭，楚昭業面含淺笑。「說起來，寧兒，妳也好久沒去我府上坐坐了。」

這話說得很熟絡，好像顏寧經常去三皇子府一樣。

「那今日三殿下有意請我作客？」顏寧微微歪著頭，不經意間，顯出一絲靈動。

楚昭業只覺胸中一窒，剛正的臉上，笑容更加綻開了些。「看妳今日心情不太好。」他說著接過李貴遞過來的馬韁繩，翻身上馬，與顏寧並排而行。

顏寧微微落後一個馬頭的距離，慢慢跟在邊上。

到了三皇子府，門房看到先嚇了一跳。上次這姑娘來府裡，把自己這些人揍了一頓，所以門房行禮之後，立即躲遠些。

楚昭業帶著顏寧到自己內書房外的廳中坐下，將李貴等人留在外面。

顏寧直接讓虹霓等人候在府外，壓根兒就沒讓他們進來。

「難得寧兒妳如今還肯到我府上坐坐。」

「原本是不敢來的，只是今日看到三殿下在城樓上，不敢不來啊。」顏寧一笑。

楚昭業忽然出現在城樓上，是要引自己注意，還是一種警告？若只是監視，隨便派個什麼人，相信他手底下的人比他更精於追蹤吧。

「寧兒為何送妳母親去南州？難道是對太子殿下沒信心？」

「我太子哥哥身為儲君，一切都是順理成章的，我是對殿下沒信心啊。」顏寧端起李貴送上的茶，慢慢抿了一口。

「這話怎麼說呢？」

「到時候我太子哥哥贏了，殿下惱羞成怒，到處洩憤可怎麼辦？」顏寧毫不客氣地揭了一句。「三殿下，您就憑著錢雲長還有濟安伯那一家？就濟安伯家劉岑那種人，文不成武不就，要多廢物有多廢物。」

「劉岑和妳大哥當然不能比，不過，他也沒這麼一無是處吧。」楚昭業對顏寧的貶低毫不在意。「寧兒，此去南州，千里之遙，只怕路上也不安全啊。」

「如今太平盛世，路上哪會有什麼不安全？」

「英州那邊不是鬧過匪患？若是行船，寧兒妳不是在河上遇險過？」

「三殿下提醒得是，我家中護衛都派出去了，要不三殿下您借我幾個人，追上去提醒我母親她們一聲？」

「我的人，寧兒相信？」

「是不太信。」顏寧直接道：「不過聊勝於無啊，打殺的時候多個擋刀的也好。」

「可惜，我現在也派不出什麼人。」

「那就算了。對了，三殿下，您這三皇子府占地這麼大，就您府上的侍衛，守得過來嗎？京城現在宵小也多，像我上次跟太子妃上個香都遇刺。要不，我最近幫您去府外轉悠轉悠吧？」

「寧兒妳現在可是朝廷的三品撫遠將軍，幫我看守府邸，不是太輕看了嗎？」

「宰相門前七品官，何況您可是皇子呢，就這麼定啦！您要是不好意思，這樣吧，我派人守著，就穿我家護衛的衣服，您跟府上的人招呼一下，可別認錯人，殺了我的人啊。」顏寧聽了楚昭業剛才那警告的話，心中不快。「三殿下，我心急您的安危，這就先告辭，回去派人來，到時給李貴認認人？」

楚昭業端起桌上那杯茶，茶水熱氣裊裊，透過那薄薄的水氣，看著顏寧有些模糊的臉，寵溺般一笑。「寧兒還是如此胡鬧啊，既然妳喜歡，那就派過來吧。」

顏寧不再囉嗦，起身告辭，大踏步走了出去。

楚昭業看著顏寧離去，轉頭，看著顏寧喝過的那杯茶水，心想，膽子倒是大，不怕自己下毒啊！

他有心派人去拿下秦氏、秦可兒和顏文彥，有這三人在手，不怕顏家父子和顏寧不低頭。只是，顏寧所說的派出全部護衛的話，他相信是真的。自己身邊的高手已經派出幾撥了，剩下的人，沒有把握能一舉成功。

更何況，顏寧擺明要盯死自己的架勢，他雖然不怕顏寧對自己下手，但若顏寧日日夜夜盯著三皇子府，對他還是有些掣肘的。

片刻後，顏寧很乾脆地親自帶了八個人過來，在三皇子府大門前，指著這八個跟李貴說：「李貴，這可是我府上僅有的幾個護衛了，你可得認清楚，他們要是傷了一個，我就燒了三皇子府。」

「不敢、不敢，多謝顏姑娘掛念我家殿下。」李貴得了楚昭業吩咐，笑得諂媚而別有深意。

顏寧卻是不理。自己閨譽有損又怎樣？現在，要確保的是母親她們能平安到南州。

回府路上，虹霓有些不明白。「姑娘，您要派人盯著三皇子府，為什麼不悄悄地派人啊？」

「我只是學他而已。」

顏寧覺得，自己從楚昭業身上真是活到老學到老。他當初去皇覺寺，怕太子哥哥派人路上埋伏，就細細地將一路行程說了一遍。如今，自己有樣學樣，照此辦理一下，擺明跟楚昭業說，我派了八個人盯著你。

楚昭業除非打算讓自己跟他大鬧一場，不然，他就得不讓這八個人受傷。

雖然威脅了楚昭業，顏寧心裡還是覺得憋屈。這日子過得太窩囊了。

顏寧離開後，楚昭業思量半晌，他今日特意見顏寧一面，是覺得顏寧的性子雖然與以前全然不同，可還是有兩分急躁。他撩撥她，想看看楚昭恒還有什麼安排？沒想到，從顏寧身上只看出她關心家人，卻看不出太子的打算，他有些猶豫，要不要盡快動手，萬一遲則生變呢？

楚昭業沒想到，自己是聰明反被聰明誤。

顏寧知道自己性子毛躁，也知道楚昭業善於探查人心，她不像封平和楚昭恒能忍、能藏，那怎麼辦？她索性就不知道太子哥哥的安排，她一點都不問不聽，自然就沒一點破綻，無知最佳啊。

顏寧想要什麼都不知道，卻也不可能。楚昭恒本來就不會瞞她，自從秦氏要去南州後，不放心顏寧一人在府裡，更是每日都要派人來看看。

這日一早，來者卻是封平。

顏寧在家，心中焦躁，更不敢隨便出門，每日無事就練武，擦拭兵器，拉著府中的護衛們將顏府轉了一圈又一圈。她順便還拉著綠衣，教她打拳，用她的說法就是，非常時期，綠衣也得強身健體。

這日，綠衣正被顏寧命令在院中紮馬步，苦不堪言，看到顏栓帶著封平進來，綠衣如蒙大赦，連忙向房內叫道：「姑娘，封先生來了，找您有急事呢，奴婢先去奉茶。」說完站起來，如兔子一樣跑了。

院中伺候的小丫鬟們，難得見到綠衣如此不穩重、落荒而逃的樣子，都笑了起來。

虹霓先走出來，封平此時已經走進院中，虹霓忙行禮請封平到書房小坐。

顏寧一身勁裝走進廳中，看封平有些愁色。「表姊夫，可是出了什麼事？」

「宮裡，林妃娘娘不見了。」

「內宮門都關了，人怎麼會不見的？」見封平搖頭，顏寧知道這消息，還怎麼在家待得住，跳了起來。「我去宮裡見見姑母。」

「今日一早不見的，偏偏早上，太子殿下被事情拖住，如今還不能進宮去，我來，就是想請妳先去宮裡看看。太子妃娘娘也在宮裡，正派人在宮中翻找。」

顏寧明白了，封平今日不是楚昭恒派來探望她的，他必定是知道林妃不見後，心中著急。這段日子，除了南詔戰事外，並沒什麼緊急之事，偏偏在楚昭恒被絆住時，爆出宮中林妃不見的消息。事出反常必有妖，顏寧匆匆換了衣裳，想了想，貼身藏了把匕首以防萬一，讓封平回東宮等信，就往皇宮而去。

皇宮裡，顏皇后今日終於沒守著乾坤宮，待在鳳禧宮中，由李錦娘陪在一旁。

兩人神色都有些焦急。林妃忽然不見，這可不是小事，只是，宮中角落都找過了，還是沒看見人，顏皇后正讓太監們帶著長桿子，到御花園的御池中撈撈看。

惠萍姑姑走進來。「皇后娘娘，顏姑娘在宮外求見！」

「寧兒怎麼來了？」顏皇后奇怪，隨即又說：「快帶她進來，這事看她知不知道怎麼辦？」

李錦娘看顏皇后對顏寧全心依賴的樣子，有些不是滋味，可沒有辦法，誰讓顏寧是顏皇后的嫡親姪女呢？

自從宮宴那天，被顏寧教訓了一頓，又在安國公夫人勸說下，她終於認定，除非自己生下嫡子，否則在顏皇后和太子殿下心裡，她始終是外人，而顏寧是顏皇后和太子殿下的血脈親人。

顏寧走得很快，一路上，看到來往奔走的宮人太監，皺了皺眉，一踏進鳳禧宮正殿，就看到顏皇后和李錦娘站在那邊。

「姑母、太子妃娘娘……」

顏寧剛想行禮，顏皇后已經走過來，一把拉住她。「寧兒，別多禮了。今日林妃忽然不見，我這心裡，總覺得有事要發生。」

「姑母，林妃不見的事，是如何得知的？」

「景翠宮的太監早上來說，林妃娘娘不見了。」

「是哪個太監來報的？」

「哪個太監？就是……」顏皇后只知道那個太監自報是景翠宮的，人卻是認不出，她看向惠萍。「惠萍，那人是誰啊？」

「奴婢也叫不出名字，不過，娘娘，那人就在鳳禧宮裡呢。」

「看我急糊塗了，快去把人帶過來。」

沒片刻工夫，去叫那太監的人一臉驚嚇地過來。「皇后娘娘，那個公公……死了。」

「怎麼會死的？不是讓你們好好看著嗎？」李錦娘叫了一聲。

「奴才們不知道啊。」看著那人的小太監也跟過來，一臉驚慌，跪下猛磕頭。「皇后娘娘，您讓奴才兩個看著那人，奴才們讓他待在房裡，可是、可是，剛才開門……發現人死了。」

「是怎麼死的？有沒有查看過？」

「好像……好像是中毒，那臉都黑了。」小太監想到那副死相，不自禁抖了抖。

「去看看。那太監身上有沒有傷痕？」顏寧不等顏皇后下令，直接指了黃公公去查看。黃公公不敢怠慢，親自帶人過去看了，回來後驚訝道：「皇后娘娘、顏姑娘，那奴才衣裳底下竟然全是傷。」

李錦娘看黃公公居然都沒叫自己，有些不悅，但也知道此時不是計較這種事情的時候。

林妃不見了，一個景翠宮的太監在鳳禧宮服毒死了，這太監身上還全是傷痕。

林妃是死了，還是跑了？好好的，她為什麼要跑？

顏寧叫過黃公公。「你帶兩個人，悄悄地將那太監的屍首丟到景翠宮角落去。」她說著，又對顏皇后低聲說了一句。

顏皇后一愣，還是點頭答應了，叫過惠萍吩咐後，讓她去辦。

「寧兒，妳看這事……」

「姑母，寧兒不懂別的，只是在軍營裡，逃兵可是死罪。在宮裡，這是什麼罪啊？」

「宮妃私逃離宮，也是死罪，還禍及九族。」顏皇后說完，想起林家早死光，這林妃可沒什麼九族了。

「那姑母，您還找什麼？林妃私逃出宮，您應該趕緊將此消息通告出去。」

顏皇后點點頭，馬上寫了鳳諭又蓋上皇后大印，讓黃公公拿去慎刑司。

「讓大理寺也協同一起查。」顏寧覺得這事不能捂著，得鬧大。

不管林妃最後有沒有找到，她私逃出宮這罪名得給她坐實，越多人知道越好。

「太子妃娘娘，我覺得您應該去一下三皇子府，看看林妃娘娘有沒有到三殿下那裡？若是有人要去通知三殿下，您就讓人也去通報太子殿下一聲。」

李錦娘看顏寧盯著自己，腦中一想，明白這是讓她去三皇子府翻找，趁著三皇子府的人去找楚昭業時，快些將消息告訴楚昭恒。

李錦娘聽顏寧這麼安排，倒是有些感激顏寧。顏寧是讓她快些安排人報信，只是，若是她先派人去，不是顯得自己這太子妃壓不住事？跟在三皇子府的人後面一起去，就只能說是涉及三皇子，她這個太子妃不能離間皇家兄弟之情，只好讓人去打擾太子殿下議事。

「好，我這就去。」李錦娘一口答應，看向顏寧的眼神裡，難得帶上一絲善意和感激。

顏寧不在乎李錦娘是恨自己還是感激自己，只是，太子哥哥有個賢妻，總是好名聲啊。

她不知道楚昭恒被什麼事絆住，宮中有妃嬪出逃，而且還是三殿下的母妃，這事應該能讓他盡快趕過來。

「太子妃娘娘多帶些人。您是堂堂太子妃，三殿下府中要是有不敬的，該殺的殺、該抓的抓。」顏寧又狠狠說了一句。

要不是放心不下顏皇后這裡，顏寧都想親自跟李錦娘去。

要鬧事，她覺得自己鬧事的本領比李錦娘大。她只希望李錦娘明白自己的意思，能在三皇子府找些東西出來。

李錦娘頷首後向顏皇后告退，匆匆帶著人去了。

顏皇后最近的心思都在楚元帝身上，乍然出了這事，只覺腦中一陣陣抽痛。

片刻後，只見惠萍小跑著進門。自從她進宮成了顏皇后身邊第一女官後，行事總是端莊穩重，進退有度，難得看她如此失態。

惠萍走到顏皇后面前。「皇后娘娘，晉陽大長公主來了，在京的宗親們也來了，有奴才看到……看到大長公主邊上，還有林妃娘娘。」

「怎麼沒人來稟告？」顏寧插嘴問道。

「晉陽大長公主帶人闖進來的，守門的御林軍和侍衛們沒攔住。」

顏寧挑了挑眉。是沒攔住，還是沒攔？御林軍的統領可是錢雲長。

顏皇后不知晉陽大長公主她們想做什麼，但是公然闖宮，置楚元帝和她這個皇后於何處？

她不是皇室中人，此時在這裡，若是有人借題發揮，說什麼外戚，豈不是多出來的麻煩？

顏皇后下令後，又轉頭看向顏寧，顏寧笑道：「姑母，我先出去避避。」

顏寧暗暗點頭。姑母這時就該讓那些人知道，什麼是皇后威儀。

「來人，將那些闖宮的人，攔在御花園。」

顏皇后點頭後，帶人出去會會晉陽大長公主等宗親們。

顏寧要找地方避一避，走出鳳禧宮後又有些不放心，就想繞道過去，遠遠瞧一眼。

內宮中，楚元帝的乾坤宮和皇后的鳳禧宮，是最靠近前朝的。她從鳳禧宮這條路走過去，卻看到康保從乾坤宮往御花園方向走。

顏寧心中一動，拉了帶路的小宮女，閃到一叢花木之後。

康保一臉愁容，一路躲閃地走著，顏寧看他那方向，繼續往前，那就能遇上晉陽大長公主一行人了。

待康保走過去，顏寧打發那小宮人離開，自己往康保走的方向看了看，繞過花木快速追上去，很快就走到御花園一棵老柏樹下，算著腳程，康保應該還沒到。

她靠著老柏樹等了一會兒，康保果然往這邊走來。

康保一抬頭，就看到顏寧站在道上，看著自己。他心中一個激靈，面上卻若無其事地放慢腳步。「顏姑娘，奴才給顏姑娘請安了。」

「康公公，看您愁容滿面的，這是要上哪兒去啊？」

「老奴……老奴去太醫院看看，聖上還沒醒。」這條路若是往前，也可說是去太醫院。

「康公公，您兄弟還好嗎？」顏寧忽然問了一句。

「老奴好多年沒回家鄉了，也不知家中情況如何？」康保慢悠悠地回道，還帶了一絲恰到好處的思鄉之情。

「咦？我太子哥哥說，您家人這幾日就到京了啊。」顏寧卻驚訝地說了一聲。

「太子？」康保再有心掩飾，臉上還是閃過一絲驚訝之色。

顏寧卻知道，康保不能留了。

益州，是康保的老家，他在家鄉還有兄弟一家人，據說康保和他兄弟感情很好，他當年因為家裡窮，進宮做了太監，他兄弟直接將自己的一個兒子記在康保名下，等著康保放出宮後，給他養老送終。

楚昭恒一直派人在那邊盯著。楚元帝中風後，楚昭恒又加派了人手。

現在，她提到太子哥哥將康保家人帶到京城來了。康保忠心於楚元帝，此前也一直表現與太子合作的樣子，康保若是驚訝，應該驚訝他家人被帶進京這件事，而他不自覺地問了一句太子，顯然他對家人被帶進京並不奇怪，只驚訝於是太子命人帶的。

顏寧慢慢走近康保幾步，打量康保一眼。這個人，她原本是希望能用的。

康保看顏寧走近，有些慌張，剛想張嘴，顏寧飛出一腳將他踢跪下，兩指如鉤子，掐住他喉嚨。「康公公，其實若想您家人有活命的機會，最好的辦法是您死了，您說呢？」

康保喉嚨發出「咯咯」一聲，只是沒法掙脫，他死死拉住顏寧的手，哀求地看著顏寧。

「康公公，忠僕不事二主，你不該和我太子哥哥合作後，又聽三殿下的話。林妃娘娘能離宮，是你幫了一把吧？你好好去死吧，若你家人還活著，我絕不殺他們，只是，我覺得他們應該死了。」

顏寧說著，一個手刀敲在康保後頸，看他暈過去後，直接抽出康保的腰帶。左右張望一眼，看看方向，她在老柏樹上將腰帶掛上，將康保套進去。

康保雖然昏迷中，還是掙扎起來，無奈腳不沾地，沒多久就不再動彈了。

顏寧看著康保由拚命掙扎到不再動彈，看著自己的雙手，幽幽嘆了口氣。

好像，自己手上欠下的人命，越來越多了。

康保的死相很恐怖，平時總帶著謙卑笑意的雙眼睜大，臉上盡是死前的不甘和掙扎。

「康公公，你為了你的親人，我為了我的親人，若有來世，你可以來找我報仇。」顏寧卻毫無懼怕的感覺，甚至對著康保的屍體低聲呢喃地說了一句，才轉身離開。

很快，有宮人經過這裡，看到掛在柏樹上的康保屍體，「啊」一聲尖叫響起。

顏寧聽到那聲尖叫，頭也不回、加快腳步離開了。

第六十三章

顏皇后這邊，正帶著人來到御花園，就看到被圍住的晉陽大長公主一行人。大長公主正厲聲呵斥。「我為護駕而來，你們膽敢攔我！」

「放肆！」顏皇后厲聲喝了一句，慢慢走過去。她雖然沒穿皇后服制，但是緩步走過來時，剛才還喧鬧的宗親們卻不禁慢慢低下聲來。

晉陽大長公主看著顏皇后，厲聲道：「顏明心，妳謀害聖上，還敢讓人攔我！」

顏皇后看了黃公公和惠萍一眼，黃公公上前幾步，大聲喝道：「皇后娘娘駕到——」

圍著晉陽大長公主的人，聽到這聲喊，幾乎不自覺地已經跪地。「參見皇后娘娘，千歲千歲千千歲。」

有幾個宗親，甚至也跪了下去。

顏皇后看著還站著的幾個人，拿過惠萍手中捧著的皇后金冊印綬。「聖上還在，我還是一國國母。」

站在晉陽大長公主身後的幾個宗親還在猶豫時，他們的身後傳出一聲輕叱。「見皇后娘娘不跪，殺了。」

隨著這聲叱喝，站在最後面的一個宗親，發出一聲慘叫。

站得離他近的幾個宗親轉頭，就看到一具無頭屍身，鮮血噴射著走了幾步，倒在地上，手在地上抓了幾下，終於不動了。

隨後，是「咚」的一聲，一個腦袋掉在一個宗親的肩膀上，又從那個肩膀滑到地上，骨碌碌滾了幾圈，靜止不動。

這些宗親們何嘗親眼見過這麼恐怖的屍體，當下就接連響起幾聲失態的尖叫，有兩人直接兩眼一翻，暈了過去。

晉陽大長公主站在最前面，她身高當然高不過後面幾個男子，所以被擋住視線，沒有看到屍體慘狀，只看到一股鮮血噴起。

剛才那聲喝叫，赫然是楚昭恒的聲音。

晉陽端起大長公主架勢，只做聽不出楚昭恒的聲音，喝問道：「什麼人？大膽！」

「明福，還有見皇后娘娘不跪的嗎？」楚昭恒卻毫不理會晉陽的喝問，而是又問了一聲。

這下，站著的宗親們都撐不住了，接二連三撲通跪地，很快，就只有晉陽大長公主和林妃站著了。

晉陽大長公主轉頭，才看到倒地的那具屍身，不由也兩眼一翻，身子軟了下去。

「太子殿下，晉陽大長公主可是姑祖母，連父皇都免了她的跪禮。」楚昭業的聲音響起。

如今皇室裡，輩分比楚元帝高的也只有晉陽大長公主，所以，楚元帝為了表示對長輩的尊崇，曾下令晉陽大長公主覲見時免跪。

顏皇后抬頭，看到楚昭恒當先站立，身後站著楚昭業，而在皇子殿下的身後，站著幾個朝中的大臣。

今日早朝後，兵部尚書拿了戰報，稟告南邊戰事糧草吃緊之事。這是大事，楚昭恒連忙叫了右相、左相過來商議，楚昭業也被叫去一同協商。

隨後，為了查查還有哪裡可以調糧，楚昭業請楚昭恒查看戶部帳冊。

封平派去的人，被御林軍以軍機大事不能隨意打擾的理由，攔在外面。

後來三皇子府來人，說三皇子府被太子妃帶人抄了，隨即，東宮的人緊跟在三皇子府的人後面一起進去。

兩邊人正跟各自主子稟告時，顏皇后派的人到了，說林妃私逃出宮，立即捉拿。

楚昭恒點了幾個大臣進宮，楚昭業也帶著人來了，剛進御花園，就看到顏皇后和晉陽大長公主一行人對峙。

楚昭業看楚昭恒居然當眾就殺了宗親，倒是對他又高看一眼。

楚昭恒聽了楚昭業的話，點頭說：「姑祖母是可免了跪拜。明福，快幫忙看看姑祖母有沒有事？」

明福過去掐了掐晉陽大長公主的人中，看她眼皮子動了動，就退回到楚昭恒身後站著。

顏皇后指著晉陽大長公主身邊的林妃下令。「林妃私逃出宮，立即拿了！」

「不，我是為了救駕！不是私逃！」林妃看晉陽大長公主還沒完全清醒，急得尖叫。

「顏明心，妳夥同太子謀害聖上，被我知曉想置我於死地，我逃出宮，是為了找人救駕！」

跟在楚昭恒和楚昭業身後的幾個大臣們聽到這話，將頭埋得更低了。這種皇家秘聞，他們不想聽啊。

顏皇后聽了林妃這話，恨聲問道：「妳信口雌黃，說我謀害聖駕，有沒有證據！」

「當日只有妳和康公公在，康公公發現端倪，一直不敢說。我前日去探望聖上，康保給了我一份血書，我才知道是妳謀害聖上。」

林妃說著看了看晉陽大長公主，繼續說：「我逃出宮後，想要找宗親們作主，但是，我從未與宗親們說過話，想著大大長公主是長輩，就跑到大長公主府，血書，也交給了大長公主。」

這話，解釋了她為何會與大大長公主一同出現。

晉陽大長公主終於醒過來。她想到剛才看到的屍身，還是有些害怕，尤其是碰上楚昭恒的目光時，甚至不自覺地移開眼睛。

只是，箭在弦上，不得不發。

晉陽大長公主強撐著站起來，看著顏皇后緩緩道：「林妃娘娘來到我府上，的確將血書交給我了。」她說著，從袖中掏出一塊絹布，看著像從衣服上撕下來的，她將這血書遞給旁邊一個宗親。「你拿去給各位大人們看看。」

那宗親繞開地上的血，遞給右相葉輔國和幾位大人傳看。

楚昭業接過來，看了看，又遞給楚昭恒。「太子殿下，您也看看康公公的話吧。」

楚昭恒拿過來一看，康保說楚元帝是被顏皇后和太子殿下暗害，他察覺湯藥不對，被關在乾坤宮，請見此血書之人速速帶人救駕。

楚昭恒將血書攢在地上。「一派胡言！」

「那太子殿下敢不敢讓康公公來對質？看這血書是不是他親手所寫？」林妃硬氣起來。

「有何不可？明福，你帶人……」

「太子殿下，您如今可是嫌疑在身，您的人臣弟信不過。」

「那你要如何？」

「葉相、周相，不如由您二位帶幾人去乾坤宮一探究竟？」

兩位丞相知道這事是避不過了，葉輔國開口道：「深宮之中，臣等不便貿然行走，不如太子殿下和三殿下各派一位身邊人引路？」

於是，楚昭恒讓明福陪他們前去，楚昭業也讓李貴陪著一起去。

幾人剛想出發，有太監慌亂地跑過來，跪在皇后面前。「皇后娘娘，康公公、康公公吊死在御花園邊的柏樹上了。」

剛想找他作證，人就死了？

楚昭業看了皇后母子一眼，顏皇后一臉詫異不像作偽，楚昭恒臉上也閃過驚異之色。

康保血書的安排，本就為了打顏皇后母子措手不及，一直沒有聲張，康保為了他兄弟一家，不敢違拗，他怎麼就死了？

「去看看。」楚昭恒說著，讓那太監帶路。

一行人來到那棵柏樹邊，底下有幾個太監在那兒守著，卻沒人去將康保解下來。

「把人放下來。」楚昭恒下令。

楚昭業叫過李貴。「叫個太醫來，看看康公公是怎麼死的？」

太醫很快就過來，看了半天。「康公公是被吊死的。」

邊上的一群人都是皺眉。這不是廢話嘛，有眼睛的都能看出是吊死的啊。

「能看出是何時死的嗎？」

「康公公死了沒半個時辰。」

「這段時間，有人來過嗎？」楚昭業拉過一個太監問道。

那太監只是路過這裡，然後被指派看守在此，茫然地搖頭。

「太子殿下，您手腳很快啊。」楚昭業指責道。

「三弟這話，我卻是不明白了。我剛剛才知道康公公寫了什麼血書，就能殺人？莫不是三弟想來個死無對證吧？」

晉陽大長公主拿出長輩派頭。「這是殺人滅口，應該讓宗人府好好查查。」

這話顯得很公正，沒人能反對。

「皇后娘娘、太子殿下，我們想去見見聖上。」幾位大臣只想知道楚元帝是否還活著，顏皇后和楚昭恒為示清白，自然不會攔著。

一行人來到乾坤宮，就見殿門前有些雜亂，原來是聽說康保死了，正人心惶惶。

顏皇后帶著人來到楚元帝的寢宮外，先問守在門前的太醫，楚元帝有沒有吃藥。

聽到兩位太醫說孫神醫已經安排吃了，顏皇后便放心，她看著晉陽、楚昭業和左右丞相。「聖上的寢宮，不宜太多人打擾，你們跟我一同進去吧。」

楚元帝寢宮收拾得還是很乾淨，只是楚元帝自從昏迷後，都是吃稠米湯等不需要咀嚼之物，吃喝拉撒都在床上，屋內還是有股氣味流動。

幾人走近了些，葉輔國和周玄成都是少年時就被楚元帝提拔起來的人，看清躺在床上的楚元帝，不由眼含熱淚，跪下叫了一聲「聖上」。

楚元帝兩頰凹陷，原本就清瘦，如今更瘦了，好像臉上只有一層皮包裹著。

「孫神醫說，聖上只是不能動、不能說話，但能聽見人說話。」楚昭恒低聲說了一句。

晉陽大長公主看了楚元帝一眼。她心裡對此人有恨意，也有懼意，如今，不可一世的帝王，只能躺在床上，任人宰割，她冷笑一聲。

「太子殿下，我身為長輩，就算拚著一死，也要揭穿你們母子的陰謀，不會讓你得逞的。」說著，她又掏出一物。「這是康公公送出來的藥渣，你們每次給聖上喝的藥裡，帶著這些東西。」

「晉陽，妳放肆！」自從楚元帝病倒後，顏皇后從未想過要害楚元帝，哪怕楚元帝暈倒在床，她還是盡心盡力地守護著，被晉陽大長公主如此誣衊，哪還忍得住。

她原本站在元帝床邊，一氣之下，轉身背對龍床，對晉陽大長公主厲聲呵斥道：「太子豈是妳一個老婦能隨意指責的？聖上念妳可憐，對妳優待有加，妳居然膽敢陷害太子，居心何在？」

晉陽大長公主被顏皇后指著鼻子罵，氣了個倒仰，也怒道：「顏明心，妳敢說妳不盼著太子登基？」

一時，寢宮內指責聲響起。

誰也沒看到，此時龍床上楚元帝的眼皮動了動，隨後，緩緩睜開雙眼，那雙眼睛雖然渾濁，但是帶著清明，顯然楚元帝醒了。

顏皇后與晉陽大長公主說了幾句後，楚昭業也乘機發難。

楚元帝忍著渾身痠痛的不適，慢慢聽兩邊人說話。當日他昏迷時，自己知道是因為一時心情激蕩，可他不知自己躺了幾天，也不知如今朝中情勢如何，就聽著兩邊人說話，想要從他們的話中，知道外面的情景。

聽到楚昭恒沒有登基時，他有些意外；再聽到晉陽大長公主罵太子沽名釣譽、外面流言紛紛時，他又心下了然。

楚元帝沒能聽幾句，外面就有人稟報說兵部送來玉陽關八百里急報。

楚昭恒接過急報。北燕八十萬大軍攻打玉陽關，玉陽關守軍只有二十五萬，無力抵擋，如今閉關不出，等朝廷派出援軍。

兗州那邊，因為虎嘯關有北燕二十萬兵馬，那邊的守軍根本無法調動；而南方南詔那邊還在交戰，這樣一來，朝廷兵力吃緊。

楚昭業有些意外。他想做皇帝，是想要讓大楚更強盛的，所以，今日他會發難，也是怕拖下去動搖國本，想趁今日一舉奪位，隨後帶兵抗擊邊境，一展宏圖。

現在北燕兵臨城下，南邊戰事未歇，朝廷得盡快穩住，可他和楚昭恒，誰都不會退，也不能退。

這種時候，誰退了，誰就是死。

「三弟，還是戰事為先？」楚昭恒看著楚昭業問道。

「太子殿下，臣弟覺得，可先抽調處州等地兵馬，讓京郊南營帶著，趕赴邊關救急。」楚昭業也同意要解決戰事，但是，得讓太子的人領兵。

楚昭恒又怎麼肯不留依仗？

楚元帝躺在床上，聽到兩個兒子還在糾纏派兵之事，怒火上頭，直沖喉嚨口，咳出了聲。

霎時，房中寂靜無聲。

顏皇后最先反應過來，轉身撲到床前。「聖上，您醒了？」

林妃也從晉陽大長公主身邊撲到楚元帝床前。

楚元帝看了兩人一眼。「叫葉輔國過來。」他長久不說話，乍然開口，聲音喑啞，有氣無力。

「聖上，先讓太醫給您看看。」顏皇后和林妃先後開口。

兩人對視一眼，又轉回頭看著楚元帝。

孫神醫和外面兩個太醫都被請進來，楚元帝看人都進來，也不再反對。他此時還是渾身動不了，連轉頭都困難，暗自苦笑。看來是癱在床上了。

孫神醫和兩位太醫先後診脈，臉色都有些凝重，楚元帝此刻脈象並不好啊。

事。

楚元帝看了三人一眼，也沒問自己脈象如何，又叫了左右丞相進來，讓兩人稟告朝中之事。

葉輔國和周玄成兩人輪流說著，直說了一個多時辰，才將最近的大小事情說完。

楚元帝沈思片刻，吩咐為自己沐浴更衣，到勤政閣議事。他被抬出乾坤宮時，看了林妃一眼。「來人，林妃私逃出宮，先關起來，由皇后娘娘審訊。」又看著楚昭恒吩咐。「太子貿然殺害宗親，行事欠妥，禁足一月，在東宮思過。」

罰一國儲君思過，這不是小事。

楚元帝這一處罰，看著是各打五十大板，但是，顯然太子這邊挨的罰更重一點。

顏皇后想要為太子喊屈，楚昭恒用目光示意顏皇后領命。

林妃關到宮裡，楚昭業就得管自己這個母妃，對皇后不孝或許可說不是血親，但是不管生母，這份無情就會嚇退很多人。

楚昭業也想到了這點。明面上，楚元帝好像袒護自己，其實，這是要自己受制皇后母子。但他還是臉色如常，也示意林妃領命。

楚元帝要處置國家大事，也無心去管康保死因等等小事。

顏寧離開皇宮後，才聽說楚元帝醒了，她本來還打算給林妃玩個逼供之類的戲碼，如今卻是用不上了，再聽說北燕叩關，心中一驚。這是前世的那場戰事嗎？

北燕太子蘇力紅和南詔勾結，南北出兵攻打大楚。北燕國主御駕親征，八十萬大軍兵臨玉陽關城下。前世，顏家就是此戰中死傷殆盡的。

楚元帝在勤政閣內，喝了兩碗濃濃的參湯，半躺在坐榻上，讓大臣們擬定南邊糧草的章程。

楚昭恒先前已帶人核實各地糧庫帳冊，楚元帝准奏了，但在派人增援玉陽關一事上，眾口不一，一下午還是懸而未決。

提出的幾個人選，支持者不一，太子一派和三皇子一派僵持不下。

楚元帝看楚昭業面色淡然地看著兩派相爭。這個兒子，是打算讓自己看看他的實力？

楚元帝眼中的冷意，楚昭業當然看到了，但是，此時若還不爭，要等到何時？

「業兒，你覺得何人可為帥？」

「父皇，兒臣想，不如讓兒臣帶兵增援玉陽關吧。北燕國主御駕親征，我們大楚皇室也不是貪生怕死之人，兒臣願為國出征，請父皇成全！」他說得大義凜然。

北燕國主帶著太子出征，士氣大漲，大楚若不想弱了聲勢，其實楚元帝御駕親征是最好的。但是，自己的身體自己清楚，還能撐幾日？只怕沒到玉陽關就死在半路上了。

而楚昭恒呢？他自小未習武，根本無法帶兵。

楚昭業自小習文練武，跟著林文裕等人學過兵法，與武將也多有交往，若不是居心叵測，他代表大楚皇室帶兵增援玉陽關，對士氣的確大有鼓舞。但是，昨日看了康保所謂的血書，楚元帝不禁心寒。若楚昭業是太子，只怕自己昏迷這些時候，早在昏迷中駕崩了。

楚元帝正在為難時，有太監稟告道：「啟稟聖上，顏……喔不，三品撫遠將軍顏寧，在外求見。」

大臣們聽到「三品撫遠將軍顏寧」這個名頭時，都呆愣一下，才想起來這是顏明德的女兒顏寧。

楚昭業聽到顏寧求見時，一下就猜到她為何而來。顏家父子都在玉陽關，她怎麼放心讓別人帶兵去增援？就看她如何說服這滿朝文武，讓她一個才及笄的姑娘帶兵了。

楚元帝也是納悶。「正在議事，她為何而來？」

「聖上，顏姑娘，喔不，顏將軍說，她食君之祿，特來為聖上分憂。」

那太監叫慣了顏姑娘，現在顏寧告訴他得稱她為「顏將軍」，覺得舌頭直打轉，往日挺伶俐的口齒，今日老說錯。

楚元帝聽了，也知道顏寧是為何而來，他倒也想聽聽顏寧有什麼主意。「傳！」

顏寧走進勤政閣，一身三品武將朝服，未戴釵環，一身肅穆。這套朝服，還是當初楚元帝讓人為她訂製的。

「顏寧，這可是早朝，妳要怎麼為朕分憂？」

「聖上，臣願帶兵趕赴玉陽關！」

「胡鬧！朝廷大事，豈容妳一個女子胡鬧！」顏寧剛說了一句，有老臣已經叫起來。

「妳一個女子，當滿朝將軍們都是擺設嗎？」濟安伯也訓斥一句。

顏寧看著濟安伯。「濟安伯若是不服氣，可和我比試比試。」

濟安伯聽了這話，卻洩氣了。

楚昭業暗自搖頭。濟安伯這是上趕著讓顏寧打臉啊。

濟安伯不說話，顏寧卻不依不饒了。「濟安伯，你覺得我不可帶兵，是覺得我兵法不熟，還是武藝低微啊？」

楊宏文此時也在朝中。他前幾日不知為何拉肚子，已在家養了好幾日，今日其實也沒好全，還是撐著進宮了。

他聽顏寧說完，楚昭業正想張口時，搶先道：「聖上，臣要參濟安伯劉吉狂妄自大、藐視朝廷命官，參顏寧御前失儀之罪。」

顏寧剛才參拜後，楚元帝還未叫起，她就起來跟濟安伯嗆聲。這個往嚴重了說就是藐視聖駕。

鄭思齊聽了楊宏文的參奏，立即求情道：「啟稟聖上，臣覺得顏寧只是初次上朝才失了儀度，聖上仁心能容，且容她一次。」

楚元帝此時也無心管失儀小事。

濟安伯被顏寧這一擠對，倒是想起來了。「三殿下剛才已經請命了。聖上，臣覺得三殿下作為皇子出征，更能鼓舞士氣，加上殿下文武雙全，領兵也能服眾。」

顏寧聽說楚昭業自請出征，剛好，她也不想自己離京時，留楚昭業在京裡折騰。她立即大聲道：「聖上，三殿下不曾領兵，臣卻是曾領兵守城。不過濟安伯所言也有理，臣倒是有個兩全其美的辦法。」

楚昭業聽她說兩全其美的辦法，有不好的預感，顏寧這主意，一定不是自己想聽到的。

「哦？妳說來聽聽。」楚元帝也想聽聽，顏寧有什麼辦法？

「聖上，讓臣帶兵增援，讓三殿下做隨軍的監軍。」顏寧直接建議。

這個建議，讓人嚇了一跳。

大楚軍隊中，監軍的權力極大，顏寧讓楚昭業做自己的監軍，不是將自己置於三殿下的股掌之上？

楚昭業也有些意外，摸不準顏寧想做什麼，一時沒有開口。

楚元帝議了這些時候，已有些撐不住，他半靠在御座議事，只覺眼前一陣陣發暈，索性一手抵在御座的扶手上，撐著頭，慢慢揉著自己的太陽穴。「業兒，你怎麼看？」

「父皇，兒臣覺得，顏寧雖然在兗州一戰中英勇善戰，但是各地將領都是多年征戰、經驗老道，讓顏寧帶軍不能服眾。」

「那你可以？」楚元帝淡淡問了一句。

楚昭業聽出其中的不悅之意，但現在，這父皇還奈何不了自己，所以他並不避諱。「兒臣覺得兒臣可以，因為兒臣首先是父皇的兒子，是大楚三皇子殿下，其次，才是領軍將領。」

「顏寧，妳覺得三殿下的話有理嗎？」

「聖上，臣只知道軍中一向軍令如山，若有人因為不服氣主帥，就不聽將令，這種人怎麼配當將軍？大楚沒這種將軍。三殿下未在軍中待過，不知道『軍令如山』這句話，也是情有可原。」

朝中的大臣們，對顏寧有些刮目相看。顏明德的女兒膽大包天、武藝出眾，嘴皮子也這麼索利啊？

顏寧身姿挺拔地站在大殿中，落落大方地任眾人打量，臉上神情坦然自若。

楚昭業，你只瞭解十二歲以前的我，我卻是從前世到今世一直在盯著你，你會怎麼想，我就算猜不出全部，也能猜個六、七分啊。所謂知己知彼，百戰不殆，在「知彼」這條上，你可輸了。

「聖上，自古以來女子為帥……」有人想引經據典說道一番。

顏寧壓根兒沒打算讓這些文官掉書袋。

「什麼自古以來，自古以來有女子被封將領嗎？我大楚就有。聖上又不是墨守陳規的迂腐之人，你說什麼古啊？」

那大臣被她的話氣了個倒仰，想要反駁，卻發現不能反駁。難道能質疑楚元帝封女子為將，是毀壞祖宗規矩？但先前封將時，可沒人反對啊。

「聖上英明神武，開拓盛世，當然是不拘一格用人才，你將聖上和以前那些傻皇帝比，是何用意？」

「哈哈，好一個不拘一格用人才，顏寧，妳果然長進了。」楚元帝玩笑般說道：「這樣，今日朝中只要有十個大臣贊同妳為帥，朕就答應。」

一軍之帥，這麼草率地決定？眾人聽著楚元帝似兒戲般的話，卻知道聖上是拿定主意要讓顏寧為帥了。

鄭思齊率先下跪。「臣贊同撫遠將軍為帥！」

有他帶頭，太子一派紛紛跟隨，楚昭恒不願顏寧涉險卻不能出列阻止。

楚元帝當即拍板。「好，顏寧為帥，楚昭業任監軍。調集京郊兩營、冀州、英州、益州等地，五十萬大軍增援玉陽關。」

「是，末將領命！必定不負聖望，將北燕人打個落花流水！」顏寧大聲領命。

「兒臣遵旨！」楚昭業也只好領旨。

定下這件大事，楚元帝讓眾人退下，召了孫神醫為自己扎針提神。歇了沒半個時辰，新任御前大太監康安稟告說顏寧和三殿下求見，楚元帝只好又強撐起來。

顏寧拜見後，直接道：「聖上，末將剛才下去後想了想，軍裡的士兵都是些粗人，能否派些御林軍隨軍啊？三殿下到底是皇子殿下，在軍中怕士兵們照顧不到。再說，讓御林軍護衛皇子殿下，也是皇子的威風啊。」

「父皇，兒臣既然隨軍出征，就是和其他將領一樣，用御林軍豈不是讓人側目？」

「怎麼會？三殿下這個皇子身分，是用來鼓舞士氣的，排場一定要越足越好。聽說御林軍錢統領武藝很好，有他護衛三殿下，臣女也放心。」

楚昭業看了她一眼，慢慢點頭。「寧兒所說的，也有道理。」

這種時候，他忽然這麼稱呼她，讓顏寧有些寒毛豎起。

「讓錢雲長帶五百御林軍，跟著你吧。」楚元帝直接拍板。

「多謝父皇！」楚昭業未再反對，只是又提議道：「父皇，軍情如火，兒臣覺得兵貴神速，越早趕到玉陽關越好。不如兒臣和顏寧帶京畿的兵將先行，讓其餘各地大軍帶上各地府庫糧草，直接到冀州和我們會合？」

楚昭業這建議，的確是省時間的好辦法。

顏寧看不出何處不妥，也找不到理由反對，且她也想早日趕到玉陽關。

因軍情緊急，楚元帝讓顏寧和楚昭業三日後就出發，各路大軍十一月初一前到達冀州。

顏寧離宮時，遇上了帶兵巡視的錢雲長。一想到三日後，錢雲長就要跟著自己去玉陽關，顏寧看著他，不由閃過一絲殺意。

楚昭業跟在她身後，看她盯著錢雲長出神，對錢雲長向他投來的視線搖搖頭，他走到顏寧邊上。「寧兒，到了軍裡，可得請妳多照看了。」

「哪裡，三殿下可是監軍大人，到時候還不是聽您的。」顏寧看著錢雲長走遠，才收回視線。「三殿下，我先回府去收拾，回頭我們再聊。」說著飛身上馬，帶著顏府的幾個護衛，回去顏府。

顏寧回到家，顏栓等在大門口，一看到她，連忙上來接過韁繩。「姑娘，封大人等您很久了。」

好不容易等到顏寧，封平也等不及進屋，一見到顏寧，就先說了太子的話。「寧兒，太子殿下讓妳不要帶兵，就讓三殿下帶兵也可。」

「不行，五十萬大軍交到楚昭業手中，他就算帶著打到京城都足夠了。」顏寧立即拒絕。若是周伯堅來帶兵，她肯定不會出頭，但是扒拉了幾遍人選，她知道楚昭恒這裡沒有比自己更適合的人了。

她雖然是女子，卻出身顏家，本就被人高看一眼；再有兗州一戰、安城守城之戰，也算小有戰績。

「太子殿下給了手令。」封平勸不動顏寧，想起楚昭恒還給了一個殺手鐗。

顏寧看他拿出來，壓根兒沒等封平打開來，一把奪過，唰唰幾下撕了。「告訴太子哥哥，手令我沒見到。」

這種賴皮的動作，她做起來，倒是理直氣壯，看封平一臉愕然，顏寧有些得意。「你跟太子哥哥說，他盡快穩住京城局勢就好，將在外君令有所不受，誰讓他自己被禁足。好了，表姊夫，我還有很多事要做，就不陪你多說話啦。」

封平還是第一次被顏寧趕人，苦笑一下。「我先回去覆命，還會再找妳說話的。」

顏寧沒有多說，看他離開後，撿起被自己撕破的手令，點了燭火慢慢燒了。

她走回薔薇院，虹霓和綠衣也聽說出征的消息，正在收拾行李。

綠衣看到顏寧回來，收起擔心的神色，笑道：「姑娘快來看看，奴婢還是第一次幫女將軍收拾行裝呢，看看帶這些行否？」又指著那幾件大毛披風。「奴婢想著，到了玉陽關，或許戰事就要拖到冬日，特意多準備了些冬衣。」

「綠衣，這次出門我不能帶著妳。」

「姑娘，為什麼？奴婢不會武功，但是會騎馬啊。奴婢不跟著上戰場，就跟著姑娘收拾些衣衫瑣事就好。」

顏寧看綠衣急切的面容，心中有暖意。「此次出征，我不知道會是什麼情形。我父親說玉陽關正在固守待援，可見此次戰事必定艱險。」

顏寧看綠衣還要再說，她又接著道：「妳留在京城，也可幫著看顧府裡，若是跟我一起去，萬一路上有事，反而拖累呢。」

綠衣看顏寧如此說，不敢再硬要跟隨。她本以為上次沒跟夫人去南州，可以陪著姑娘，沒想到姑娘要出征，自己還是不能陪著。

綠衣不跟著走，虹霓自然是跟著一起走的。

顏寧將兩人安排好後，又叫過顏栓囑咐了家中之事，等大軍一走，他們就可閉門待在家中，若有消息，及時傳送。接著，她在府裡留下的護衛中，選出一支百來人的親衛，一同去玉陽關。

封平將顏寧的話帶給楚昭恒後，楚昭恒在東宮發了一會兒愣，才轉身對封平說：「既然寧兒執意要出征，不能讓錢雲長去。」

「三殿下只怕也不願意讓他去。」

「錢雲長在軍中有些根基，能做到御林軍統領，倒也不全是靠助力。」

封平點點頭，明白了。「那是……」

「讓人跟著，找到機會，讓他重傷就好。」楚昭恒吩咐一句。「另外，將此次會隨軍出發的將領名單，給我謄一份送過來。」

顏寧一定要出征，那這些人他就得好好過一遍。

錢雲長在這日夜晚，被一干同僚拉著，在醉花樓裡喝餞行酒。

這些同僚對錢雲長到玉陽關，為他覺得不值。在京城裡當御林軍統領，可是天子近臣，這一到玉陽關，還是戰事在即，雖說他只護衛三皇子，但是打仗的事，誰說得清楚？能不能活命，有時就看點運氣。

錢雲長倒是滿不在乎，杯到酒乾。他臉上笑著，心裡卻有些煩悶。

下午，李貴帶來楚昭業的吩咐，讓他想法子留在京城。

「顏寧對您起了殺心，要是到軍裡，殿下怕您有個好歹，留在京城，殿下還有重任交代您。」

錢雲長覺得有些憋悶。自己堂堂御林軍統領，會怕顏寧那種黃毛丫頭？

別人都以為自己這個御林軍統領，是借了楚昭業的力，但是自己在軍中這幾十年，也是一步步爬上來的。

「錢統領，我敬你，祝你此去旗開得勝！」一個同僚舉杯。

錢雲長端起酒杯。「好，乾了！」他一口喝盡，站起來，打了個酒嗝。「我還得回去收拾收拾，今日就先喝到這兒，今夜還得我值守呢。」

那些同僚看他站立都有點不穩，又聽他說還要值守，也不再勸，大家最後喝了一杯，送錢雲長出門。

錢雲長走出酒樓，被冷風一吹，腦子感覺更昏沈了些。他往前走了幾步，看到醉花樓邊的百花巷口，有幾人不知為何起了衝突，在那兒推推搡搡。
腦中想起李貴的話，他打了個酒嗝。「走，我們快些回去！」說著，走到親兵拉著的馬韁邊上，一手扶住馬鞍，就想翻身上馬。
大概是酒喝多了，人有些搖晃，左腳踩著馬鐙居然沒踩穩，腳下打滑掉下來，叫了一聲「哎喲」。
「大人，要不要緊？」
「我腳好像扭到了。媽的，這馬鐙怎麼回事？」錢雲長氣得瞪大眼罵了一句，手還拽著馬韁繩。
親兵不敢說他喝多，連忙扶著他。就在這時，不知什麼東西掉在馬兒邊上，「砰」的一聲，炸開了火花。
那馬被聲音一驚，剛巧有火花掉在馬的眼睛上，那馬一吃痛，嘶鳴一聲豎立起來，馬頭左右一甩，痛得在街上飛奔。
錢雲長本就有些喝多，腦子反應慢，這時再被馬一拉一拖，那手沒來得及放開韁繩，直接被帶倒。
好巧不巧，那馬後腿，直接踩到錢雲長的肚子上。
親兵們幾個去追馬，還有幾個伸手扶人，看到錢雲長口鼻出血。
「大人被馬踩了，快去叫人！叫大夫！」一個親兵看到錢雲長肚子上那個馬蹄印，大聲喊道。

百花巷那邊推搡的幾個尋芳客，看到這一幕，也是有些目瞪口呆。這錢雲長也太倒楣了吧？

其中一個叫了一聲。「天啊，死人啦！」

「瘋馬踩死人啦！」幾人大叫起來。

「不好啦，馬踩死人啦！」

「快躲開、快躲開！」街上頓時亂起來，還在路上閒逛的人，跟著人群亂奔亂走，也沒問清到底出了什麼事。

這時候，那馬早就跑得沒影了。

等到大理寺差役匆匆趕到時，錢雲長身邊圍了一堆人，那匹馬的馬臉上被火燎了一片，眼睛血紅，雖然被死死拉著韁繩，還是不停嘶鳴，顯然還痛不可當。

大理寺的游天方這時也趕過來，看錢雲長那樣子，不死也去半條命了。

看那親兵還在慌亂，他攔住吩咐。「你們快抬錢統領回去，再去一個人進宮請太醫啊，在這裡多說什麼。」

那幾個親兵才醒過神來，直接卸了一家店鋪的門板，將錢雲長抬著往前趕，另外兩人分頭報信和請太醫去了。

另一廂，楚昭業在三皇子府裡，也聽人來報說錢雲長重傷昏迷。

他看著李貴問道：「怎麼回事？」

「奴才不知道啊，好像說錢統領上馬的時候滑了腳，然後，馬驚了，人就傷到了。」李貴覺得錢雲長真夠狠的，三殿下只是讓他想辦法留在京城，他就能把自己弄成重傷？

楚昭業總覺得錢雲長這事透著蹊蹺，但是出征在即，他沒有多少時間來查這件事。他原本是想讓錢雲長受點輕傷，這樣就有理由留京。

如今，錢雲長重傷了，當務之急，誰可代替錢雲長呢？

第六十四章

楚元帝在深夜被康安給叫醒，他在床上好一會兒，才回過神來，壓著怒氣問道：「又出了什麼事？」

「聖上，剛才有人來報，錢雲長錢統領晚上受了重傷。」

「怎麼受傷的？」

「在百花巷那邊扭傷了腳，然後，被馬給踩了。」

楚元帝就算沒去過百花巷，也知道京城裡百花巷是什麼所在，一聽康安這話，立時發怒。「大戰在即，出征在即，他竟然還有心思去花街柳巷？」

「聖上息怒。聖上，聽說是幾位大人為錢統領餞行。」康安連忙扶著楚元帝，低聲解釋。

楚元帝深吸一口氣。「太醫怎麼說？」

「三殿下派人請了太醫過去，現在還沒回來。」

大軍還沒出發，錢雲長就重傷，實在不是個好兆頭。

楚元帝罵了錢雲長幾句後，還是忍住怒氣。既已傷了，怒也無用。「太醫回來後，你讓他來見朕。」

稍晚，去為錢雲長看診的太醫，來到宮門時，就被帶到勤政閣。

「錢雲長的傷怎麼樣？」

「回稟聖上，錢統領五臟出血，如今還昏迷不醒。」

「他還有什麼傷？」

那太醫愣了一下，心裡斟酌該怎麼說。

楚元帝直接看著這太醫，問道：「怎麼，他的傷不好說？」

「聖上息怒，下官去錢府看時，錢統領身上有扭傷、擦傷，還有踩踏的傷口。」

「扭傷？」元帝想起康安說錢雲長是因為扭了腳，才會跑不及，被驚馬拖著摔倒，然後才被踩重傷的。「你退下吧。」

那太醫鬆了口氣，連忙告退下去。

楚元帝沈吟半晌，又下令讓楚昭業和顏寧進宮來。

楚昭業知道，楚元帝必定是找自己商議這護衛之事，也想好了說詞。

顏寧是在出府時才碰上太子的人，告知錢雲長受傷之事。她沒想到，這錢雲長居然倒楣成這樣，不過若是能活下來，倒是算他走運，自己還打算一到軍裡就先弄死他呢。

顏寧帶了幾個護衛，騎上馬，直接趕到宮門，在宮門口遇到楚昭業。兩人一起來到勤政閣，楚元帝卻趴在御案上不動。

楚昭業輕輕叫了幾聲父皇，看楚元帝毫無動靜，就看著康安。

康安連忙走到楚元帝身旁，輕輕附耳低聲說：「聖上，三殿下和顏將軍來了。」

康安一連叫了三、四聲，就在他猶豫要不要伸手時，楚元帝終於動彈，慢慢讓康安扶著坐起來。

顏寧一看他的臉色，有些吃驚。楚元帝臉色蒼白，額頭冷汗直流，這個樣子太嚇人了。

楚昭業關心地問道：「父皇，您要不要先叫太醫來看看？」

「不用了，朕只是有些累。」楚元帝的聲音帶著剛睡醒時的沙啞。「錢雲長的事，你們兩個都知道了嗎？」

「錢府的人已經到兒臣府上說過了，兒臣讓人請的太醫。」對這種沒法隱瞞的事，楚昭業一向坦白。

「剛才在宮門聽說的。」顏寧也回道。

「錢雲長這一傷，你的護衛就得重新看看了。」楚元帝看著楚昭業慢慢道。

「父皇，不用為兒臣擔心，兒臣覺得御林軍不用隨行，還是留在京中護衛父皇為好，軍中自有親兵護衛。」楚昭業一抱拳推辭道。

顏寧也不說話了。錢雲長不去，她可不打算讓楚昭業有那麼多護衛，最好五百御林軍也省了。

楚元帝點點頭，此時他也睡不著，索性讓人傳了左右丞相、兵部官員過來。

可憐這些大臣，在家中剛打算就寢，就被叫進宮裡，一路上吹著冷風，只覺更睏了。有幾人進了勤政閣才知道錢雲長受傷，這些都是官場上混成精的，錢雲長忽然受重傷，都知道內情不簡單。

楚元帝指派御林軍現任副統領暫代錢雲長的職務。一番商討，京郊四營中，南營和西營跟著出征，糧草先就近籌集部分隨軍而行。

水患時英州那邊招募的新兵，都安排在這兩營中，李敬是其中一營的副將。

楚昭業看顏寧這架勢，是打算將他這邊的將領們，都帶到玉陽關去？他有些摸不準顏寧到底想做什麼？若是想殺他的人，顏寧最多也只能殺一、兩個，總不能將忠於他的將領全殺了吧？

顏寧卻是不管不顧，將楚昭業的人一股腦兒拖出來。路上殺不了，上了沙場，刀劍無眼，這些人就自求多福吧。

不過看楚昭業毫不阻攔的樣子，她不知道這位三皇子是什麼打算？奪嫡到最後，無非是兵戎相見，她將他的兵和將都拉到玉陽關，他怎麼依然氣定神閒？顏寧覺得自己疏漏了什麼，可仔細想想，感覺沒人遺漏啊。

楚昭業怕招楚元帝忌諱，在軍中一直沒太大勢力。當然，楚昭恒這邊的人也沒閒著，比如京郊南營，李敬就在裡面做副將。

這一番較勁，大家都沒占上風。

楚元帝只聽楚昭業和顏寧說話，居中拍板。不知不覺，這番議事就說到了天亮時分。

楚元帝看勤政閣外天色漸明，在灌下幾碗參湯後，也有點撐不住了，幸好事情也已經理得差不多。

顏寧慢慢走出皇宮，感覺都要睡著了，回到府中，悶頭就睡。

楚昭業踩著晨霧回到府中，卻沒再睡，到了書房提筆寫了書信，叫李貴讓人送出去。

天亮後，側妃錢氏一大早就趕回家中探望錢雲長，一直到中午才回。

楚昭業叫過錢氏詢問，錢氏哭哭啼啼只說叔父是被人暗算了。

楚昭業沈了臉色，到底無可奈何。錢雲長從馬鐙滑下應該是故意的，然後，有人就故意驚馬；又或者那些人本來就打算在百花巷動手，錢雲長是剛好自己湊上去。

錢雲長不再是御林軍統領，看來計畫又得更改了。

他讓錢氏回去，讓李貴叫了濟安伯劉吉過來。

濟安伯趕到三皇子府，楚昭業讓他坐下，直接道：「此次出征，劉岑跟我一起走。」

濟安伯一驚。「他在御林軍裡……」

「御林軍統領一職，已經由副統領先頂著了。京郊西營此次會出征，劉岑此時也不宜再動，不如跟我出征去，到時他任我親衛隊長。」

濟安伯捨不得兒子去玉陽關，如今錢雲長受傷，若是劉岑能乘機在御林軍中占個要職，楚昭業一登基，那兒子任御林軍統領也不是不可能啊。

楚昭業打斷濟安伯的幻想，緩緩道：「我離京後，京城中的事情，就要你來安排了。」

濟安伯明白了，三皇子委以重任，但是又不放心，所以想將劉岑帶在身邊。

委派重任，他想起這個詞，難得像少年人一樣，有些熱血沸騰。看安國公家就因為宮變那夜，他押上身家性命去東宮救太子，現在女兒做了太子妃，大兒子做了一營副將，二兒子在太學院進學，只要不太無能，來年金榜混個進士出身是板上釘釘的事。

濟安伯府也沈寂很久了，他既然將女兒嫁到三皇子府做了側妃，就已經沒有退路，所以，他臉色鄭重地道：「老臣明白了，一定不負殿下厚望。」

「難得來一趟，劉氏一直想念家人，濟安伯不如去看看劉妃。我離京後，這府中還是要讓劉氏管著。」楚昭業看濟安伯雄心抖擻，不再多說，讓他去後院見見女兒。

濟安伯興沖沖去後院見女兒。既然要立從龍之功，必然得冒險，濟安伯覺得，自己押的這一注跟安國公那次比，風險可小多了。

楚昭業目送濟安伯離開，走回書桌後，拿起北境的輿圖，細細看了起來。

很快到了出征之日，顏寧和楚昭業都是一身甲衣。

此次，顏寧帶了一百多名顏府護衛，楚謨留下的四個人也一併帶去。大軍裡還有裝東西的馬車，其中一輛車上，虹霓正坐在裡面，守著顏寧的東西。

楚昭業只帶了李貴和五十名王府侍衛。

顏寧看那五十名侍衛，居然只有二十來個人，像山道上遇到過的黑衣高手。征戰凶險，這種時候，楚昭業居然還不把高手全都帶上？

楚元帝讓右相葉輔國率領文武大臣，代自己為出征大軍們敬了壯行酒。

顏寧一馬當先，楚昭業在後，再後面是京郊兩營的兩個主將徐陽、曾成，副將李敬、劉岑跟隨，還有西大營的主將夏仲天剛趕到會合的京畿道。

大軍整束而行，帥旗上書著斗大的顏字，見過此次出征情景的京城百姓們，後來過了很多年，還會提起顏家的這位女將軍。

大軍行了兩日後，天公不作美，紛紛揚揚下起雪來，路上不時遇上關外逃難到關內的流民。

玉陽關的戰事，讓人不安。

楚昭業看到流民時，心裡也是一愣。難道要守住玉陽關，比自己估計的要難？

顏寧急著行軍，命益州援軍沿著荊河邊上的官道行走，處州和英州的二十萬大軍走水路，李敬和劉岑帶隊先行，火速趕往冀州。

四日後，大軍到達冀州。

冀州這裡，老將黃岐已經帶著北地的兵馬等候。

一見到眾人，冀州州牧就稟告道：「三殿下，顏姑娘，顏大將軍從玉陽關派人來接應，現在就在州牧府裡。」

父親派人來接應？顏寧看了楚昭業一眼。

楚昭業坦然對上顏寧視線，對州牧說：「來的人是誰？快帶過來，我們也好瞭解玉陽關的情形。」

那州牧連忙派人將來人請到城外大軍紮營處。

就見來的人是孟良，他一看到顏寧，就有了焦急之色。

「玉陽關情形如何了？你快說來。」顏寧心急父親和兩位哥哥的消息，這一路見到流民，讓她心中不安。

孟良稟告說：「玉陽關外，現在有北燕大軍八十萬，他們糧草充足。近日……近日我們丟了關外一座輔寨。」

玉陽關關外有左、右兩座輔寨，分左右輔衛玉陽關主城，若有敵攻城，只要兵力不是數倍於己，就可形成夾擊之勢。

如今北燕人一來就攻下一座山寨，那玉陽關輔衛實力就差了一截。

玉陽關到冀州這一帶，是一片平原，若玉陽關失守，只有到京城邙山這邊，才有天險可守。

「玉陽關那邊的大雪，比冀州這邊還大，都埋到膝蓋了，糧草輜重運輸很不便。」這種天氣，要往玉陽關運送糧草輜重，所耗費的人力、時間更是平時的幾倍。萬一碰上凍雪，開路更難，不用再多說，在座的人都知道情形有多緊急。

北燕八十萬大軍，大楚的援軍雖有五十萬，如今卻尚未齊至！

「守寨的人呢？」顏寧追問。

「大部分人都退回來了。」

能在敵人圍攻時衝出來，倒是令人欣慰。

只是顏寧看孟良嘴裡雖然說著退出來，臉上神色分明還是焦灼。難道還有什麼事？

楚昭業看孟良神色，又看看顏寧，體貼地對眾將道：「大家先歇息一下，待明日益州軍到後，再議吧。」

黃岐看了看楚昭業和顏寧，哼了一聲。

黃岐也是北地有名的將領，少年從軍，可惜被安排在冀州一帶。有顏家軍守住玉陽關，北燕人不能打到關內來，立不了軍功，他這將軍也就止步於二品。

顏寧看他臉色不豫，知道他對自己這個黃毛丫頭領軍，心中不服，但此時也顧不上黃岐。眾人離開後，她讓人守在外面，自己好好詢問孟良，玉陽關到底出了什麼事？

孟良一看人都出去，也不藏著了，急得叫道：「姑娘，二公子不見了。」

「二哥不見了？怎麼會不見的？」

「北燕人圍了玉陽關，大將軍看他們人多，就嚴命固守待援，前段日子，北燕人拿下左寨後，氣焰更囂張，天天在城下叫罵。前幾日，王賢和二公子爭執，說二公子真有本事就該去奪回左寨，還說了很多其他有的沒的。二公子氣不過，悄悄帶人出關。後來、後來就沒音信了。」

顏寧聽說顏烈失了音信，急得跳起來。「派人去找沒？」

「關外都是北燕人。大將軍說二公子私自出關、違反軍令，就算回來，也要軍法處置。他說不能為二公子，讓別人枉死，硬是不肯派人去找。屬下幾個想溜出去找，被大將軍抓回來關了禁閉，直到這次要到冀州報信，大將軍才放屬下出來。」

「對了，大公子說，二公子肯定還活著，因為北燕人還在銀山裡轉悠。」孟良又說了顏煦的判斷。「大公子讓屬下告訴姑娘，王賢這幾日蹦躂得厲害。」

顏寧恨不得插翅飛到玉陽關去看看，轉了兩圈，逼自己冷靜下來。

大哥說得對，只要北燕人還在銀山轉悠，就說明他們還沒抓到二哥。只是，這種天氣，銀山裡更是寒冷，二哥怎麼熬得過？

剛才孟良說，是王賢激怒二哥，二哥才帶兵出關的，而王賢這個人，在前世，最後是楚昭業的人。

她一再告訴父親、大哥和二哥，要小心王賢，二哥怎麼還著了人家的道？這腦袋，是榆木疙瘩嗎？若二哥在自己面前，她真恨不得踹幾腳，可現在二哥被困在銀山，生死不知……

楚昭業帶人離開帥帳後，帶著一直等在帥帳外的李貴，回到自己的營帳。營帳裡，有一人正等著。

孟良若是來看的話，必定吃驚，這人居然是王賢身邊的的長隨。

那人將王賢寫給楚昭業的信奉上後，諂媚地道：「稟告三殿下，我家主人讓小的特來稟告三殿下，顏烈這次出關，不是落到北燕人手裡，就是藏在銀山山裡，人還活著，顏明德大將軍不讓人出關去找。」

「很好，你辛苦了。下去歇息一下，明日就趕回玉陽關去，告訴王監軍，他做得很好。」楚昭業跟這人溫言說了幾句，讓李貴帶他去休息。

李貴帶著人出去後，楚昭業長吁一口氣，在營帳內的几案旁坐下，臉上帶著一絲放鬆的笑意。

李貴安頓好那人，回到營帳來，就看到自家殿下臉上帶笑地看著營帳內掛著的京城輿圖。他自小伺候楚昭業，一眼就看出，自家殿下這次的笑是真的高興，便湊趣道：「殿下，您可真是妙算，那顏烈居然真的上當了。」

楚昭業心情好，難得有心情閒聊。「顏烈性情暴烈，最受不得激，顏寧一定提醒過他們要小心。可是，顏烈怎麼受得了一邊聽北燕人叫罵，一邊聽自己人說他無能？」

「殿下，奴才愚鈍，您為何一定要讓顏烈出關呢？咱們要是到了荊河附近就回京，不是更快些？」

「北燕人要大舉入關，玉陽關是一道屏障，若是京城內亂，玉陽關失守，那大楚就危矣。」楚昭業緩緩道。他想要皇位，可也不想看著大楚的江山被北燕給占了。

他看李貴還一臉懵懂的樣子，淡笑道：「顏烈，是釣著顏寧去玉陽關的魚餌。」

李貴明白了，三殿下是要逼著顏寧去玉陽關！

顏明德為了家國，可以置兒子死活於不顧，但顏寧卻不是這麼忠義之人。若殿下到荊河就回京，顏寧一怒之下，或許就帶領大軍追殺殿下了。

現在，顏烈可能落入北燕手中，玉陽關形勢更危急。為了父兄，顏寧肯定恨不得插翅飛到玉陽關，天大的事情也只能丟下。

等到了玉陽關，守不守得了關，就不是顏寧說了算。

顏寧果然心急如焚，眼看處州和英州兩地援軍還未到，她讓人給處州和英州兩路大軍送信，催他們快些趕來。

冀州這邊，她下令後軍變前軍，運送的糧草輜重等先送到玉陽關。萬一大雪封路，東西過去了，人總是能快些。

同時，顏寧每日擂鼓點卯，讓諸將帶領各自麾下練兵。

楚昭業知道，顏寧是打算讓這些人到了玉陽關後，就馬上迎敵。

可是，其他人還罷了，黃岐對顏寧的安排，卻大為不滿，他覺得顏寧讓自己的冀州軍也跟著一起操練，實在有損威風。

這日晚上，京營主將曾成請他喝酒，他喝了幾杯後，大吐苦水。「老曾啊，不是我說你們京城的幾個，你說你們一個個大老爺們，怎麼讓個女娃子當主帥？」

「太子舉薦的，聖上答應了，我們能說什麼？」曾成嘆了口氣，給黃岐又倒了一杯，勸道：「黃將軍，如今算是戰時，不許多飲，您少喝幾杯啊。」

「沒事，這點酒，老子再喝十罈照樣帶兵。」黃岐一高興，說著喝著，沒片刻，已經醉了。

曾成叫來黃岐的親兵，將黃岐抬進營帳安睡。他看看天色已近深夜，避開巡邏的士兵，來到楚昭業的營帳外。「殿下，末將曾成求見。」

「曾將軍，快請進來。」楚昭業讓曾成到帳內坐下。

曾成走進帳內感覺還是冷，四下一看，原來裡面就燒了一個炭盆，難怪比外面也好不了多少。

楚昭業看他鬍子上都有些水珠結著，讓李貴將燒著的炭盆，往曾成那邊挪了挪。「曾將軍，烤烤火吧。」

「多謝殿下。」曾成也實在冷得受不住，伸手往炭盆上烤了烤，壓低聲音道：「殿下，黃岐喝醉了，明日點卯必定起不來。就看那位，」他往中軍帥帳那邊指了指。「明日敢不敢對黃岐行軍法了。」

楚昭業對此不擔心，顏寧膽子不小，還有些傲氣。「明日必定會亂，我到時趁亂離開，你們還是留在軍中。」

這種時候走，他不怕因為自己的離去而讓軍心不穩，這些顏寧自會安撫。

「殿下，若是顏寧安撫不了，怎麼辦？」曾成擔心地問道。

黃岐明日不能點卯，按照軍營的規矩，擂鼓三遍不到，屬於擅自離營，輕則板子，重則殺頭。

顏寧為了自己的威信，必須對黃岐行刑，以黃岐的資歷和傲氣，必定會鬧起來，他一鬧，冀州這邊的人肯定跟著鬧。

可這鬧起來，顏寧壓得住嗎？

「不用擔心，她必定能處置的。」楚昭業卻篤信顏寧能收服眾人，可惜，她終究不與自己一條心。

曾成聽了，也不再多說。他跟隨楚昭業後，對這位主子的識人之能很佩服。

第二日卯時初刻，顏寧照例點卯，黃岐果然未到。

顏寧坐在中軍帳內，楚昭業坐在她下首位置，看她皺了眉頭，輕聲說：「不如讓人去看看？」

顏寧叫楚六帶人去看，發現黃岐還在呼呼大睡。

黃岐的親兵將他叫醒，黃岐穿了衣袍，來到顏寧的帥帳，卻毫無怯色，只是如常行禮。

「黃將軍，你為何來晚了？」

「我喝醉了，望顏姑娘恕罪。」黃岐酒意還未散去，聽了顏寧的問話，行禮之後，滿不在乎地說了一句。

夏仲天等幾人，都看向顏寧。

顏寧看楚昭業氣定神閒的樣子，問道：「三殿下，您看……」

她這一問，黃岐更是不屑，插嘴道：「顏姑娘，三殿下是監軍，您是主帥，難道您自己不知軍法嗎？」

「黃將軍，那您教我？」

「點卯遲了，輕則三十大板，重則推出轅門砍了。」黃岐大聲說了一句。

「既然黃將軍知道，那就好辦了。」顏寧笑著點頭，拿起案上的權杖。「念黃將軍初犯，拉下去，打三十大板。」

若不是場合不對，楚昭業倒真想一笑。這黃岐是酒沒醒，還是一直如此一根腸子？

營帳外，走進來幾個親兵，拿了權杖，就想去拖黃岐。

黃岐看眾人都看過來，惱羞成怒。「老子大小那麼多仗打下來，就算妳老子，都不敢說給我上刑！」

「拖下去，給黃將軍準備一碗醒酒湯，等會兒喝了。」顏寧滿臉冰霜。

黃岐氣得甩開兩個士兵，衝到顏寧面前。楚六等人一驚，就想拔刀護衛。

顏寧對他們一擺手，站了起來，看著黃岐，一字一頓地問道：「黃將軍，你是不服我，還是不服帥令？」

「當然是妳！」

「為何不服？」

「笑話，老子騎馬射箭的時候，妳還沒出生吧？一個黃毛丫頭，也來軍營指手畫腳。」黃岐自傲地道。

顏寧曾聽顏明德說過，當年，黃岐的箭法是軍中聞名的，此時聽他提起射箭，她有意折服這個老將。「黃將軍覺得，只要箭法高超就能為將？」

「是又怎樣？」

「聽說黃將軍百步穿楊、箭不虛發。不如這樣吧，我和你比試箭法，若是箭法不如你，就讓你來坐這帥位，如何？」

夏仲天幾人聽了這話，覺得顏寧太托大。別看黃岐年過半百，但是論箭法，軍中的將軍們，誰不是稱讚一聲好？

曾成連忙上來說情，讓黃岐認個錯，顏寧也好從輕發落。

徐陽與其他人都沒深交，但覺得軍中按令行事，不管顏寧這元帥是不是讓人信服，黃岐公然挑釁總是不對，也幫著勸。

沒想到，越勸黃岐的火還越上來，直接一拍桌子。「比試就比試，輸了別去找妳老子哭。」

「那黃將軍要是輸了呢？」

「老子輸了，挨軍棍，以後唯妳馬首是瞻。」

「好，現在各自回營帶兵操練。黃將軍喝多了，下午再比吧，免得說我勝之不武。」顏寧抬高下巴，傲氣地道。

夏仲天等人看兩人已經說定，無奈地看向楚昭業，他身分最尊，只能希望他開口相勸，或許能勸住。

楚昭業見眾人都看著自己，無奈地道：「既然你們二位要比，那不如下午去北坡比試吧，讓人將那兒的雪清一清。」

眾人一聽，他是看熱鬧不嫌事大啊，監軍都不管，大家還管什麼？

顏寧看眾人離開，問楚昭業。「三殿下，今日都二十四日了，處州和英州的援軍若還不來，我們該如何是好啊？」

「不如先派人去看看吧？若是過了時日不至，我們先帶這些人馬趕到玉陽關？」

「好，我也是這麼想的。明日若還不到，就先趕到玉陽關去。」顏寧又看了楚昭業一眼，離開帥帳看人練兵去了。

下午，聽說黃岐要和顏寧比試箭法，軍營裡沸騰了。

不少士兵只遠遠見過顏寧這個元帥，聽說是個小姑娘，私下沒少好奇，如今聽說要和老將軍比箭法，更想見識見識。

到了下午，北坡早就清掃出一大片空地，豎起了靶子。顏寧覺得就站著射太過無趣，建議走馬射箭，一局定勝負，黃岐當然不會反對。

楚昭業站在場邊，見兩人都已經騎在馬上，背負弓箭準備比試。後面的士兵們想看熱鬧，忘了尊卑，都往前擠。站在前面的楚昭業一下就沒入人群裡，看不到了。

李貴在冀州南邊官道口，焦急地等著。為了盡快趕回京城，他們十來個人都是輕裝簡從。

很快，李貴看到楚昭業打馬而來。

「殿下，我們看過了，沒人，走吧。」李貴連忙小跑著迎過去。「沿途的人都安排好了。」

楚昭業點頭。如今天寒地凍，從冀州到荊河碼頭，快馬回去需三天左右。等顏寧發覺自己離開，再想派人追上他，已經來不及了。

「走吧！」他回頭看了冀州一眼，站在這裡，還能看到城外紮營的大軍營帳，待自己登基後，再發兵來解玉陽關之困吧。

他攏了攏身上的披風，一夾馬腹，快馬狂奔起來。走了沒多遠，他只覺得馬蹄子一頓，往前撲倒。

楚昭業練過武功，連忙鬆開馬鐙，往前跳下。幾個護衛發現情況不對，連忙下馬護到邊上。

左右路邊的雪堆裡，跳出幾十個人，領頭的卻是孟良。

他。

「三殿下，請留步！您這是要到哪兒去啊？」孟良忍不住諷刺楚昭業一句。姑娘讓自己守在這裡，這三殿下，還真打算開溜啊。

「軍營無聊，出來跑跑馬。」楚昭業撣了撣衣袍上的雪跡，孟良那句話，壓根兒刺不痛

「我家姑娘說，她馬上就到。」

沒多久，果然後面飛奔過來五騎，顏寧領頭，後面跟著楚六等四人。她奔到楚昭業面前，才勒住轠繩，也不下馬。「三殿下，您急著去荊河碼頭嗎？」

「倒真是掛心得很。」

「我不管京城情形如何，你，走不了！其實三殿下離開軍營很危險的。您看這路上都沒什麼人，萬一遇到劫道的，把您殺了怎麼辦？」

「有顏寧妳這元帥在，劫道的怎麼殺得了我呢？」

楚昭業走到一個護衛的馬兒邊上，騎了上去。「寧兒，妳和黃將軍，是誰勝了？」

「喔，是平手。但黃將軍愛惜晚輩，讓我了。」顏寧倒是真想在這裡，將楚昭業殺了，可惜聽到後面的馬蹄聲，再多殺意也只能息了。

曾成和劉岑帶著幾十親兵趕過來。「顏元帥，您可真是神技啊，剛才那一手箭法，叫什麼啊？」

「曾將軍來得真快，那一手，叫金蟬脫殼。」顏寧冷冷看著曾成，說了一句。

曾成一噎，不知如何接話好？

第二日，荊河碼頭處傳來消息，處州援軍沿荊河行船時，居然翻船了。

顏寧不再耽擱，下令大軍開拔。

「元帥，北燕八十萬大軍，我們就算都過去，加上既有守軍也才七十多萬，何況現在人沒到齊，只有三十萬人啊。」李敬著急地道。

「再等下去，天上也不會再掉下三十萬人馬來。軍情如火，何必再空等？」顏寧看其他人都有猶豫之色。「我已經命人往京城送信，讓聖上再抽調兵馬。而且，南邊南詔一戰，楚世子勝利在望，到時強援就到了。」

她這話純屬胡謅，不過幾位將領沒想到顏寧會說謊，還以為真的很快就有後援。

黃岐射箭輸給顏寧，感念顏寧顧全他面子，所以如今也很少和顏寧開口嗆聲了。

楚昭業被追回後，沈默不少。他不反對，大軍就按顏寧所說的，火速開拔。

一路風雪泥濘，終於到了玉陽關。

顏明德帶著顏煦等人，迎了出來。

顏寧一見顏明德，幾乎認不出來。三年不到，顏明德兩鬢白髮更多了，眼皮浮腫，眼中紅絲密布，顯然已幾日未曾好睡。

顏明德看到她，欣慰一笑，叫了一聲「寧兒」，就越過她，走到楚昭業面前，抱拳行禮。「三殿下，恕末將甲冑在身，不能行全禮。」

「顏大將軍辛苦了，何必多禮。」楚昭業上前一步，虛扶了一下。

看到顏明德這臉色，他知道，必定是玉陽關形勢不好。

黃岐、夏仲天等人上前，一一與顏明德見禮。

顏煦跟在顏明德身後，年輕的面容上也是憔悴可見。見到多年未見的妹妹，他溫和一笑，將她拉到自己身後。

顏寧往顏煦身後打量，不由失望，還是沒看到顏烈。難道二哥還陷在銀山嗎？

顏明德讓大家來到府中，笑道：「我特意擺了水酒，給大家接風吧。」

顏寧急著想問顏烈的消息，但是在外人面前，也只好按捺性子，等著私下再問。

顏明德沒讓顏寧落坐，客氣地跟眾人道：「大家見笑了，我這女兒自小被寵壞，多謝幾位將軍雅量，讓她掛著這元帥名頭。」

「哪裡哪裡，顏元帥不愧是將門虎女。」曾成為人最是活絡，立即恭維一句。

他原本沒想過上戰場，以為自己就是跟著走個過場，可現在人都到玉陽關了，他想著，還是與顏明德拉拉關係好。

「你別客氣了，你女兒那箭法，比你可好多了。」黃岐甕聲甕氣說了一句。

其他幾人也笑著恭維幾句。

顏明德一笑。「我這兒子和女兒，雖然駑鈍不堪，但，到底不算丟顏某的臉。」他笑容裡，帶著一絲苦澀，說完這一句，對顏寧說：「寧兒，妳謝過眾位將軍，快去後院歇息吧。」

顏寧猜想，父親是不想自己一個姑娘家拋頭露面，可是這一路上，她想避嫌也不能完全避開啊！現在再顧忌，是不是太晚了？不過父親都這麼說了，她自然不會違背。

玉陽關外，傳來北燕人的擂鼓聲和叫陣喝罵聲，顏府在玉陽關的府邸於城中偏南處，離北城隔得遠，也聽不清他們叫什麼？

雖然聽不清聲音，可那種囂張歡呼還是聽得出來。可惜關內只有五十萬人，還是不能一戰。顏寧恨恨地踢了腳下的雪，往後院走去。

「姑娘、姑娘，您可來了！」還沒到後院，一個人撲出來，跪到她面前。

她仔細一看，是顏六。

「顏六，怎麼了？」

「二公子，快救救二公子啊！」

「二哥找到了？」顏寧一直想問顏烈有沒有消息。

「二公子被北燕人抓到了，現在、現在正在城外受刑呢。」顏六哭叫起來。

二哥？城外受刑？

顏寧覺得腦子裡一陣轟鳴，一把抓起顏六，轉身往府外衝出去。

「姑娘，大將軍不讓您出去！」顏寧走到大門口，就有顏家家將來攔。

「滾開，誰敢攔我！」顏寧一把推開那人，也忘了要騎馬，往北城樓跑去。

顏寧跑了一段路，顏六和孟良騎馬過來，孟良手中牽了顏寧的馬。「姑娘，馬，騎馬！」

與此同時，顏明德正在廳中和幾人喝酒，聽到城外北燕人的戰鼓聲後，臉色白了一下，顏煦更是捏緊了酒杯。

顏府一個家將匆匆跑進來。「將軍，姑娘去北城樓了！」

「讓守門的人嚴守，不許開門。」顏明德低聲說了一句。

楚昭業眼神掃向王賢那邊，王賢比了一個二字。

黃岐看出不對，沒憋住。「顏大將軍，您這是有什麼事嗎？北燕人在叫關，不如我們去看看？」

「是啊，不如先去看看北燕軍營？」夏仲天也贊成。

顏明德後槽牙緊咬。「諸位去吧。」他說完站起來。

其他幾人聽他這麼說，一愣，王賢起來說道：「顏二公子私自出關，被北燕人抓住了，北燕人用刑，逼顏大將軍開關。」

王賢投靠了楚昭業，與顏家為敵，可是顏烈被抓住三日了，他對顏明德倒是有些佩服。

黃岐幾人聽說現在正是顏烈在北城受刑，都不知該如何說？

顏明德苦笑。「逆子違反軍令，就算回來，也要軍法處置！我只當沒有這個兒子。」話說得狠心，只是為人父母，哪有不心疼的，難怪滿眼血絲，一臉憔悴。

顏煦也是滿心苦澀，恨不得衝出關外去。

「將軍，姑娘要出關，跟守城的打起來了！」另一個顏家家將跑進來。

顏明德趕著顏寧到後院，就是怕酒席上說起玉陽關形勢時，讓她知道顏烈被抓，她會按捺不住，沒想到這麼快就知道了。

「諸位見笑了！」顏明德說了一句，匆匆趕到北城門。

黃岐等人也坐不住了，跟在顏明德身後出去。

楚昭業走在最後，王賢走到他身邊，還未開口，顏煦冷聲道：「王監軍，你也要去看我二弟受刑嗎？」

「哪裡，我……唉，我慚愧啊。」王賢羞愧地低下頭，說了一句。

「這和王監軍有何瓜葛？」楚昭業轉身問道。

顏煦看了兩人一眼。「三殿下可與王監軍慢慢敘談，王監軍對您，自會知無不言的。」

他深怕自己忍不住殺了王賢，繞過兩人追到外面。

顏明德趕到時，顏寧已站到玉陽關的城樓上。他順著顏寧雙目的方向一看，嘴唇都哆嗦了。

緊跟在他身後，來到城樓上的黃岐、夏仲天等人，往城樓下一看，都是咬緊了牙關。

北燕人竟然特製了一輛刑車，中間是一根高高的圓柱，圓柱頂上裝著鐵環，鐵環垂下繩子，顏烈雙手吊著，懸空在圓柱上，雙腳不著地掛著。圓柱立在一輛車上，那車子兩旁用厚厚的鐵皮遮擋，行刑的人，就躲在鐵皮後。

北燕人竟然將這輛刑車推到離玉陽關不足兩里處，而刑車邊上，還有幾個大楚士兵，可能是跟著顏烈出關、此次被一同抓住的人。那些士兵並排被壓著面向城樓跪在地上。

有人用大楚話對城樓上喊道：「我們國主說了，戰俘也要吃肉，但是北燕貧瘠沒這麼多肉。聽說顏將軍愛兵如子，就拿你兒子的肉烤熟了餵給他們吃吧！」

北燕國主一向是殘暴不仁，甚至聽說他火烤活人來吃，這樣的人本就沒有人性。他登基後的心願就是攻入大楚，可是一座玉陽關，將他的雄心給壓在北燕這麼一小片地方。好不容易抓到一個顏家人，他怎能不好好洩憤？

蘇力紅一抓到顏烈後，聽說是顏家人，高興地連夜讓人做了這輛刑車，趕著要讓顏家人見識自己的厲害。

顏烈不知是暈了，還是如何，聽了那人的話還是分毫未動。有寒風吹過，掀起一點布片，下面只有血肉模糊的一片，而腳上還有冰渣子，在冬日暖陽照映下，閃出一點白光。

顏明德只覺心如刀絞，但他是顏大將軍，此時若帶人出關，玉陽關就要失守了。昨日承受過的痛，今日又要重來，他捏緊拳頭，背轉身，不忍看幼子受刑，一向挺直的肩背，甚至佝僂下去。

「這些北燕雜種！」黃岐聽了那話，再看到顏烈，只覺怒火上湧，可除了罵，什麼都做不了。

顏寧剛看到刑車被推到城下時，就想要衝出去，把二哥救回來，但是守城的人死活不肯開門。她又跑回城樓上，聽到這話，看到刑車後，有一把刀明晃晃地對著二哥的腿滑下去。

二哥渾身戰慄了一下，猛然瞪大眼，看向了城樓。

顏寧忽然瘋了一樣，拿過一把強弓，伸手，彎弓搭箭，她睫毛撲搧了幾下，將眼淚趕開，然後就對著刑車上那人，慢慢地拉開弓箭。

顏煦趕上城樓，楚昭業和王賢跟在顏煦身後，就看到顏寧的虎口，甚至繃出了血，她只是穩穩地搭箭，臉色冰冷如雪不見一絲血色。

箭，脫手飛出。

眼看著那箭就要射到顏烈，城樓下斜刺裡射出一箭，將顏寧射出的箭給撞飛。那箭，歪斜著飛到刑車後，掉落在地。

顏寧轉眼，看到刑車左後方兩里處，是影影綽綽的一群人，而箭射出的方向，看那身後大旗應該是北燕太子。現在的北燕太子，是蘇力紅。

北燕國主沒想到，顏明德竟然能狠心殺了自己兒子？

顏烈他還沒玩夠呢，怎能讓人死了？他連忙下令讓刑車推回來。顏烈被抓後，除了罵過幾次人外，硬是一聲不吭。

顏明德的兒子，倒是硬骨頭啊，等他拿下玉陽關，他就把顏家人在城樓上慢慢剮了。

蘇力紅一箭射落顏寧的箭後，看向城樓。他對折磨顏烈並沒什麼興趣，但是他的父王說，有時酷刑可讓軍心渙散，他覺得有幾分道理。

顏寧看著刑車後退，瘋了一樣，抓起幾枝箭，又往邊上跪著的大楚俘兵射去，有三人被她一箭穿喉而死。其餘幾個俘虜好像看到救星一樣，忽然跳起來大叫。「殺了我們！快殺了我們！」

城樓上的人聽到這話，恍如初醒，紛紛拿起弓箭，箭出如雨。不過片刻，地上就留下幾具屍首，這當中有北燕人，也有大楚的俘兵。

顏烈那輛刑車上，又舉起一塊鐵盾牌，將顏烈給遮在後面，往回拖去。

那輛刑車是靠三個人的人力拖動，刑車為了牢固安全，用了不少鐵，拖得緩慢。

顏寧一箭箭射在盾牌上，那鈍響，在城樓上都可聽見。

盾牌後，忽然傳出一陣低沈又斷斷續續的歌聲：「紅河岸，玉陽關，雄關如鐵……」

那聲音斷斷續續的，一開始，都聽不清是呻吟還是吟唱，但是這首歌，每個玉陽關的人都會唱，甚至不需要人唱出詞，哼一下就能聽出來。

顏寧曉得，二哥知道自己帶人來了，這首歌，小時候是二哥教自己唱的。

第一代顏家家主鎮守玉陽關，看這一片荒蕪中矗立的孤城，親手在玉陽關校場上寫下——

紅河岸，玉陽關，雄關如鐵，矗立如山。

男兒淚，英雄業，為國何惜一腔血。

保家國，何辭露宿與風餐。

後來，有個藝人給譜了曲，城中士兵們傳唱，每個玉陽關人聽到後，就學會了。

二哥是告訴自己，他不懼一死嗎？

顏寧丟下弓箭，自重生後，第一次在人前雙膝跪地，嚎啕大哭。

顏煦走到她身邊，扶住她肩膀。「寧兒，站起來，阿烈不會想看到妳這樣的。」

顏寧抬起頭，看著大哥強忍悲痛的樣子，抱著他的腿，喊了一聲「大哥」。

顏煦揉著她的頭髮，眼中熱淚滑下。

顏烈今日，不用再當眾受刑了。

顏明德看女兒淚出如雨，走到顏寧身邊，叫了一聲「寧兒」，卻再說不出其他任何話。

安慰女兒顏烈能救回來嗎？這話，連他自己都騙不過，何況，他們不能出關。他是鎮守玉陽關的大將，而此時關外有八十萬北燕人，關內只有五十萬。兵力如此懸殊，他根本不能帶人出關一戰，只能忍著、熬著，再等援軍到來。

顏寧噌地一下站起來，想對父親吼「為什麼不救二哥」，可看著父親斑白的頭髮、通紅的眼眶，還有一臉憔悴，她怎麼還能對父親發火？她摀住嘴，扭身往城樓下跑去。

楚昭業和王賢，正站在城樓的樓梯處。

顏寧跑到兩人身邊，忽然停下來，看了王賢一眼，隨後，頭也不回地跑下去。

顏煦怕她有事，想要追上去，顏明德叫住他。「大郎，讓她……讓她一個人待會兒。」

顏煦應了一聲，看到父親竟然踉蹌一步，伸手想扶。

顏明德擺手表示不用，耳邊還有將士在輕輕唱著「玉陽關，雄關如鐵……」他挺直脊背，沙啞地說：「傳令下去，注意警戒！」說完，他對黃岐等幾人道：「我們回營再議吧。」

看了剛才那一幕，現在誰還有心思扯淡？議一千論一萬，還不是只能等著援軍？來救援的幾位將領，只覺自己無顏面對顏家父子。他們日夜盼著援軍到玉陽關，可自己這些人來了，還是什麼都做不了。

「三殿下，還有那二十多萬人，什麼時候能到啊？」黃岐看顏明德父子走下城樓，對站在城樓樓梯口的楚昭業問道。

「已經讓人去送信了。」難得地，楚昭業覺得自己有些詞窮。

聽了他這句，夏仲天氣得踹了城樓一腳，罵了一句。「處州和英州那幫兔崽子！」

眾人下樓之後，楚昭業慢慢走到城樓上，看著對面的北燕營帳，一直看到紅日西斜。

第六十五章

顏寧回到府裡，擦乾眼淚，一直站在院中。

這座宅子，是顏家在玉陽關的府邸，她和顏烈，都是在這裡出生長大的。

顏寧三歲時，就跟在顏烈的屁股後頭瘋跑。顏烈討厭一個小尾巴跟著，每次都凶她，可是每次顏寧摔了、疼了，他一邊嫌棄一邊又揹著妹妹回家。

二哥揍過很多人，但是對她卻是最沒脾氣的，總是被她欺負。

顏寧呆站著，一直到虹霓叫她吃飯，她才木然回到房中。

這日夜裡，黃岐等人都待在軍營中，只有顏明德、顏煦和顏寧三人，坐在一起吃了一頓飯。

顏明德本來還擔心女兒會吵著帶兵出城，如今看她只是雙眼通紅地大口扒飯，他自己食不下嚥，吃了幾口就放下筷子。

顏寧先吃完飯。「父親、大哥，我回房去了。」她輕聲說了一句，放下碗走了。

顏明德和顏煦知道顏寧心裡難受，也沒叫她。

顏寧走到房外，玉陽關天高地闊，連月亮都比京城的要亮。她讓虹霓把孟良叫過來，吩咐了幾句。

第二日一早，虹霓稟告說，顏寧要留在房中吃早飯。

顏明德只覺得自己無法面對愛女。昨日她雖然沒有當眾指責自己，但是那滿是怒火和委屈的眼神，他又怎麼不懂呢？

虹霓離開後，顏明德嘆了口氣，對顏煦說：「今日軍裡也沒什麼事，你等會兒去看看寧兒。」

顏煦點點頭。他比顏寧大了幾歲，幾年沒見妹妹，原本是一心期待的。顏烈回到玉陽關後，將妹妹誇上天去了，結果，盼來了妹妹，卻把二弟給丟了。

他慢慢走到顏寧的院子，這院子是顏寧小時候住的，一直空著。

虹霓坐在顏寧房門口，一看到顏煦來了，愣了一下，站起來叫了一聲「大公子」，人卻沒有讓開。

顏煦看大白天的顏寧還關著門，走上前輕輕拍了拍門。「寧兒，是大哥！」叫了兩聲，裡面寂靜無聲，虹霓吶吶地說：「姑娘……姑娘說要一個人待會兒。」

顏煦看了虹霓一眼，覺得不對，一把推開房門，虹霓想攔，都沒來得及。房裡的床上，被褥平整，哪還有人？

「寧兒呢？」他轉頭，厲聲問道。

「姑娘昨夜就說要救二公子去！」虹霓連忙跪下來回稟道。

「什麼？你——你們就由她胡鬧？」

「奴婢、奴婢攔不住。姑娘說，誰要是攔她，讓她走不了，她就拿刀扎自己！奴婢不敢攔！」虹霓昨夜發現顏寧要偷溜離府時，知道她要去救顏烈，想攔她，可顏寧掏出一把匕首就要扎自己，自己哪裡還敢動？

顏明德不放心，想過來看一眼，走到房門口，就聽到虹霓的話。「她怎麼出的城？」

他一向令出如山，說了不許打開城門讓人出城，守城的將士就沒人敢違令。

顏寧的確沒有從城門離關，她和顏烈小時候瘋玩，弄到一條出城的暗道。

玉陽關靠北面這裡的出水口，靠近一棵槐樹，樹洞和排水孔道相連。從樹洞進去，可從那水道爬出去，然後到護城河邊上，在北面的碉樓下有個上岸處，而那處離銀山只有兩里不到的路。

子夜時分，顏寧帶著孟良等八人，就這樣離了城。

顏明德發現顏寧不見時，他們已經在銀山的一個山洞中藏著了。

靠近玉陽關的銀山，也是顏寧熟悉的地方，自小她在山中爬樹掏鳥窩、打獵挖東西，這山洞也是當年找到的。

「姑娘，我們就穿著北燕雜種的衣服，混他們軍營去？」顏六咬了一口乾糧，問道。

「等入夜，我們就摸進去。」

「北燕軍營那麼大，二公子也不知被關在哪裡。」

「北燕國主和太子的營帳，肯定都在中軍處，我們進去後，看金頂大帳在哪裡，就往那方向走。」顏寧昨日已經細細想過。「待靠近金帳後，再抓個人來拷問。」

「姑娘，要不到時，我們順手把北燕國主給宰了，幫二公子和兄弟們報仇？」一個顏家軍的人想到這兩日，就恨不得將那國主給剮了。

「金帳外面肯定很多護衛，我們過不去。到時若是找到二哥，孟良和顏六帶著二哥先走，我帶人斷後；若是驚動北燕人，你們就搶馬先走，知道嗎？」

「不行，姑娘，怎能讓您殿後？」

「姑娘，到時我們四人殿後。」楚六四人也跟著來了。

顏寧看楚六那樣，想起那個高傲俊美的楚世子，微微一笑。「好，楚六和我斷後，其他人護著人走。我二哥重傷……你們揹著他跑回這條路。」

其實，若真是被發現了，哪還有什麼斷後不斷後，身手再好，千軍萬馬中也只有被踩成肉泥的分兒。

顏寧想了想，又拿了幾粒藥丸出來。「我們不能落入北燕人手中，這藥，吃下去不痛苦。」

這藥是她離京時從孫神醫那裡拿來的，原本是想路上給楚昭業用的。可惜，一直沒有找到機會，現在這機會，倒是要給自己人備著了。

顏寧想著，有些不甘心，一定要活著回來算帳！

其他幾人拿了藥丸，都收了起來。他們明白姑娘的意思，落入北燕人手中，對自己是折磨，對關內的人來說就是威脅。

楚六看顏寧自己將一粒藥丸也收好，張了張嘴，也沒再阻止。世子爺留他們四個衛護她安全，只是，這姑娘不是尋常大家閨秀，好像他們這四人也沒什麼作用？罷了，到時候他們四人死在她前頭，也算不違背世子爺的命令。

「好了，歇息一下，到晚上換上衣裳後，就摸到山下去。若是遇上北燕人，你們倆負責回話，楚六你們四個不要說話。」孟良和顏六會說幾句簡單的北燕話，而帶來的人裡，還有兩個顏家軍的人精通北燕話，只要楚六四人不開口，應該能矇混一時。

孟良等人歇了一會兒，忍不住爬到洞口張望，眼見已經過午，長吁一口氣。「姑娘，他們今日，沒把二公子帶到陣前。」

顏寧點點頭。她一直緊繃著，若今日二哥還要被拉到陣前受刑，她還能不能等到入夜？

原本，北燕國主今日還要把顏烈拉到陣前受刑的，只是，一早發生了意外——顏烈中毒了。

北燕國主不想讓顏烈送命，只好掃興地決定今日先讓軍醫給顏烈清清毒。好端端的，怎麼會中毒？北燕國主讓蘇力紅仔細查查。

蘇力紅將那幾個士兵盤問一遍後，眼神一黯，叫來如今是左將軍的拓跋燾。

拓跋燾走進蘇力紅營帳。

蘇力紅冷冷看了幾眼，問道：「阿燾，你為何要幫顏烈？」

拓跋燾一驚，隨即一副如釋重負的樣子。他的面相看著有幾分凶狠，此時卻全然舒展，慢慢跪了下來。「殿下，是屬下做的，您把我殺了吧。」

「你……」蘇力紅看他竟然一口就承認，氣得想一腳踢過去，終於還是忍下怒火。「阿燾，我知道你覺得對不起顏烈，只是，戰場上，本就是你死我活。」

「殿下，要是在戰場上，屬下見到顏烈，只要能殺他，就不會手軟。可是，為什麼要這麼折辱他？他是個英雄，為什麼不能讓他像英雄一樣地死去？」拓跋燾有些激動。「砍頭、五馬分屍，屬下都覺得不算什麼，屬下願意帶兵去攻打玉陽關，但是，拿他吊在陣前受刑，這……這不是英雄所為。」

他難得一口氣說這麼多話，說完話，胸膛起伏，還有些喘氣，顯然這些話憋在他心裡很久了。

「在大楚的時候，顏烈和顏寧救了您，那時，屬下就覺得欠了他們的情。後來，在虎嘯關的時候，顏烈又放了屬下一次，屬下看著恩人受刑，活著比死了還難受。」

虎嘯關時，他奉命殿後，顏烈在後緊追。路上，他為了避免馬踩到一個孩子，勒住轠繩，馬蹄失足把他摔了。

顏烈追上後，看了他片刻。「你倒還是個人！」就這樣放了他一馬。

現在看著顏烈受刑，他卻每天就這麼看著，那他還是個人嗎？

蘇力紅聽了拓跋燾的話，沒有立即開口。拓跋燾從他幼時就跟著他了，這個人的脾氣性格，自己還是知道的，重情重義，忠心耿耿。

「阿燾，我知道你的意思。只是，如今是國主帶著大軍親征，這軍中之事，都是國主說了算。」蘇力紅想了片刻後，開口道：「你的心思，我也明白。但是，老四、老五他們都在盯著我，我不能異動，若是國主發現我違背他的話……」

「殿下，這和您無關，國主要是問屬下，屬下實話實說。」

「你跟我這麼多年，你做的事，有誰會相信不是為了我？」

拓跋燾張了張嘴，不知該怎麼說了。他想要報恩，又不想讓蘇力紅被牽連，該怎麼做？

「這事，我會為你遮掩。幸好顏烈沒事，你下去吧。」

拓跋燾猶豫片刻，站了起來，慢慢走出營帳。

冬日寒冷，將士們都圍著篝火烤火、喝酒、吃肉。

有士兵看到拓跋燾，將他拉到火堆旁。「拓跋將軍，這次打完仗，您回去要成親啦？」

「是太子殿下作媒，聽說姑娘很美啊。」有人羨慕地說。

拓跋燾也不說話，接過人家遞過來的馬奶酒，咕嚕幾口就喝下去。

士兵們看他臉色凝重不說話，不敢再說笑，大家聽著隔壁篝火邊，一個老兵講著北燕人傳說的天女報恩的故事。

這故事，拓跋燾小時候也聽阿娘講過。那老兵講得很好，拓跋燾聽得很入迷，直到看到幾人從火堆旁走過，他無心掃了一眼，忽然覺得那幾人有些臉熟。他張了張嘴，又緊緊閉上嘴巴。幸好他那一臉絡腮鬍子，沒人看得出他張嘴是吃東西還是想說話。

那幾人，正是顏寧幾個。他們一路驚險地摸到中軍所在，再往前穿過幾個營帳，就是北燕國主的金頂大帳。

顏烈若是關在附近，那會是哪座營帳？

領頭的孟良，腳步有些遲疑。

拓跋燾忽然一咬牙，起身走過顏寧他們身邊，站在一座營帳前，問守門的士兵。「那大楚人還活著嗎？」

那士兵認識拓跋燾，連忙恭聲回道：「稟告左將軍，那大楚人還活著呢，聽說毒都清了。」

拓跋燾說了一句「好好看守」，就往前走了。

這時，一個老頭從那座營帳裡出來，身上還帶著一股草藥和傷藥的味道，從他們身旁走了過去。

「到那座營帳去，就說太子要提人！」顏寧摸出一塊東西塞到孟良手裡。

孟良一看，居然是魚龍玉珮。

顏寧當初在兗州摸進敵營見蘇力紅時，拿出來用過，但是沒還給他，現在只能指望這塊玉珮還有用了。

孟良走到營帳門口，那兩個士兵一見他們臉孔陌生，警惕起來。「什麼人？」

「太子殿下命我們來提人！」孟良說著，掏出魚龍玉珮晃了晃。

軍中自有權杖，但是如國主和太子的印信，也是有用的。魚龍圖案在北燕國內，就像是龍在大楚一樣。

那小兵見了，剛想猶豫，孟良壓低聲音道：「還不快點，太子殿下為防意外，命我們秘密行事！」

那小兵知道因為顏烈中毒，原來看守的幾個人才會被太子殿下抓去，難道是審出什麼問題了？

小兵不敢怠慢，連忙說：「就在裡面。」

顏寧帶著楚六幾個等在帳外，孟良和顏六四人走進去，就看到顏烈被鐵鍊銬著，那小兵掏出鑰匙開鎖，一臉為難。「大人，這人不會走，軍醫剛才給喝了麻藥。」

孟良想了想，直接抬起顏烈躺著的那塊木板。「我們抬著走，有其他東西嗎？給他蓋上，不能讓人知道這人不在營帳中。」

那小兵連忙把自己的一床軍用被褥拿出來。

顏六給顏烈蓋上，又仔細看了一遍，確保沒有問題，才抬出來。

孟良當先掀開營帳門，顏六和另一人抬著門板，還有一人在後護著，將顏烈抬了出來。

門板上，一床薄被，將顏烈從頭到腳都蒙起來。

顏烈一動也不動，顏寧有些憂心。

孟良走近她，低聲說：「看守的人說，剛才軍醫給公子用了麻藥。」

用了麻藥，也好，至少路上感覺不到疼。

幾人轉身，往來時路走去，剛走了兩步，就聽到身後叫「站住」！

顏寧的眼角餘光看去，說話的那人年紀不大，身後跟了幾個隨從，面相和蘇力紅有三分相似。他傲然站在那裡，顯然正在等孟良這幾人行禮。

這人是誰？該怎麼稱呼？

孟良幾人慢慢轉身。

楚六的手，按上了腰刀。

顏寧輕輕抬手，往那個人的方向稍微指了指。混不過去，只能拿下為質了。

「參見五皇子！」看守顏烈的兩個士兵走出營帳，看到門前這兩隊人，他們連忙對那年輕人行禮。

孟良聽到他們的稱呼，幾乎是長吁了一口氣。

饒是大冬天裡，孟良覺得自己額頭還是急出了一層汗，他連忙也轉身行禮。「參見五皇子！」

「你們抬著什麼？」五皇子慢慢走過來，看到木板上，顯然是一個人。

看他們走出的方向，明顯是關押顏烈的營帳，他臉色一變，伸手想要掀起薄被。

孟良左手托著魚龍玉珮在五皇子面前晃了一下，右手向五皇子的手腕處切去，阻止他掀開被子，壓低聲音道：「太子殿下命我們帶他過去！」

「大膽！竟敢跟我動手！」五皇子被孟良打了手，孟良下手雖然留了力氣，還是讓五皇子手腕一陣生疼，他不由怒道：「蘇力紅就是這麼教你們規矩的！來人，把他們……」

「五皇子，請恕罪！」拓跋燾看到這邊，忍了又忍，還是快步走過來，人未到，先叫了一聲。走到孟良幾人身邊，他叱了一聲。「辦差要緊，你們怎麼還在這兒磨蹭？」

他嘴裡訓斥著，人已經擋在孟良等人身前，向五皇子行了一禮。「五皇子！」

他剛才指了路後，其實並沒有走遠，就想看著顏寧他們將顏烈救走，他也好放心。沒想到他們剛抬了顏烈出來，就遇上五皇子。

這五皇子是最近最受北燕國主青睞的皇子，對太子之位也覬覦良久，怎麼肯輕易放過？眼看孟良幾人瞞不住，他也顧不上自己出頭會不會拖累蘇力紅，就跑過來了。一開口之後，他覺得鬆了口氣，好像什麼顧忌都沒了，心裡就一個念頭——讓顏烈離開！

五皇子對孟良幾個小兵無顧忌，對拓跋燾卻不敢太無禮。此人在軍中，很得士兵愛戴，此次南征攻打玉陽關，他一直身先士卒，連北燕國主也誇他作戰勇猛。

忍著滿心不悅，五皇子寒聲問道：「拓跋將軍，你怎麼也在這裡？」

「五皇子，我在那邊看這幾人對您無禮，所以過來看看有什麼事？」

「哼！」五皇子冷哼一聲。拓跋燾就是蘇力紅底下的第一忠犬，必定是怕自己對蘇力紅的人不利。「這幾人，抬了這個犯人到哪裡去？太子下令，我怎麼不知道？」

拓跋燾沒想到，顏寧他們居然找了這個藉口。

孟良上前壓低聲音道：「太子殿下說這裡不安全，讓小的們先帶到他那邊去，不許驚動人。」

拓跋燾有些猶豫，自己若是承認，蘇力紅就脫不開關係了！放跑犯人，太子殿下會不會有大麻煩？

他本就不是機變百出的人，張了嘴不知該如何說，剛巧木板上的顏烈可能在睡夢中，無意識地痛哼一聲。

拓跋燾聽到這一聲，卻像挨了一鞭一樣，背脊僵硬一下，捏緊了拳頭。「五皇子，先讓他們走吧，萬一被更多人看到，不好。國主吩咐，此人要看好！他們對您不敬，回頭我再罰他們！」

五皇子哼了一聲。他也知道北燕國主今日下令讓蘇力紅審訊顏烈中毒一事，大家都猜是有內奸。萬一這顏烈死了，蘇力紅拿著自己剛才的事作筏子，豈不是白白送個話柄？

「滾吧，本皇子大人大量，不和你們一般見識。」他轉身離開了。

「你們跟我走！」拓跋燾一咬牙，帶著孟良幾人從軍營中穿過，巡夜的士兵一看到拓跋燾，都不再攔路。

很快，拓跋燾就帶著他們來到後營，這裡離銀山很近，他指了指銀山說：「你們從山裡走，快跑吧。」

顏寧抬頭，說了一聲「多謝」。

拓跋燾只看著木板上的顏烈。「他要是醒了，代我跟他請罪！」說著，他咚一聲跪下，對著木板上的顏烈磕了三個頭。

顏寧扶起他。「沙場上各為其主，我二哥受刑，不是拓跋將軍能阻止的。」

「你們快走吧！」拓跋燾催道。

顏寧知道，也的確不能久留了。「拓跋將軍，若是戰場相遇，我顏家軍饒你三次性命，以報今日之恩！」說完，一抱拳，帶頭往銀山走去。

拓跋燾看他們走遠，呆呆站了近兩盞茶的工夫，才慢慢走回軍營，還未回到中軍，就看到中軍那裡亂了起來。

「快追！一定跑不遠！」五皇子的聲音響起。

「軍中警戒，嚴防奸細作祟！」蘇力紅的聲音，也大聲傳來。

拓跋燾也不再走了，拔出腰刀，慢慢地坐下來。

今夜的月亮居然很圓。他一向不是多愁善感之人，此時卻不由想起了以前。十歲以前，他是拓跋部落中的一個普通少年，記憶最深的，就是阿爹總是指著月亮跟他說「天上的神仙會保佑好人」；阿娘會一邊給他們做衣服，一邊說著拓跋部落的傳說故事。

十歲那年，他在部落裡比武勝出，被送到蘇力紅身邊。自那以後，陪著這個小皇子習武練兵，他對這個主子一直很佩服。蘇力紅帶著他去過南詔、去過大楚，還帶著他走了北燕很多地方。

「阿熹，將來我要帶著大軍，將大楚和南詔都變成北燕國土！」這是主子的雄心。

他一直覺得，主子是最聰明能幹的人，能跟著主子征戰天下，是每個英雄該做的事。

蘇力紅帶著人，騎馬匆匆追來，就看到拓跋熹如一座洪鐘般坐在地上。

看到蘇力紅走近，拓跋熹跪下來，磕了幾個頭。

「阿熹，你做什麼？」蘇力紅臉色冰寒地看著他，眼中怒火難掩。

「太子殿下，您何必惺惺作態？怎麼，要拓跋將軍幫您頂罪？」五皇子就落後蘇力紅一點，也騎馬趕到了。「剛才，就是他帶著那幾人將顏烈帶走的。」

「拓跋熹，他們逃到哪裡去了？」蘇力紅的聲音裡，帶著威壓。

北燕國主也很快趕到了。

拓跋熹看著這些人，慘然一笑，站了起來。「國主、五皇子，是我偷了太子殿下的魚龍玉珮，帶人把顏烈放走了。」

「拓跋將軍，你何必……」

「五皇子，我不是為太子殿下頂罪，我這麼做，是為了我的良心！」拓跋燾站起來，他本就長得高大，這一站起來，居然比騎在馬上的五皇子矮不了多少。

「我拓跋燾願意為國戰死沙場，但是，我不能看著救命恩人被人折辱！這不是英雄所為！忠義不能兩全，我救了恩人報了恩，就用命來賠吧。」他一把拔出刀，往自己脖子上割去。

蘇力紅聽他說忠義不能兩全時，已經感覺不對，揮刀想將他的刀撥開。只是，終究慢了一步。

拓跋燾的刀，割得很深，他的眼前，好像看到了國都那個等他迎娶的姑娘，眼前是一片火紅。他想說一聲對不起，其實只是喉間發出了幾聲哼哼。

「咚」的一聲，他的刀落到地上，隨後是一聲鈍響，他筆直地往後倒去，雪，染紅了身下的雪地。

蘇力紅頹然地垂下手。拓跋燾，跟了他十五年！

北燕國主被拓跋燾的話激怒了。「追！快給我追！」

「父王，銀山綿延廣闊，晚上我們的騎兵不能上山。」蘇力紅勸道。

北燕國主冷冷地看著他。「那你說怎麼辦？」

「我們等天亮再進山追吧。」

「好，此事由你負責！希望你不要讓我失望！」北燕國主丟下一句話。

「父皇，這個拓跋燾怎麼辦？他竟敢私通大楚放走犯人，應該把他吊起來示眾！」

「把他的屍體掛在轅門，示眾三日！三日後，丟到銀山裡去餵野狗。」北燕國主毫不在乎地拋下一句話，帶人回去了。

跟隨在後面的將士們，不少人露出不忍之色。拓跋燾說自己是為了報恩，這樣的人，是勇士啊。

五皇子高興地看著蘇力紅。「太子殿下，沒想到你的屬下也沒這麼忠心嘛。」

蘇力紅看了他一眼，毫不理會。

五皇子也不指望他會回話，高興地帶人去追上北燕國主。這可是個好機會，若是能讓父王就此厭棄蘇力紅，太子之位就有望了。

蘇力紅下馬，走到拓跋燾身邊看了很久，才說道：「按國主的命令，將他帶回去！」

顏寧和孟良等人抬著顏烈進山後，硬是一夜之間就走回玉陽關邊。他們如今帶著顏烈，不能再從那個孔道回去。

快走到時，看到顏煦帶了一隊精兵正等在那邊。

「大哥，你怎麼會在這兒？」顏寧意外地問。

「妳以為妳當年和妳二哥跑出去，父親和我能放心嗎?這個通道，我們早就知道了，只是，沒想到妳這麼胡鬧，竟然又敢偷跑！」顏煦嘴裡說著，臉上卻笑容溫和。

他的視線移到他們抬著的木板上，那薄被都有些濕了。「你們，寧兒，這是……」他指著木板上的人，手指有些顫抖。

「大哥，二哥回家了，快，我們回家！」顏寧高興地說。

顏煦平穩了心情，帶著他們回到玉陽關。

顏明德這一日兩夜，心如油煎。他擔心顏烈受刑，又擔心顏寧魯莽，萬一又落入北燕人手裡可怎麼好？

他坐在中堂，眼前好像看到自己一兒一女被吊在陣前受刑，心如刀絞。

正當顏明德心裡千迴百轉時，顏寧叫著跑進來。「父親，我們回來了！」

「寧兒——」

「父親，二哥回來了！快，找軍醫來！」顏寧大聲讓人去傳軍醫。

顏明德聽說顏烈救回來了，也是一迭連聲地叫軍醫，又匆匆向後院趕去，走過門檻時，甚至還絆了一下，差點摔倒。

軍醫被帶入房中看診，顏煦待在房內，顏寧則陪著顏明德候在外面，黃岐等人聞訊都趕過來，看到顏明德後，連聲說「人回來就好，回來就好」。

可惜，高興沒多久，軍醫難掩難過地走出來。「二公子性命可保住，可是左手手筋和左腳腳筋，被那幫雜種給弄斷了。」

顏寧帶著人趕回來，只看到自己二哥血肉模糊，她以為都是皮肉傷，怎麼會這樣？

顏寧手裡正端著一杯茶要遞給顏明德，不知是她手滑還是顏明德手滑，那杯子就掉到地上。

「沒事，孫神醫能治！一定能治，我們讓人傳信回京去！」顏寧喃喃說著，轉身大叫。

「孟良，你們回京去請孫神醫來。」

她的二哥，少年英雄，怎麼能毀了？

孫神醫，一定能救的！

楚昭業在客院中正打算過來，走到半道，就聽說顏烈手筋腳筋被挑斷的事。他心裡說了一句可惜，腳步未停，走到院門口，就聽到顏寧下令要讓人回京去請神醫。

他略停了停，讓李貴回去，取些此次帶來的上好傷藥，送來給顏烈。

第六十六章

轉眼，到了十一月末，自從顏烈被救走後，北燕國主就跟瘋了一樣地攻打玉陽關，有好幾次，北燕兵甚至都爬上玉陽關的城頭，滿地屍體，城牆上倒著的是大楚士兵，城牆下倒著的是北燕士兵。

為了應付北燕的瘋狂，大楚幾路大軍輪流守城，日夜輪班，一個月下來，兵力消耗極大。

這日，黃岐帶著冀州軍打退北燕人幾輪攻城後，已是夕陽西斜。顏煦帶著顏家軍來換防，並告知顏明德等人正在府衙議事，請黃岐也過去。

黃岐滿臉塵土地走到議事廳，顏明德、楚昭業等人都在，顏寧也一身戎裝地站在顏明德身後。

自從顏寧不損一人地救回顏烈後，大家對她佩服不已，如今在軍中威信更高了。

王賢坐在楚昭業下首，他如今每日都很小心，生怕落單後就沒命。因顏寧看他的眼神，毫不掩飾殺意，估計要不是顏明德拘著，顏寧都敢當眾將他宰了。他沒法子，只好緊跟著楚昭業進出。

黃岐看到大家臉色都有些凝重。「怎麼了？又出什麼事了？」

「黃將軍辛苦了，先坐下歇息一會兒吧。」顏明德看黃岐一身戎裝還未換下，連忙說道，又讓人送了飯菜上來。

黃岐也不講究，在身上擦擦手，端過飯菜吃了起來。

吃完之後，顏寧帶人撤下杯盤，楚昭業說道：「如今北燕人日夜攻城，外面大雪封路，糧草輜重等物運不進來。」他說著，食指在桌上點了點。「如今城中，糧草有些不足了。」

糧草不足了？

這話一出，黃岐、夏仲天等人的臉色都沈下來。打仗要是沒有糧了，那還怎麼打？

「有沒有向朝廷上奏？」徐陽問道。

「前日已經讓人送出去了，只是這幾天雪大，沿路不好走。」顏明德說道。

楚昭業聽說送信一事，微微皺眉，未再說話。

「要不出城拚一場？」黃岐覺得一直守著，有些憋屈。「等沒糧了再打，還不如趁現在能吃飽。」

「黃將軍，北燕人太多了，昨日顏大公子說北燕好像還在增兵。」曾成提醒道。

城內五十萬守軍，北燕大軍八十萬，還在增兵，難怪他們敢日以繼夜地攻城。

顏明德咳了一聲，又道：「糧食還可支援些時候，但是，箭矢只怕這兩日就要用盡。」

弓箭可以將敵人阻於城下，若是沒有箭矢，不就只能和北燕人肉搏戰了？

「那怎麼辦？沒有箭，這還怎麼打？直接上刀子？」黃岐氣得罵了一聲娘。「處州和英州那幫人屬烏龜的嗎？爬都應該爬到玉陽關了。」

自從他們到了玉陽關後，這兩支援軍就跟消失了一樣，再無音訊。

顏寧皺眉。處州的領軍將軍是鄧宇，他和父親顏明德是生死之交，照理說，馳援玉陽關，鄧宇應該來得很快才是，他麾下有十二萬之眾，路上出了什麼事？

幾人正說著，孟良從邊上走進來，來到顏寧身邊，低聲說：「姑娘，虹霓在外面。」

顏寧跟著孟良來到外面，虹霓帶著她去後院。「姑娘，李嫂來了。」

顏寧一愣，連忙跟著虹霓快步走去。

「姑娘，奴婢見過姑娘。」李嫂看顏寧走進房內，起身行禮，可差點站立不穩坐倒在地，虹霓見狀連忙扶住。

顏寧也走上前幾步，拉住她，就看到李嫂的一雙手腫得跟蘿蔔一樣，通紅通紅的，有些地方還潰爛，應該是凍傷了；再看她腳上的棉布鞋，已經看不出原來顏色。

「妳的手，上藥了嗎？」

「還好，剛才虹霓姑娘已經給奴婢拿油塗過了。」李嫂看看一雙手說道。

「妳怎麼來玉陽關了？」

「姑娘，出事了。聖上駕崩了，京城裡現在音信不通，有人……有人攔住不讓京城裡的人出來報信，連商隊都走不了。綠衣要去南州送信，奴婢和她一起離京，在邙山那邊看到好多流民。綠衣擔心姑娘，和奴婢兩人分道，她去南州報信，奴婢就趕到玉陽關來了。」

李嫂將京城之事細細說了一遍，顏寧只覺怒火湧上心頭，她終於知道，為什麼處州和英州的援軍遲遲未至了。

顏寧只覺得怒火難耐，忍不住衝回議事廳，見議事廳中空無一人。

「三殿下呢？」顏寧抓過一個親兵問道。

「姑娘，三殿下回客院了。」

顏寧又轉頭，向客院衝去。

楚昭業所住的客院，並不在顏府內，而是離顏府有些距離的一棟獨立小院。楚昭業入住後，內外伺候的都是他自己帶來的人，護衛親兵都是京郊西營中來的。

他從議事廳出來，前腳剛進客院，李貴就稟告道：「殿下，剛才有個婦人從城外來，說是找顏姑娘身邊的丫鬟虹霓，已經被帶進府了，奴才看那樣子，好像是京裡來的。」

「京裡？可打聽了是誰？」

「奴才還沒打聽到，那婦人很面生，只是她那身衣服，看著是顏家下人的衣服，包袱很小，看樣子只帶了冬衣，所以奴才想著，必定不是從南州來的。」

楚昭業聽了李貴的話，心中一個咯噔。「她怎麼從京裡出來的？」

「她一個婦人，那些人……會不會沒盯著老幼婦孺？」李貴知道，楚昭業下令過，顏寧帶著大軍離開冀州後，就截斷京城的通信，只要是可疑之人，踏出京城就格殺勿論。

這些廢物！

楚昭業一拍門框，跟李貴說：「馬上送信出去，不論男女老幼，從京城出來往南州和往玉陽關的人，都要截住。」

楚昭業一向是喜怒不形於色的，如今忽然暴怒，李貴不敢怠慢，轉身出去安排，一走到院門，就看到顏寧氣沖沖地過來。

「顏姑娘，您怎麼來了？待奴才為您……」李貴上前兩步攔人。

「滾開！」顏寧一把推開，衝進客院。

李貴招呼的聲音很響，楚昭業在屋內已經聽到了。「寧兒，妳這是怎麼了？」他走出屋子，含笑問道。

「怎麼了？」顏寧雙眼直要噴出火來，看著眼前淺笑的臉，一拳揮去。「我打死你這混蛋！」

楚昭業也是自小習武的，身手比不上顏寧，反應還算迅速，連忙後退閃避。

顏寧盛怒之下，沒留力氣，身手又敏捷，一拳落空，抬腿又踢。

李貴看她一副拚命的架勢，不敢離開，客院護衛的幾個人都圍過來，想上前動手。

此時，孟良也帶著幾個人追著顏寧而來，一看顏寧和三殿下動手，三殿下的手下打算上前助拳。

「不要臉，以多欺少嗎？」顏六叫了一聲，跳過去就開打。

孟良幾個也上前助陣，一時打成一團。

「顏寧，妳要以下犯上？」楚昭業趁著躲開的瞬間喝道。

顏寧只是緊咬嘴唇，一句話不說，悶頭招招往楚昭業要害打去。

「住手！都住手！」顏明德獲知消息，趕了過來，一看院內打成一團的兩幫人，厲聲叫道。

孟良和顏六等人聽到顏明德的聲音，不敢違抗大將軍，只好停手。

避。

顏寧卻是瘋魔一般，一拳向楚昭業太陽穴打去，楚昭業此時被她逼到一邊，眼看無法閃

顏明德嚇了一跳，叫了一聲「住手」，自己上前截住顏寧這一招，看楚昭業只是臉上掛了點彩，其他沒有大礙，暗暗鬆了口氣，沈下臉對顏寧道：「寧兒，妳瘋了！竟敢冒犯三殿下！」

在玉陽關這些時候，顏寧對楚昭業一直是克制有禮的樣子，今日是怎麼了？好端端的，女兒忽然來找楚昭業拚命？

顏寧被顏明德架開一拳，避開還想打，顏明德一把拉住她胳膊。「寧兒！」

顏寧不能跟自己父親動手，停下手，怒聲叫道：「父親，沒有援兵了！這個混蛋，要拿這裡五十萬人命做兒戲！」

她說著，好像忽然回過神來，轉身對孟良說：「孟良，快，點兵！我們回京城，對，快些回京城去！」

顏寧心裡知道，此時趕回京城，可能來不及了，只是，她怎麼甘心？

聽了李嫂的話，她忽然明白為何英州軍遲遲不至，楚昭業必定是讓英州大軍在荊河碼頭待命，打算出其不意攻入京城，而玉陽關這五十萬人，就算想救援，天高路遠也來不及了，再說城外還有北燕大軍虎視眈眈。

楚昭業在冀州想開溜，應該是打算親自帶兵的。被自己阻止後，他來到玉陽關，等著京城傳來捷報吧？

若是兵變成功，京城裡濟安伯等人可以先遙遙擁立他為皇，然後帶兵趕到玉陽關打退北燕人，他還能得個御駕親征的美名。

若是玉陽關破了，有京郊西營這支人馬，他退回京城還是沒問題的。再說，阻斷京城往南北的消息，楚謨可能也和自己這邊一樣，正傻乎乎地與南詔人打吧？

不對，或許楚昭業還會等楚謨從南詔傳來捷報後再動手，這樣，玉陽關之圍，就可由南邊帶人來解了。

若是楚謨不來，就要承擔置國家安危於不顧的罵名；若是來了，打完北燕，楚昭業剛好將鎮南王府和顏家一起收拾。

顏明德聽顏寧說了這些，也是一愣。他沒有想到，楚昭業為了皇位，竟然拿五十萬人命來做這場豪賭？自己這些人，是被他困在這兒了？

「父親，您還猶豫什麼？現在趕回去也許還來得及，只要南邊還在打仗，也許他們不會這麼快攻打京城。」顏寧急著喊。

顏明德卻是冷靜下來，看了楚昭業一眼，對顏寧道：「寧兒，我們不能走！我們走了，誰來守關？」

「誰要江山就讓誰來守！我們趕回去救人！」顏寧怒聲叫道。

「寧兒，玉陽關一破，就是關內百姓遭殃！顏家軍自從在玉陽關駐守以來，從未離開玉陽關一步！」顏明德卻大聲喝道。

顏寧看看父親，再看看楚昭業，心中只覺得有團火在燒。

父親這反應，也在楚昭業的算計之內吧？他明明知道父親一心為國為民，前世卻還是害死父親；現在，他們在這兒守城，就為了等著楚昭業繼位後，再讓顏家族滅？

「那我先殺了他！」顏寧搶過顏明德身邊一個侍衛的腰刀，就想拔刀。

「寧兒，外敵當前，不能動搖軍心！」顏明德卻又拉住她。

如今城中官兵們，都還等著援軍到來、等著京城來信，若楚昭業這安排傳出去，豈不是讓將士們寒心？

顏明德轉身對楚昭業道：「三殿下，外敵當前，望你以天下百姓為重！玉陽關承受不起任何動盪了。」

楚昭業明白顏明德的意思，點點頭。「顏大將軍一心為國，我既然在這裡，自然也是盼著玉陽關牢不可摧才好。」

顏明德帶著眾人走到客院門口。

顏寧恨得銀牙暗咬，停步問道：「那您呢？顏家呢？就該等死嗎？」

「皇后娘娘是顏家的女兒，知不知道這消息？顏家，都是與太子殿下休戚與共。」顏明德平靜地道：「再說，妳為何認定三殿下能成功？妳不是一直說太子殿下英明神武嗎？自家人，當然要相信自家人。」

顏寧當然覺得太子哥哥很厲害，但是，前世是楚昭業登基！這世，若還是他登基為帝，自己重來一生有何意義？太子哥哥宅心仁厚，沒有楚昭業的冷酷，沒有他不擇手段啊。

顏寧不知該如何說，滿心悽惶，喃喃問道：「可是，那是十萬精兵啊，姑姑怎麼辦？太子哥哥怎麼辦？」

顏明德看女兒如無枝可依的雛鳥，忍不住將她攬住。「別怕，父親在，有父親在！」

顏寧眼淚不可止地流下來，跟著顏明德走回府。

一個人影，在顏家眾人走後，從雪地中飛起，往客院走去。

楚昭業聽他回稟顏明德的話後，鬆了口氣。他沒有估計錯顏明德，幸好，玉陽關裡有顏明德在，否則，顏寧若不管不顧地帶兵回京救援，那大楚的江山真要危矣。

他緩緩鬆開攥緊的拳頭，手心裡都是汗。

李貴看楚昭業沒有說話，讓那人退下後，自己打算去將剛才殿下的吩咐傳令下去。

「李貴，不用了。若是有婦孺往南州傳信，那估計追不上了。你讓侍衛們平時不要出城，每日到城門那邊等消息即可。」楚昭業改了主意又吩咐道。

顏明德勸住顏寧，不讓她來殺他；但是，以顏寧的性子，不殺他，可不會不殺自己的侍衛。這時候，他要是派人出城，估計一個個都會被顏寧殺了，何必白白損失人力？

此時已經入夜，呵氣成冰的時候，楚昭業慢慢走回房中，吐出一口氣。

他還是很羨慕楚昭恒，生下來就是太子，顏明心沒太多心機，一心繫在兒子身上，千般疼愛萬般寵。長大了，又有顏明德護著，後來，還有顏寧這樣的傻子，一心為他打算。

自己從生下來，就被母妃寄予厚望，自小習文練武，從無一日懈怠。從小時走到今日，哪一步不是靠自己小心謀劃？楚昭恒只要等著就好，自己呢？

「殿下，劉副將今日送了封家書過來，奴才看他那樣子，可有些不好。」李貴跟著楚昭業進屋，從書桌上拿了劉岑送來的家書，遞給楚昭業。

楚昭業看了一眼，直接扔到腳邊的炭盆中，看著火苗躥起，將那封信慢慢燒著。「讓他安心待在這兒。」

「是，奴才下次會跟劉副將說的。」

劉岑在京城養尊處優，何時吃過這種苦頭？再說，他本來以為自己只是跟著楚昭業來邊關走一遭啊。

李貴看楚昭業這樣說，就明白了。

濟安伯劉家事成之後，或許就是三殿下拿來向天下交代的替罪羊了。

想起顏寧指責的話，楚昭業繃緊臉，拿過玉陽關軍中文書瀏覽起來。

他想當皇帝，也想守住玉陽關。玉陽關中，糧食還可支撐一陣子，可箭矢一盡，守城傷亡就要大了。

按他原來的預計，五十萬人守關，只要不出關的話，至少可支撐三月。到時，京中勝負已決，不論是他勝了，還是楚昭恒勝了，都會派兵來解圍。

他看著屋外的積雪，憶及離開冀州時，給韓望之留的令是讓他等在荊河碼頭，等南州傳來捷報時，立即發兵攻打京城，現在已經打草驚蛇，韓望之就得立即動手才行。

還有玉陽關這裡，也不能繼續坐等了。

「走，去找顏大將軍。」楚昭業匆匆寫下幾行字，跟李貴說道。

李貴覺得自家這殿下膽子真大。剛剛顏家父女含怒離開，現在就去找他們？他不怕走進顏府後，被顏寧給暗害了啊？

楚昭業披上大氅，來到顏府，就看到顏府內外有幾分喜氣，走進議事廳，聽到裡面很熱鬧。

「顏大將軍，你家大公子真是有勇有謀啊。」黃岐大笑著誇獎道。

「這是有什麼喜事嗎？」楚昭業在議事廳外接了一句，含笑走進廳中。

「三殿下來了！」議事廳中幾人都站起來迎接。

「不用多禮，快請坐吧。這是有什麼喜事了？」楚昭業走到自己的位置坐下，含笑又問了一遍。落坐時他掃了一眼，廳中顏明德、顏煦、黃岐等幾位將軍都在，顏寧沒在廳中。

顏明德看到他，倒是一如既往的恭敬。

原來一向傳言耿直的顏大將軍，作起假來也很像那麼回事。他心裡對自己應該是恨的，但面上可一點看不出來。

「三殿下，今夜顏大公子帶人夜襲了北燕軍營，大勝啊！」黃岐羨慕地誇了一句。先有顏寧闖營救人，又有顏煦帶兵襲營，顏明德這一兒一女，真要羨煞將軍們了。

「今日去北燕軍中，發現他們的馬深夜還在啃草根，只怕北燕的糧草也是不足的。」顏煦待大家安靜了些，說出自己偷襲時所見的情形。

這消息，比他偷襲成功更讓人振奮。

「北燕若是糧草不繼，那是不是會退兵？」曾成先說出這點。

「只怕沒這麼快，畢竟他們還在運糧。」夏仲天站在城樓上，曾見過北燕運糧入營。

楚昭業看大家不再開口，緩緩道：「北燕國主此次親征，帶了太子和五皇子。這兩人不和，若是北燕國主亡故，那北燕大軍必退無疑。」

他未打過仗，但是他對於北燕皇室還是下過一番工夫的。

千軍萬馬之中，要殺了北燕國主？這簡直是玩笑啊！

眾人一時默然。楚昭業說得有理，只是，實現的可能性太小。

顏煦聽了他的話，沈思片刻，卻說道：「或許可以一試。我今晚偷襲時，北燕士兵有人叫著『快保衛太子』，有人叫著『保護國主』，人群有所分散。」

「若是戰場上，北燕國主遇險，北燕太子未必會全力營救。」楚昭業又說了一句。「北燕國內還有四皇子鎮守，國主若是死於戰場，那太子就可即位。」

顏明德看楚昭業侃侃而談，將北燕幾位皇子的想法點說一番，他心中感慨。天下皇室一樣黑啊！

「當然，此為下策。城中糧草還可支撐一月有餘，我們還可等等。」楚昭業最後說了一句。

黃岐想要問援軍，想想大家都沒消息，何必多問，讓人喪氣呢？

顏煦心中一動。「箭矢之事，我倒有個法子。我們可先向城中百姓借鐵器，命工匠連夜鍛造。」

這辦法可行，眾人都覺得不錯，商議之後先各自回去歇息了。

沒人之後，顏明德將顏寧的話，慢慢告訴了顏煦。

顏煦聽說援軍沒有了，再聽顏明德說了顏寧的話，心裡也是憤怒。只是他自小穩重，也和顏明德一樣以守護玉陽關為己任，覺得父親所言有理。

父子兩人正在商議，有士兵跑來說：「大將軍、少將軍，城外來了一隊人馬，說是處州援軍。」

顏明德不敢怠慢，親自到了南門，南門外有一支明顯疲憊不堪的隊伍。

「你們將軍呢？」顏明德看了面前幾人，問道。

「大哥，小弟在此。」一個清亮的聲音說道，隊伍後，一人騎馬慢慢上前，盔甲上甚至還有冰渣子。「小弟慚愧，來晚了。」

顏明德一看，正是處州將軍鄧宇。鄧宇當年也曾在北地從軍，兩人是一起上過沙場的過命交情。

顏明德看鄧宇人困馬乏的樣子。「你們怎麼搞成這副樣子？快先進城歇歇。」

鄧宇也不推辭。他也的確是累得很了，跟著顏明德進城後，還不等黃岐等人來，坐在椅子上就睡著了。

顏明德看他這樣子，先讓人將他抬到後院客房去歇息，又將處州過來的這支大軍安頓好。

顏煦讓人到幾位將軍處告知處州軍來了，自己又帶人回去守城。

黃岐等人聽說處州大軍來了，不覺精神一振；城中上下得知又有一支援軍來了，也都是高興異常。

鄧宇是在北燕攻城的喊殺聲中驚醒過來的。他睡夢中一驚而醒，披衣就想衝出去，門外護衛看他這樣，嚇了一跳。「將軍，顏大將軍說讓您好好歇息，等他回來說話。」

顏寧聽人說鄧宇醒了，讓人送飯菜過來。

鄧宇一頓飯吃完，聽外面喊殺聲退了。「那是北燕人在攻城？」

「回鄧將軍的話，那是北燕人在攻打呢，反正最近他們天天要來攻一次，哪天不來我們還不習慣了。」一個顏家軍玩笑般回道。

鄧宇聽了這話，算算如今城裡的人數。「英州軍來了嗎？」

「沒有。」

鄧宇皺了眉頭，不再說話，悶頭吃飯。吃飽喝足，又洗漱一下，他才覺得自己腦子清醒，被顏明德請到議事廳去說話。

「鄧將軍啊，您可來了。」夏仲天看到鄧宇，感慨了一句。

顏寧和楚昭業也在廳中。顏明德坐在帥位上，楚昭業坐在客座首位，顏寧站在顏明德身後，靠近楚昭業這邊。自從顏明德說了不能亂軍心後，她只能暗中派人盯著楚昭業，不能下手了。

「末將處州鄧宇，參見三殿下、參見顏將軍！」鄧宇卻直接走到顏寧和楚昭業面前，跪下行禮。「末將貽誤戰機，來遲了，末將有罪！」

「鄧叔請起。」顏寧越過楚昭業，扶起鄧宇。「鄧叔路上可是遇到了什麼事？」

「郝明遠那個王八蛋，讓我走水路，他自己帶兵走官道。結果船行途中出事，等我們趕到荊河碼頭，在那兒等了兩天，他們還沒到。聖上旨意是十一月初一前趕到冀州，我們到荊河碼頭已經十一月初一了，顧不上等他，就日夜兼程趕過來。到了冀州，聽說玉陽關危急，我們又直接趕到這兒。」

鄧宇嘆了口氣。「沒想到今年雪這麼大，路上大雪封路，處州兵沒經過這嚴寒，不少人凍傷了，耽擱到現在。這一路上，沒見到英州軍蹤跡，我還派了幾撥人，但郝明遠那群人就跟上天入地一樣，一點消息都沒有。」

郝明遠是英州援軍的將軍，只怕他就等在邙山裡，等著鄧宇帶人走遠後，他就從邙山帶兵出來，然後安排人在荊河那一帶駐守，等著隨時攻入京城。

顏寧心裡明白，張了張口，便聽見顏明德咳嗽一聲，她看到父親的瞪視，只好將話又吞回去。

楚昭業趁顏寧不說話，與鄧宇聊了幾句，將城中形勢一一說明。他話語不多，卻讓鄧宇覺得如沐春風。

顏寧心中悶氣。「三殿下，就差英州大軍了，不如您派人催催？」

「大雪封路，或許再過些日子，他們也就到了。」楚昭業像沒事人一樣回道。

顏明德阻止了顏寧鬥氣，他接著楚昭業的話，將玉陽關中缺糧少箭的事說了一遍。

「我帶了二十萬枝羽箭，可以應急用著。」鄧宇說道。

一聽有羽箭，眾人都長吁一口氣。

「就這麼等，也不是個辦法啊。」黃岐說了一句，其餘幾人都沒接話。

楚元帝從下旨讓幾路大軍馳援玉陽關後，再無其他旨意下來。這些將軍們知道朝中形勢詭譎，卻不知有人正打算兵變奪位。

楚昭業與幾位將軍相處後，就連顏明德也不得不承認，這位皇子殿下很能收攏人心。玉陽關內，人心暫時還算平靜。唯一慶幸的是，北燕大軍接下來幾日，居然攻勢緩了下來，也不知他們是出了何事？這讓大楚守軍緩了口氣，只是糧草不足之事，依然難解。對大楚守軍來說，最好的法子莫過於速戰速決。

這日顏寧從糧草營回來，在城樓下遇到顏明德和顏煦，兩人剛在城樓上看了北燕軍陣。

「寧兒，妳覺得蘇力紅是個什麼樣的人？」城裡人之中，只有顏烈和顏寧算是與蘇力紅打過照面。顏烈救回之後，如今還躺在床上養傷，顏煦只能問顏寧。

顏寧聽到這話，想了片刻。「有野心，也夠無情。」她又使勁想了片刻，終於找到個合適的比喻。「他有些像楚昭業。」

顏煦明白了，心裡有個大膽的想法。「父親、寧兒，我們若是出城迎戰，派重兵攻擊中路，殺了北燕國主，或許就能解圍。」

上次楚昭業提出北燕太子和五皇子不和之事後，顏煦觀察了幾日，發現果然如此。北燕最近幾次列陣，北燕國主當然是居中指揮，蘇力紅這個北燕太子卻沒守在國主身邊，而是在北燕大軍的右翼，反而是北燕五皇子守在北燕國主身邊。

若能擊殺北燕國主，玉陽關之圍必定可解。

「北燕國主在大軍保護之下，不易接近。」顏寧反對道。

「北燕國主正當盛年，他遇險，蘇力紅說不定求之不得，不會全力營救；再說，這是唯一的法子了。等到臘月，天氣更冷，城中守軍裡，京畿道、處州這幾路都未曾在玉陽關打過仗，他們未必能適應得了這邊的嚴寒。若是再有人倒下，我們兵力更不足了，還不如冒險一試。而且，早日解除玉陽關之圍，我們就能早日回京。」顏晌沈聲道。

顏寧看大哥沈著的臉色，知道他說得有理，早日回京，或許還能解除京城危機。顏寧也想早日回京，可是要解開眼前的困局，談何容易？

三人說著話，來到議事廳，楚昭業竟然也在議事廳中。

自從顏寧派人盯死他的人後，他與外互通音信也是不便，加上玉陽關形勢日益嚴峻，如今楚昭業對守城倒是越來越盡心了。

聽到顏晌的想法，楚昭業覺得可行。他當日提出這建議，就是覺得可以冒險殺了北燕國主，讓北燕內亂。到時北燕四皇子、五皇子自然不會甘心讓太子順利繼位，爭奪之下，誰還會來攻打大楚呢？

「誰來領兵？」

「當然是我。」顏晌傲然道。「在玉陽關，取北燕國主首級，當然得我們顏家人來。」

「不行，為什麼是你？」顏寧反對。

就算蘇力紅不救人，北燕國主的中軍少說也有五十來萬人，豈是說殺就能殺的？

顏寧看著陣列圖。北燕軍陣營帳增兵之後，大軍看著已有百萬之數；大楚這邊呢，就算現在城中還有六十萬人吧，要取中路，誰領兵攻打中路？

百萬軍中，要取北燕國主的命，這不是送死嗎？

顏明德一拍桌子。「召集大家來議事吧。我帶兵攻打中路，煦兒去左路，寧兒……寧兒妳守城，若看到我們戰事不利，就關了城門待援。」

若不成功，出城的幾十萬人，就只有一個死。

顏寧看看兩鬢斑白的父親，再看看身上還纏著紗布的大哥，指著楚昭業，怒聲道：「父親、大哥，這不公平，要不是他的私心，我們怎會落到這境地？為什麼要你們去送死？該死的是他！是他！」

顏寧一劍指著楚昭業。「父親、大哥，我們明日把他丟出去，我們帶人走！回京城去，帶了姑母和太子哥哥，我們走！誰要江山，就讓誰去廝殺吧！」

「寧兒……」

「父親，我說得不對嗎？為什麼要你和大哥送死？這是他楚家的天下，讓他們去守……」顏寧連日壓抑，今日再也壓不住悲憤。

啪的一聲，她只覺臉上一痛，轉回頭，看到顏明德一臉痛心地看著自己，緩緩放下手掌。「寧兒，我……」

「你打我！你竟然打我！」顏寧滿腹委屈，不由摀著臉跑出去。

顏煦想追，無奈他連日守城，身上也有傷，一時牽動傷口，只好停步，再想追，根本追不上了。

「煦兒，讓她去吧，寧兒想通了，就會回來了。其他將軍們馬上就要來了，先議事吧。」顏明德叫回大兒子。

顏煦只好轉身回到廳中，看到淡然旁觀的楚昭業。「三殿下，玉陽關之危解了後，若我還活著，必定要為我姑母討個公道。」

楚昭業沒有開口。顏家人不會放過他，也得先讓北燕退兵後再說。

顏寧憋著一口氣衝出大廳後，也不知要到何處去，茫然停步後發現自己在顏府的後園。她沿著花園小徑，走著走著，居然來到顏烈養傷的房間。

顏烈被救回來後，全身沒一塊好皮肉，胸前的肉都打爛了，白骨露出來。他這些日子都是昏昏沈沈的，每日醒些時候又會睡去。自從知道自己手腳被廢後，他也只是一臉平靜，性子也沒變得陰鬱，倒是還和以前一樣，喜歡和顏寧說話，和顏明德頂頂嘴。

他今日從昏沈中醒來，一睜開眼睛，看到顏寧坐在自己床前抹淚。「寧兒，怎麼了？誰欺負妳了？」

「二哥，父親打我！」顏寧紅了眼眶和顏烈哭訴。

「咳咳，寧兒，這個二哥沒法幫妳打回來啊！」那也是自己父親，自己總不能去把老子打一頓吧？

「父親為何打妳？」照說以自家老子的德行，打誰都不會打寧兒啊。

「父親要出城迎戰，我讓父親離開。」顏寧說了顏明德和顏煦的決定。

顏烈聽完，沈默良久才道：「寧兒，兗州作戰時，我帶兵去收復虎嘯關，在那邊看到的簡直跟地獄一樣。」

顏烈細說起虎嘯關外白骨累累，各種死狀，婦孺是最慘的。

「寧兒，北燕人的屠城，毫無人性，我們可以不管楚昭業、不管誰做皇帝，但是，我們能不管無辜的百姓嗎？」顏烈幾乎是一字一頓地問。

顏寧沒想到，平時總是魯莽的二哥能說出這樣的話。她無力反駁，又覺得不甘心，她覺得無話可說，站起來又走了出去。

顏烈張了張嘴，到底沒有叫回她。妹妹心性善良，她只是一時繞不出來而已。

顏寧也不帶人，也不騎馬，就這麼在城裡走著。

最近開了南門，讓百姓們往關內跑，還是有不少人故土難離，不肯走。

「顏家軍不走，我們也不走。」有城中的老人這麼說。

他們都是自小在玉陽關長大，見多了玉陽關外的戰事，北燕人哪次不是來勢洶洶？最後，還不是被顏家軍趕回去了？

紅河岸，玉陽關，雄關如鐵，矗立如山。

男兒淚，英雄業，為國何惜一腔血。

保家國，何辭露宿與風餐。

顏寧走到城牆下，又聽到有人吟唱。她走上城樓，轉身，往城內看，此時已近午飯時候，城內炊煙裊裊，若不是聽到戰馬嘶鳴，若不是看到北面連天的北燕軍營，誰能看出此時正是戰時呢？

顏寧覺得肩頭一暖，一件披風蓋在自己身上，轉頭，就見顏明德正內疚地看著她。「寧兒，臉上打疼了吧？妳……唉……為父也不是……」

顏明德想說不是存心打她，又拉不下臉。議事出來，看顏寧這麼久沒回去，再聽人稟告說姑娘在城樓上，終究放心不下。

「寧兒，為父剛才和妳大哥商議過了，妳已經訂親，是鎮南王府的人；妳二哥又重傷不能對敵，要不……要不妳帶些人，護送妳二哥去南州吧？」

對顏明德來說，這已經是他最大的私心了，甚至他做了這決定時，都有些無顏面對其他將士們。只是，他也是人，女兒年紀尚幼，打仗，本就該是男人的事。

顏寧看父親一臉掙扎，心中一暖，能讓固執的父親做出這種決定，也是不易了。她搖搖頭。「父親，女兒明白了，就算姑母和太子哥哥真的不幸出事，就算楚昭業繼位，這江山也不是他一人的江山，而是天下百姓的。我們不為別人，就為這城中百姓而戰！」

「妳想明白了就好。玉陽關外再無屏障，我們總得拚一拚，就算敗，也對得起自己的良心！」

「父親，回家吧，我餓了。」顏寧綻開笑顏，難得撒嬌地道。

「好，回家！妳大哥還等著我們呢。」顏明德幫女兒把披風拉了拉，高興地說。

這件披風是顏明德的，他人高馬大，這披風披在顏寧身上，就拖下一大截。顏寧將披風捲起，勉強不拖地走。

顏明德是騎馬出來找她，看顏寧的靴子都髒了。「妳騎我的馬回去吧。」

「那父親您呢？」

「我走走，外面風大，妳快回家吧。」

「我和父親一起走回去。」

顏寧說著，攏著披風蹭到顏明德邊上。顏明德看女兒笑顏如花的樣子，也由她陪著自己走了。

「小時候，每次我來城樓巡防，妳總要偷偷溜出來跟在我後面，然後跟我一起騎馬回家。」

「父親那匹大黑馬跑得快，後來我讓您送我，您就是不答應……」

父女兩人絮絮說著，顏明德放慢些腳步，讓女兒能跟上自己，宛如還是幼時。

第六十七章

大雪一下，等於老天爺下的停戰令。

北燕人沒法攻城了，玉陽關守軍們緩了口氣，趁勢修整，就等著雪停之後出關一戰。

就在這安靜中，楚六來找顏寧，並帶來一個人。

那人，乍一看居然和孟秀有七分相似。

「姑娘，這人是我們在城外十里處抓到的，可惜密信被他毀了。」楚六稟告道。

顏寧安排孟良等人盯著楚昭業的人，又讓楚六帶人守到城外去，這人看來就是替楚昭業送信的人。

「這是死士，問不出話來。」楚六帶回來前，已經逼供過了。

顏寧打量那人幾眼。要不是她知道孟秀因為跟著她去攻打左寨，受了重傷，現在傷還沒好索利，粗看眼前這人，她都要以為這真是孟秀了。

看此人的樣子，顯然是荊河碼頭那邊給楚昭業送信來的。

楚六將從此人身上搜到的東西拿出來，也只有匕首和銀子，其餘再無一物。

「問不出來就別問了，把他殺了，就說抓到了北燕密探！再告知全城，可能有北燕密探冒充，讓大家注意些。」

楚六不知道，顏寧為何有些高興的樣子？抓到一個死士有這麼高興？又沒截住密信啊！

顏寧恨不得一蹦三尺高，看楚六出門後，她忍不住歡呼一聲，衝向前院。

顏明德和顏煦剛巡視完軍營，一回到家，就看到顏寧滿面笑容地衝過來。

「這是有什麼好事了？」顏煦含笑問道。

顏寧左右看了一眼。「父親、大哥，楚昭業的人還沒動手，京城還沒事。」

「妳怎麼知道的？」顏明德納悶地問道。

顏寧將楚六抓到人的事說了一遍。「這人看樣子就是從荊河碼頭那邊過來的。若是太子哥哥已經被害，就不用多此一舉再派個人來暗中報信，而是大軍來救援迎駕，現在只來個死士，肯定還沒動手，或許是有什麼事，想要楚昭業示下。」

「妳這麼說，倒也有理。」顏明德將顏寧的話想了一遍。

「寧兒，見微知著，大才啊。」顏煦拍了拍妹妹的頭，稱讚一句。

「父親，我們快些讓人往京城送信，提醒姑姑和太子哥哥？」

「不妥。」顏煦直接道。「寧兒，若是派人去京城，萬一路上再被人截住，不是逼著他們提早動手嗎？這場仗，是太子殿下和三皇子的較量，妳得信太子殿下。不過，倒是可以派人去南州送信。」

顏煦老成持重，顏寧聽大哥這麼一說，也明白過來。

當那死士吊到城內處死，楚昭業看到那人時，臉色冰寒，顏寧想到的，他當然也想到了。

「殿下，我們要不要問問出了何事？」

「一定要送信出去，讓他們速戰速決！若是郝明遠有動搖，讓韓望之立即除掉。」這種時候，他不能有一點冒險。

郝明遠是韓望之到了英州後，才投到自己帳下的，這幾年裡，也幫自己做了不少事。當時自己就擔心，他帶兵攻打京城時，楚元帝露面的話，不知他還能不能頂住？所以，讓韓望之跟在軍中，名曰協助，暗中監視。

李貴想說現在城中監視太嚴，可看三皇子冰冷的臉色，什麼都不敢多說。「是，奴才知道了。」

「現在南下的流民很多，可用他們傳訊。」楚昭業教了一招。

京城之中，此時也剛下了一場雪。

封府有房舍被雪壓榻，封平難得從東宮回府瞧瞧。剛進了巷子，就看到自己家門口，有個男人正在門前轉悠。

遠遠看去，那男子個頭魁梧，站著時肩背挺直，身上衣衫有些舊，腳上靴子還沾著黑泥。

封平覺得有些眼熟，仔細一看，那男子雖然穿著普通人的衣裳，可腳上那雙靴子分明是軍中之物。

那男子聽到有人的腳步聲，警覺地轉頭，看到封平，驚喜地叫道：「封先生！」

封平仔細一看，原來是耿大壯。

當日封平讓他們接受招安後，安排耿大壯和胡成帶人看守金礦。後來兩人又併入潁州守軍，兩人在軍中做事勤勉踏實，兜兜轉轉，從潁州又編入英州軍，現在，正在英州郝明遠的軍中。

「耿大壯？你怎麼會在京中？」封平看到故人，驚喜地問道。

「封先生，可找到你了。」耿大壯一看到封平。「我二哥，就是胡成，他說最近的事有點怪，讓我進京找您問問。」

封平聽他們在英州軍中，連忙將耿大壯帶進府裡。

「封先生，您知道否？我們接到軍令，開拔到玉陽關。」

耿大壯找了把椅子一屁股坐下，也不嫌冷，拿起水咕嚕喝了幾口，又接著道：「十月，郝將軍就帶著我們從英州開拔，後來一直耽擱在荊楠碼頭。前些時候，跟處州軍分開，我們到了邙山，就讓我們大部分人都隱到山裡紮營待命，這麼久了都沒挪過窩。不是說要去玉陽關的嗎？到現在還天天在那山裡窩著。我二哥說，有人傳郝將軍要帶我們造反。封先生，您說我們現在怎麼辦？」

這可真是天降喜訊，耿大壯居然帶來這消息。

封平高興地一拍他肩膀。「你們或許立大功了。你先在這兒歇息一下，我很快回來。」

他帶著兩個侍衛匆匆返回東宮，將此事告訴楚昭恒。

「英州軍有十萬精兵，就守在荊河碼頭那裡，人駐紮在邙山裡，可能隨時準備攻入京城吧。」來的路上，封平已經猜測過，在那裡放著十萬精兵，說三皇子不想兵變篡位，傻子都不會信。

楚昭恒早有所猜測，顏寧來信提到過英州軍未到，後來又有官道截信。只是，如何應對這十萬精兵呢？

「那些人裡，也未必人人都是想跟著郝明遠作亂的，若是能留下，也好讓他們於沙場效力。」楚昭恒心裡有了主意，耿大壯和胡成剛好在軍裡，還能做個內應。

封平也覺得是這個理，兩人安排妥當，便安排耿大壯回到邙山。

待封平離開後，楚昭恒盤算片刻，心中沈重。英州軍未去玉陽關，處州軍剛剛北上，也不知有沒有到達？如今，玉陽關兵力不足，只怕糧草輜重也不充裕。

楚昭業果然比他要狠，不論對人對己，都是一樣狠辣。

這種時候，拖得越久，玉陽關戰事越不利。

楚昭恒在東宮待了沒多久，明福來稟告，濟安伯又帶著一群人去宮門口鬧了。

「太子殿下，宗親們說聖上被殿下挾持，他們……他們要救駕……」明福低聲說了幾個宗親煽動人心的話。

這些宗親，近日與濟安伯走得較近。

救駕？楚昭恒嘴邊浮起一絲冷笑，叫了姜嶽，帶著幾個侍衛趕過去。

濟安伯帶著一群人正跪在大殿外要求見聖上。

楚昭恒召集大臣議事，沒多久勤政閣外，葉輔國、周玄成、楊宏文等人都到了。

「來人，將這些人押解了跪到乾坤宮去！」楚昭恒指著這群人下令。

「太子殿下，你為何怕我們見聖上？你心中有鬼嗎？」有一位宗親大聲叫了一句，被一個侍衛搧了一個耳光，嘴裡吐血，一顆牙掉出來。

侍衛竟然敢打宗親？

「我都敢讓你們跪到乾坤宮外了，還怕什麼？不讓你們喧譁，不過是不想讓你們驚擾到我父皇歇息而已。」楚昭恒擺擺手。「把他們拖走！」

平時高高在上的老爺們，在侍衛面前，不過如一群待宰的羔羊般無力。

「父皇平時對你們優待有加，你們不思報效，反而在此時鬧事！哼，真當侍衛手中的鋼刀，砍不下你們的頭嗎？」楚昭恒說了一句，又傳令道：「來人，你陪著惠姑姑去晉陽大長公主府上，就說皇后娘娘宣大長公主覲見。」

這些宗親們，與晉陽大長公主往來密切。

「殿下，晉陽大長公主輩分尊崇，就連聖上……」鄭思齊想要勸阻，畢竟大楚講究孝道，對長輩恭順孝敬也是一條。

「論小家，晉陽大長公主是長輩；論國法，她是臣，母后是君。先國後家，概莫能外。」楚昭恒直接打斷鄭思齊的話。

再一次，大臣們見識了楚昭恒溫文之下的鐵腕。誰說太子殿下性子一點也不像楚元帝的？

楚昭恒下令將宗親們送到乾坤宮，帶著葉輔國等人進了勤政閣，還未開口，招福慌慌張張地跑進來，哭叫道：「殿下，聖上……聖上駕崩了！」

「太子殿下，皇后娘娘命您快請右相等幾位大人去乾坤宮。」
楚昭恒點頭，讓姜嶽帶著侍衛傳令下去，京城戒嚴，又讓人去催晉陽大長公主進宮。
他帶著左右丞相、六部尚書趕到乾坤宮，乾坤宮外，剛才被帶來的幾個宗親們，都是臉色蒼白。
顏皇后聽說宗親們是掛念聖上，就讓他們跪到寢宮外等候召見。
天寒地凍，這些人平時養尊處優，沒多久就受不住了，一個宗親大叫「聖上」，宮內忽然傳出一聲驚呼，隨後有杯碗打碎的聲音。
過沒一會兒，顏皇后雙眼通紅地走出殿外，指著那個狂叫的宗親下令。「來人，把他拿下，送入天牢！聖上……聖上被此人驚嚇到了。」
她話說完，後面康安哭著跑出來，跪到皇后娘娘面前。「皇后娘娘，聖上……聖上駕崩了！」
那些宗親沒想到，轉眼之間，他們想要求證的事就證實了，楚元帝真的駕崩了！
可是，他們成了楚元帝駕崩的罪魁禍首！
顏皇后哭回寢宮內，這些宗親大人們就跪在殿外，呆若木雞。
楚昭恒帶著葉輔國等人進了乾坤宮，顏皇后坐在正殿上，跟幾位大臣道：「聖上臥床日久，每日醒的時辰很少，今日醒來，我正看著聖上喝藥，外面忽然傳來大叫，聖上一驚，又昏迷過去了。沒想到……沒想到就去了！」
世上有這麼巧的事？

的。

葉輔國和周玄成作為百官之首，走進內殿，楚元帝躺在龍床上，已經換上嶄新的龍袍。兩人大著膽子抬眼細看，楚元帝口眼緊閉，臉色瘦削蒼白，但看神色，死時還是安詳的。

兩人都是楚元帝的心腹忠臣，互相看了一眼，出來後，葉輔國哭著叫了一聲聖上，又走到楚昭恒面前，哭道：「國不可一日無君，懇請太子殿下盡快登基！」

有他帶頭，秦紹祖、楊宏文等自然跟著磕頭請求，楚昭恒只是哀傷哭泣。「先為父皇入殮吧，我現在，實在無心說此事。」

他說完，走入寢宮中，跪到楚元帝龍床前哀哭不止。

開元十七年臘月初七，大楚第四代帝王駕崩。按照慣例，京城戒嚴，全城舉哀。午門喪鐘敲響三萬下，大臣們和內外命婦們，進宮哭靈舉哀。

太子楚昭恒在眾臣勸說下，忍痛處理政事，同時下令昭告全國：因元帝生前念邊關戰事，大殮入葬要等南北戰事捷報到後再進行。

濟安伯知道楚元帝駕崩的消息後，就被召入宮中，他派出去送信的人，因為全城戒嚴，一步也不能走出京城。

守靈一夜，濟安伯拖著疲憊的步子走出皇宮時，看到守在宮門口的大內侍衛和御林軍，竟然都是生面孔，他吃了一驚，坐上轎子回到府內，他的夫人、兒媳等都不在家中。

「老爺，您可回來了，夫人她們還在宮中。剛才宮裡人來報，說夫人她們暫留宮中陪伴皇后娘娘了。」管家看到濟安伯回來，如看到救星一樣，連忙稟告一聲。

「城裡怎麼樣？」濟安伯想到回家這一路上，街道都特別安靜。

「老爺，奴才一直守在府裡，聽說昨夜有很多官兵出來清道，因而大家今日都不敢出門了呢。」

「派出去的人呢？」

「昨夜城裡就戒嚴了，不讓出也不讓進。」

濟安伯有種不安的感覺，一夜之間，好像就變天了。

楚昭恒竟然一夜之間就能換下大內侍衛、御林軍，還能有很多官兵清道？

「你親自去城門，到東門，找閔校尉打聽一下，看看出了什麼事？」濟安伯吩咐管家去辦之後，自己又叫了幾個下人，吩咐他們出去找趙易權等人。

小半個時辰後，出去找人的陸陸續續都回來了，這些官員不是在宮中守靈，就是被派了差事，別說來見濟安伯，連說句話都有宮中的人看著。

去東門的管家是最後一個回來的，他摀著腰，一瘸一拐地進門。

「這是怎麼了？」濟安伯看管家衣服上，分明是腳印，在京城裡，誰敢這麼囂張打他劉府的大管家？

「老爺，奴才、奴才去了東門，守城的官兵都沒見過。奴才就說要找閔校尉，那些官兵說不認識。」濟安伯府的大管家，平時也是有幾分威風的，看那幾個官兵態度倨傲，他要那些官兵的上司出來說話。

不想，這些官兵的上司出來，直接一腳踹過來。「老子負責城門警戒，你一個老奴才，來這兒瞎打聽什麼？再不滾，就送你進牢裡。」

濟安伯一時沒了主意。對了，劉琴那兒呢？

管家一聽主子提起三皇子府，又說了剛聽到的消息。「皇子和皇子的正妃、側妃們，都到宮中守靈去了。對了，老爺，奴才回來的路上，看到宮裡的侍衛押了一串宗親老爺們，送去大理寺天牢呢。」

濟安伯只覺得大冬天裡，額頭有些冷汗。那幾個宗親都是楚昭業的人，送到大理寺後，會如何呢？

卻說那幾個被送到天牢的宗親們，進了大牢，直接被推進刑房。

大理寺的刑房，一進門，左邊是一張桌子，放著筆墨紙硯，四面牆上各種刑具俱全，有幾樣刑具上，還是血跡斑斑。左右兩面牆上則各插了一個照亮的火把。

楚昭恒，居然就坐在那張審訊桌後，依然是一身黃色太子服飾，頭戴金冠，面如冠玉，粗看還是往日那溫文爾雅的樣子。只是，火光在他臉上跳躍，不時投下陰影，看久了，硬生生讓人覺得多了幾分陰森。

大理寺卿游天方站在楚昭恒邊上，看幾位宗親們進來，躬身跟楚昭恒請示道：「殿下，您看——」

「在你大理寺的大牢裡，自然還是你來審吧，我只是來聽聽的。」楚昭恒慢悠悠地道。

游天方躬身領命，讓人將這些宗親老爺們靠右邊的牆挨個兒站好，並解開那一條綁在手腕上的拉繩。

這些宗親們一個個被反剪雙手綁著，他們見到楚昭恒，有一個就厲聲喝道：「太子殿下，您這樣對待宗親，不怕天下人寒心嗎？」

楚昭恒冷然一笑。「宗親？你們昨日宮中喧譁，氣死我父皇，我恨不能將你們千刀萬剮！身為人子，不處置你們，才讓天下人寒心。」

一夜之間，楚元帝之死就掛到了自己幾人身上？有宗親想喊冤，邊上的侍衛手一抬，沒人再敢開口。

游天方直接指了剛才厲聲喝叫的那個，讓人綁到刑柱上。「你們幾人怎麼會忽然聚在一起闖宮鬧事？誰人指派？誰人聯絡？」

那宗親還想硬氣一些，可是，看到獄卒拿了帶著倒鉤的鞭子，倒鉤上甚至還有血肉掛在上面，他止不住顫抖起來。

「說出來，念在你們是宗親，還可從輕發落。」楚昭恒在邊上說道。

隨著他話音一落，獄卒一鞭子落在那宗親身上，那宗親只覺身上火辣辣的一陣疼，咬牙覺得這疼過去了，又一鞭子落下。

大理寺裡行刑的獄卒，都是刑罰好手，三鞭子下去，其他觀刑的宗親們已經面如土色，而那個挨打的已經一迭連聲慘叫。「我說、我說，別打了，別打了！」

獄卒收了鞭子，退到一邊，心裡有些鄙視。這些大老爺們真是細皮嫩肉，才三鞭子，衣服才破那麼一點，就招了？

這宗親沒挨過刑罰，三鞭子下去後，只覺得被打耳光的屈辱、宮中受凍的痛苦都不算什麼，眼前的痛才是真的痛，他翻來覆去什麼都說了，還生怕說得不夠多。

其餘站著的宗親裡，有想阻止的，被獄卒提鞭抽了一下後，慘叫著老實了。

而那慘叫聲，將刑柱上綁著的這位刺激得說得更快了。

其實，也不外乎他們是被晉陽大長公主勸說心動，濟安伯讓他們出頭他們就出頭了。

「太子殿下，我、我只是被蠱惑了，對，我是被蠱惑的啊！」那宗室一迭連聲為自己辯白，只希望楚昭恒能饒過自己。

楚昭恒看著這些人，臉沈如水。「畫押關了。」他說完，轉身離開。

刑房隔壁，還有一間房。

楚昭恒走到門口，招福推開房門，招壽在裡面拉開房門。

晉陽大長公主正端坐在裡面，看著還是氣度非凡，平時保養良好的臉上，毫無表情，但若細看的話，還是能看出她臉色有些發白，雙袖在微微抖動。

看到楚昭恒進來，她也不站起來行禮。「太子殿下是要處置我了？」

「姑祖母是聰明人，我還是希望能看著姑祖母安享晚年的。」

「殿下想要我做什麼？」

「給荊河碼頭那邊送封信去。」

「我和他們沒有聯絡，他們只認濟安伯的人。」晉陽大長公主近乎求饒般說了一句。

楚昭恒打量晉陽大長公主一眼。「待父皇大殮後，姑祖母自請回庵堂清修吧，紅塵俗世，不要再沾手了。」

晉陽大長公主渾身一軟，她身邊的親信女官連忙扶住她。

楚昭恒已經頭也不回地離開了。

他騎馬走在京城街道上，看著兩邊已經是一片縞素，襯著積雪，真覺得是天地同悲的黯淡。可此時他心中憤怒、焦急勝過悲哀。

對元帝這個父親，他記憶中也不過是個來看望自己的人而已，封自己為太子，將自己推上風口浪尖，但從沒有著意保護，也沒有刻意教導過自己。反而是顏明德這個舅舅，每次回京看到自己，抱抱親親，還讓自己騎在肩上嬉戲；顏煦不怎麼見到，可每次捎東西回京時，他總記得給自己一份；顏烈性烈如馬，從小到大，沒少惹麻煩，但是對自己毫無心機；而顏寧，自小陪伴，到後來一心謀劃，明明才十多歲的小姑娘，卻恨不得將母后、將自己都護在她的羽翼下。

他有些恨自己，為什麼要沈得住氣，想等著楚昭業在京城和其他地方的勢力都一一浮現後再收網，就因為這份心思，將顏家眾人陷於險地。

可他還是不能亂，召集眾人一一吩咐後，楚昭恒才又回到宮中，此時，已經是夜色朦朧。

宮中到處是哀哀的哭聲，還有紙錢的煙火氣。他在乾坤宮外站了一會兒，忽然不想進去了，想要回華沐苑去歇息一下。

華沐苑還是一樣的布置。楚昭恒站在院中，看著點點積雪，抬頭，看到一彎勾月掛於天際。

夜寒透骨，饒是他披著大氅，還是有寒意鑽入。

看到楚昭恒孤身一人站在院中，抬頭望天，招福勸道：「太子殿下，房裡收拾好了，外邊冷，您快進屋吧。」

「也不知玉陽關此時是否寒冷？」他喃喃嘀咕了一句。

李錦娘聽說太子殿下回了華沐苑歇息，特意讓御膳房做了幾樣清淡的點心和粥，帶著宮人親自送過來。走進院門，聽到楚昭恒這擔心的話，讓她覺得有些發寒。

身邊織夢連忙扶住李錦娘。「太子妃娘娘，太子殿下當顏姑娘是妹妹般疼愛的。」

「妳說得是。」李錦娘低聲說了一句，看看天上的彎月。她的大哥也在玉陽關啊！

她長吁一口氣，挺直脊背，讓人通傳。

織夢扶著她，李錦娘接過宮人手中的食盒，親手提了，含笑走進房中……

京城原本因為被人截斷音信，恍如一座孤城。現在，隨著城中戒嚴，卻是成了一汪死水。

駐紮在荊河碼頭的郝明遠和韓望之一行人，聽到京城內外的寺廟那沈重的鐘聲——三萬聲鐘聲，是聖上駕崩才有的儀式啊。

郝明遠站在荊河邊，聽著耳邊鐘聲嗡嗡，有些茫然，幾乎是不自覺地，跪了下來。

「聖上駕崩了，或許是太子下的手。」韓望之聽到鐘聲出來，看到郝明遠跪在那邊，也過去跪在他身邊，壓低聲音說了一句。

郝明遠一驚。「太子膽敢弒君？」

「那是皇位啊。太子登基後，只怕三殿下要遭殃了。」韓望之感慨地說了一句。「可憐三殿下，此時還在玉陽關為國征戰，太子卻謀劃著登基大典了。」

郝明遠一驚。「京城有消息來嗎？」他轉頭，壓低聲音問道。

韓望之搖搖頭。「或許濟安伯已經傳不出消息來了。」

濟安伯前兩日傳信，說楚元帝或許駕崩了，待他證實後讓他們準備帶兵勤王。結果現在帝王駕崩，濟安伯那邊一點音訊都沒有。

「如果太子發出詔令，讓各地親王進京奔喪，我們在這邊，只怕攔不住。」郝明遠想了一下。「要不，我們派人進京去看看？」

韓望之搖頭。「現在派人進京不妥，三殿下那邊也沒消息送來，不如，我們趁京城忙亂，帶兵攻打京城？」

最近，北地來的流民越來越多，他們這麼一支大軍，再能藏，也做不到滴水不漏。

走到這一步，郝明遠別無退路，他將所有將領們召進大帳。

「諸位將軍，今日叫大家來，是想商量一下，現在，太子剷除異己，挾持謀害聖上，郝將軍打算帶大家進軍京城，清君側匡扶正義，大家意下如何？」韓望之開門見山地道。

幾位將軍早就知道自家將軍的打算，但是，乍一提出來，還是有些猶豫。

郝明遠環視一圈。「我身受三殿下大恩，士為知己者死，諸位兄弟有什麼想法，不妨說出來。」

這要是攻打京城，就是造反了！

有眼尖的看看守在營帳中的親兵和他們的鋼刀，大聲道：「我聽將軍的！」

有人帶頭表態，其餘人就好辦了。

韓望之看大家都說話後，他大聲道：「三殿下宅心仁厚，是明君之選，待到成功之日，論功行賞，在座的將軍們，就是頭一份了。什麼大將軍侯爺，那還不是板上釘釘的事。」

萬里覓封侯，有韓望之的鼓動，原本只是隨大流的，也覺得一陣熱血。封侯拜將總要冒點風險的。

「大家回去各自安排，吃好飯後就開拔，待到入夜，我們連夜行軍攻城。」郝明遠覺得，十萬大軍可以趁著夜色掩蓋，打京城守軍一個措手不及。

胡成和耿大壯在隊伍中，接到大軍開拔的消息後，胡成問來傳令的校尉。「兄弟，我們都在這兒駐紮這麼久了，這是要開拔到哪裡去啊？」

「將軍不讓多問，反正大家收拾好東西，晚上動身。」那校尉也不多說。

為了防止消息走漏，除了今日到營帳議事的將領們，其餘人只通知要開拔，但不知道要去哪裡？

那個校尉走後，耿大壯有些緊張地拖著胡成，走到一個營帳角落裡。「二哥，他們這是要動手了嗎？」

「八成是。」

「那我們怎麼通知封先生啊？」

「你不是說封先生給了你一包東西，如果大軍開拔，就讓我們想辦法放進飯裡？」

耿大壯連忙回到自己的營帳裡，摸出封平給的幾個紙包，打開一看，全是粉末。這麼一大包，幾萬人喝都夠了吧？可他和胡成沒法給那麼多人吃啊。

「二哥，這麼一大包，我們總不能每個鍋裡倒點吧？」

胡成想了想。「這樣，這藥粉我們分兩份，小份的回頭我們這營要開伙時，想辦法放到湯裡；這一大包，等火頭軍到後山打水的時候，我們放上游去。」

胡成指了指大軍駐紮地後面的那條小溪。

耿大壯一翹大拇指，左右張望幾眼，見沒人注意自己，就竄進道旁的草木叢中，摸到上游去，拿出紙包窸窸窣窣一股腦兒倒進水裡，將那紙往雪地裡一塞，很快摸了回來。

沒多久，一桶桶飯菜抬到各個營帳去。為了讓大家賣命幹活，這頓飯格外豐盛，那湯都是肉湯。

軍中難得開葷，耿大壯舀了碗湯，心裡那個難受啊。擺在眼前的肉不敢吃，他還不能讓人發現自己不敢吃，只好裝模作樣地做出喝的樣子。

胡成端起湯，看耿大壯對自己遙遙點頭，放心了。

郝明遠當然不知道這種小事，隨著日頭西移，他讓眾人準備出發。為了行軍速度，所有輜重乾糧等物都不用帶，每人只許帶路上喝的一點水。

胡成和耿大壯看大軍都要開拔，大家卻一點異樣都沒有，這是怎麼回事？難道封平給的那藥，沒用？

「二哥，封先生是不是給錯藥了？」

胡成白了耿大壯一眼，不屑回答這種問題。難道這藥，要過很久才起效？

「也不知道這藥發作是什麼症狀，要是七竅流血什麼的，那軍醫馬上就能發現了。」耿大壯下藥時光記著要讓大家喝，這時候，開始擔心藥發作時候會怎麼樣？

萬一是喝了就死的，那這次得死多少人啊？

沒人知道他們兩人的擔心，大軍開拔後，胡成和耿大壯這營被安排在後面。

郝明遠騎著戰馬，衝出了邙山，後頭一律是輕裝簡從的大軍。

韓望之是文官，不會打仗，但是這時候也換上一身勁裝，跟在郝明遠後面。成敗在此一舉，他得親眼時刻盯著才行。

郝明遠帶著大軍，很快就到了荊河碼頭的岔路。這是一條三岔道，他們站在中間這條道上，往右就是通往冀州、玉陽關。

此時，還有流民趁夜趕路，看到這麼一支大軍，連忙躲遠些，還在嘀咕是不是往玉陽關救援的？

郝明遠看了看那些影影綽綽的人影，撥轉馬頭，往左邊這條道行去。

一夜疾行，到了凌晨時分，到達京城外。

此時的京城正是好眠的時候，城內燈火俱暗，遠遠看去，恍如一隻巨獸，蟄伏在夜色中。

韓望之讓人來到東門，往上射了一枝響箭。不想，一箭射出，城樓上忽然火把一個接一個亮起，幾乎是剎那間，京城城樓燈火通明。

「不好，中埋伏了！」郝明遠看這架勢，叫了一聲。

燈火照耀下，秦紹祖正站在城樓上，一身戎裝。「大膽郝明遠，竟敢私自帶兵圍攻京城，意圖謀反！」

秦家是武將之家，秦紹祖雖然是文官，但是他自小習武，也熟讀兵書。

郝明遠回頭看向韓望之，在對方臉上也看到一片錯愕。

「太子殿下仁心，你們若此時投降，除首惡外，其餘人等既往不咎！」秦紹祖又高聲叫道。

郝明遠一咬牙。「太子謀害聖上，殘害手足，不仁不義！清君側，護明君，衝啊！」

郝明遠讓兵士們抬著撞門用的檑木，就往東門衝去。不想，他們才衝出沒幾步，軍陣中就傳來呼聲，郝明遠和韓望之一看，軍陣中的士兵，竟然接二連三倒地不起。

「怎麼回事？這是怎麼回事？」韓望之大聲問道。

「中毒了？」有士兵呼喊。

一時之間，軍陣亂成一團。胡成和耿大壯在隊伍後面，看到前面和身邊，有不少士兵走了幾步後就倒地，身上沒有任何症狀，臉色也安詳，看著就像熟睡一樣。

耿大壯走向身邊倒地的那人，伸手探了探鼻息。「這是睡著了？」

「不要亂！重新列陣！」郝明遠大聲下令，有將領也催著士兵們重新列隊。

城樓上的士兵大叫。「英州軍聽著，你們主將犯上作亂，意圖謀反！你們受了蒙蔽，放下兵器，赦免無罪！」

有士兵們聽說是攻打京城，心裡就犯了嘀咕，不由停步不前。

正當英州軍混亂之時，他們的左右兩邊忽然冒出兩支軍隊，看旗幟赫然是京畿道北大營和京郊東營的人馬。

這兩營人馬合起來五、六萬左右，趁著英州大軍混亂時，從左右掩殺過來。

郝明遠剛重新列好陣列，被這一通迅雷不及掩耳之勢的衝殺，隊伍便被衝散了。

城樓上叫投降的喊聲還在傳來，胡成和耿大壯跟身邊的人喊道：「弟兄們，我們上當了！謀反是要誅九族的大罪啊！」

兩人帶頭要降，周圍人馬不少人也跟著放下兵器，幾輪衝殺之後，只有郝明遠一群人還在負隅頑抗。

東門城門忽然洞開，兩列御林軍盔甲鮮明地出城，分左右兩列站立，隨後，太子楚昭恒一身明黃服飾，頭戴金冠，騎著白馬緩緩走出，來到兩軍陣前。

他看著場中還在廝殺的郝明遠等人，對身邊的御林軍下令道：「射箭！」

郝明遠只覺得胸前一痛，低頭，就看到一枝弩箭穿胸而出，他手中的大刀還揮舞了一下，隨後手一軟，大刀落下，自己也從馬上滾下。

一名士兵上前，一刀砍下郝明遠的頭顱，挑在槍尖上大聲喊道：「郝明遠已伏誅！郝明遠已伏誅！」

英州大軍聽說主將被殺了，再無心應戰，有丟下刀槍投降的，也有騎馬準備逃離的。不過，他們周邊都是京城人馬，逃離的那些，最後都被弓箭射落了。

一個時辰後，這場戰事就收尾了。

楚昭恒看著地上的士兵，讓人將昏迷的那些都抬到一邊。

耿大壯的那包藥，是封平找孫神醫配的。這藥，是一種蒙汗藥，只是藥效被孫神醫給改良了。吃了這種藥，不會立即倒地昏迷，而是要發汗之後才能催動藥效。

英州大軍一夜急行軍，趕到京城時，剛好是藥效開始發作的時候，而耿大壯是將藥下在水中，喝到的人不少，所以，這抬到一邊的人，看著就是滿滿一大堆。

楚昭恒回到東門內城樓上，看著京畿道北大營和京郊東營的主將帶著麾下士兵們，打掃戰場。

秦紹祖看著下面。「太子殿下安排得妙，這次可算是最少傷亡了。」

「這些士兵，本該死在玉陽關，為國而死，而不是死在京城外！」

「殿下，那其餘這些士兵呢？」

「這些人都看管起來。你天亮後和兵部尚書商議一下，盡快再向玉陽關增兵！」楚昭恒只覺得痛心。這支大軍若是直接趕到玉陽關，還能為國出一分力，現在這樣的廝殺，豈不是便宜了北燕人？

他看了一會兒，只覺索然無味，帶著人回到皇宮中，處理其他事務了。

藉著召集百官進宮守靈之機，他將濟安伯等人嚴密監視起來，待看到濟安伯府的管家去找東門的人時，他又乘機將東門那批人全部關押。隨後，他拿虎符調了京畿道北大營和京郊兩營人馬。

京城內的將軍他不敢用，其他主將又一時來不及趕到，他索性啟用秦紹祖，命他來協調。

秦紹祖將兩處人馬安排在城外埋伏，又將京郊北營的人馬和守城人馬混編，布下天羅地網，就等著郝明遠這群人帶兵往口袋裡鑽了。

濟安伯沒法送信出去，郝明遠和韓望之不安之下，只好倉促動手，所以，這場戰事，人數雖多，勝負卻沒什麼懸念。

解決了英州大軍，楚昭恒命人拿著元帝虎符到各地調兵，又將帝王死訊昭告全國。

楚昭業安排在京城外的死士們，也被官府安排的巡邏士兵們絞殺，這些人再悍勇，到底架不住官兵人多，一下子，京城內外就被肅清。

第六十八章

楚昭恒昭告全國的詔令，此時還是未能送到玉陽關。

玉陽關的大雪，已經停了。

顏明德帶著大家登上玉陽關城樓，只見城外的北燕人，正將雪堆到玉陽關外兩、三里的地方。

「北燕人是想堆雪人？」黃岐嘀咕。

「現在天寒地凍，北燕人將雪堆到與我們的城樓高度後，只要將水澆在雪堆上，讓雪牆凍得厚實，他們就可在對面射箭了。」顏晌看北燕人的舉動，已經有了猜測。「估計待他們將雪牆砌好，就要攻城了。」

聽他這麼一說，幾位將領再仔細看對面，果然，北燕人看著雜亂無章地堆雪，但是，他們都是將雪擺成方形一個一個疊起來，就像砌牆疊磚一樣。

前些時候的攻城，大楚有居高臨下的優勢，可以從城牆上往下射箭，阻止攻勢。若是北燕人也築出城垛，他們就可以在城垛上射箭，掩護士兵們攻城了。

「那我們就乾瞪眼，看著他們造城？」夏仲天問道。

「最好能在他們城垛造好之前，我們就出城，與他們決一死戰。」楚昭業看著對面的形勢，冷靜地道：「看北燕人現在的速度，最多四日，他們就能造出五個與玉陽關齊高的城垛，到時，就是他們猛烈攻城之時。」

「看樣子，北燕人也遇到麻煩了，他們這樣做，也有逼我們出城一戰的意思。」楚昭業看著對面的行動，判斷道。

「那還等什麼？馬上就出城去，和他們打一場吧！」黃岐急了。

其餘人都苦笑一下，黃岐也反應過來，他們的兵力可比人家差遠了。

顏明德跟大家說：「我們前幾日倒是覺得有個機會，只是有些冒險，不如我們去議事廳，說出來，大家參詳參詳？」

黃岐等人當然想聽聽顏家父子有什麼好主意，一群人走下城樓。

顏寧沒有跟著大家立即離開。此時正是中午，她站在城樓上看著對面，只覺北燕軍營中埋鍋造飯的炊煙很小，甚至還有士兵趕著一群馬離開軍營，往銀山那邊趕去。

就如顏煦所料的，北燕人也是糧草不足，將馬趕到銀山上，是要找雪下的草料吃吧？

顏寧想著，吩咐士兵們繼續看著北燕人動向，自己也下了城樓。她走到議事廳外，看到議事廳內一片安靜，眾人臉上都是神色沈重。

她知道，必定是父親跟大家說了他和大哥的打算。這種戰法，無異於以卵擊石，難怪大家都臉色沈重。

「顏大將軍，我們就不能再等援軍嗎？」曾成問道。「我們人數太少，這要出城去打，萬一沒打到中軍那裡，人就沒了，那……不是城也守不住了嗎？」

顏明德看曾成說完，徐陽等人也看著自己，只好再次道：「曾將軍，方才我已說過，城中糧草不多了。」

「昨日我們又點了點糧草，若是這樣吃下去，可能只夠吃個十天左右。北燕人不知何時就會攻城，為了有力氣打仗，我們得讓將士們吃飽。」

顏寧走進議事廳，聽到曾成的問話，直接跟大家道：「但是我們派去京城報信的人，還沒音信傳來，現在大雪封路，跑不了馬。」

顏明德在邊上點點頭，表示顏寧說得對。他見大家埋頭沈思，站起來，走到放在議事廳正中的輿圖前，指著從玉陽關到京城的路線圖，說道：「我們的人到京城報信，等聖上再調兵過來，這一來一回，至少也要二十多天。城中要是斷糧十日，只怕等北燕人攻城時，我們都拿不了刀了。」

「不是說北燕人也缺糧嗎？」曾成又問道。

「他們缺，但還有北燕國內送過來，我們這裡，大雪阻路送不過來。再說，只怕要調集這麼多糧草，也不是易事。」

南州缺糧時，楚元帝調集楠江一帶的府庫運糧，這事，在座的將軍們也都知道，聽顏明德這麼一說，也明白他的意思了。

大楚現在同時在打兩場硬仗，同時供應南北兩地百萬大軍的糧草，而北燕，只跟大楚在槓著。

夏仲天聽了顏明德的話，知道眼前是進退維谷了，與其等到糧草斷絕，還不如主動出城一戰，好歹也是機會啊。

「也不能光想著成了的事，萬一敗了，守城就是問題了。」徐陽顧慮地道。

「所以我們留十萬人守關。萬一敗了，這十萬人得抵禦北燕大軍至少二十天。不過，若是只有十萬人，那糧草就充裕了。」顏煦很現實地道。

黃岐苦笑，能不充裕嗎？到時五十萬人死外面，十萬人吃剩下的糧草。

「那大家的意思是……」顏明德又問道。

「誰去攻打中路？」曾成怕顏家父子以勢壓人，把別人丟出去送死。

「我帶兵攻打北燕國主所在的中路，我兒顏煦攻打北燕太子所在的左路，其餘幾位將軍出城之後，負責分散北燕兵力。」

「那守城呢？」

「由我女兒顏寧率領十萬人守城；三殿下作為監軍，自然是一同在城中守城的。」顏明德直接道。

曾成張了張嘴，無話可說。顏家父子將最難的活兒都扛走了，他還能說什麼？

「不如由我帶兵會會北燕太子吧？」黃岐主動請戰道。

顏明德搖搖頭。「黃將軍，不是我托大，我顏家跟北燕人打交道多，顏煦對北燕人也熟悉。若大家沒有異議，這事就這麼定了吧？」

黃岐一想，也沒什麼好爭的。出了城後，他們這五十萬人其實都一樣危險，畢竟到時候百萬北燕大軍碾壓過來，無論怎樣都討不了好。

「好，幹一把！顏大將軍，你是主帥，你說了算。」夏仲天贊同了。

黃岐也點頭。「為國征戰，馬革裹屍也是榮耀。」這話有些喪氣，卻是實在話。

楚昭業看了看在座的幾個人，感激地道：「眾位將軍為國一戰，我深表佩服，請受我一禮。」

他這禮施得誠心誠意。此時，他是代表大楚皇家，拜謝幾位將軍。

幾位將軍謙辭了幾句，他們也沒羨慕顏寧和楚昭業守城。說實話，到時候要靠十萬人守住玉陽關，只怕難度更大。

「要是能把北燕騎兵給弄掉，我們勝算就大了。」黃岐嘀咕。

「北燕騎兵為主，哪可能啊？」夏仲天直言。

眾人也沒有其他話說。

「那讓大軍休整兩天，第三天我們出城去，和北燕人決一死戰！」顏明德當即決定。

眾人領命退下，回到各自軍中備戰。

楚昭業走出議事廳，心情有些沈重。要守住玉陽關比他預計的要難，也不知京城何時塵埃落定？他一邊想著，一邊帶著李貴，慢慢走回客院。

一個護衛走過來。「殿下，有人從京城那邊送信來了！」

「是誰？人在哪裡？」楚昭業意外地問道：「怎麼進來的？沒人看到嗎？」

那護衛在前帶路，一邊回稟道：「沒人看到，殿下放心吧，那人是扮成流民混進城裡來的。」

楚昭業點點頭，走進房中，看到一個灰衣男子，凍傷了好幾處，衣衫狼狽，但他認識那張臉，是自己培養的死士。

「殿下，京城裡，聖上駕崩了！」那人一看到楚昭業，也不拖泥帶水。

楚昭業一驚。「你們如何知道的？」

「宮裡傳出的消息，當天，百官都被召進宮去了。」灰衣男子說道：「韓州牧一直等不到京裡的消息，也沒收到殿下的回信，他不放心，就讓屬下來玉陽關看看有何變故？屬下到了冀州時，聽到聖上駕崩的消息。」

「除了這，還聽到什麼消息嗎？」

「沒了，屬下在冀州就聽到這消息，然後就一路趕著到邊關來。」

「消息確實嗎？」

「確實，冀州州牧已經告知全城，只是玉陽關不好走，不然，朝廷應該派人告知了。」

楚昭業一閉眼。父皇駕崩了？

他對楚元帝之死沒太多想法，畢竟楚元帝的身體本來就很不好，可是，楚昭恒就這麼大方地公布出來？

「你在冀州待了幾天？有沒有遇上其他送信的人？」

「屬下在冀州耽擱了四天，消息一確定就趕來了，沒碰上別人，沿路也沒見其他人的記號。」

楚昭業只覺心中湧上一陣失望。郝明遠這批人應該是完了，不然楚元帝駕崩這樣的大事，濟安伯不通知自己，韓望之一定會加急送信的。四天，足夠到冀州了。

「李貴，安排他去歇息。」李貴答應一聲，讓一個護衛幫忙扶灰衣男子到後面歇息。

安頓好以後，回到房中，楚昭業還是坐在那張椅子上，沒有移動過，獨自坐到深夜。

郝明遠未必就完了，若真是完了，他還有京郊西營，還有一搏的資本，只是，帶走京郊西營這一營人馬，玉陽關該怎麼辦？

他做事一向果決，現在，卻又遇到了難題。

他是要放棄玉陽關搏皇位，還是守住玉陽關呢？

這是楚昭業的難題。

對顏寧來說，現在的難題是送走二哥顏烈。

她讓虹霓帶人護送二哥回京城去。

「姑娘，不能等戰事結束後嗎？」虹霓擔心孟良和顏寧，不願離開。

「後日一戰凶險，我二哥在這兒我不放心；還有孟秀，也一起送回京城去。」

顏寧心裡有了打算，不願讓顏烈身陷險境。

虹霓聽顏寧如此鄭重，又想到孟良對孟秀這個唯一的弟弟很關愛，只覺這事必須做好，才不負姑娘和孟良。

顏寧看她答應，鬆了口氣。

前世，虹霓為自己而死；今生，她想要護她周全。原本她想讓孟良和虹霓一起走，可是孟良不肯，一定要上沙場。

後日一戰，勝負五五之數，一旦敗了，玉陽關危矣，她自然要讓二哥和虹霓都離開。安頓好虹霓和二哥，她才能沒有後顧之憂。

虹霓答應後，去忙著收拾行李了。

顏寧將墨陽叫過來。「明日一早，妳就把這安神藥放到藥裡，給我二哥喝了。」

墨陽看著顏寧，猶豫著要不要答應。

「二哥要是生氣，就來找我說話好了。這藥喝下去，至少六個時辰才醒。」等顏烈醒過來，早就遠離玉陽關了。

墨陽接過藥。「姑娘，那我能不能留下來？」

「你跟著我二哥走，他路上要人照顧。這事我安排好了，不要多言，快去吧。」

墨陽不敢再糾纏，答應了。

顏寧回到自己房中，睡了個好覺。

第二日起來，她也沒帶人，吃好早飯，到城樓一看，一夜之間，北燕人的雪牆又高了一丈多，看來是日夜趕工。

顏寧下來時，還碰巧遇到楚昭業帶著劉岑過來。

「寧兒，來看城防嗎？」

「三殿下早啊。」

「妳要留下守城？」楚昭業看她上馬就走，找了個話問道。

顏寧在馬上轉身，看楚昭業居然眼下烏黑，帶著憔悴。「是啊，我父兄上沙場，自然是我守城。三殿下，到時還望您這監軍多照顧啊。」

「妳……守得住嗎？」

「十萬人守城，您說呢？反正戰死而已，也算不辜負家國了。」

顏寧說得太隨意，楚昭業不喜歡她對自己生死的輕忽。「說這種話，妳就不為妳家人想想嗎？」

「到時候，也由不了我啊。」顏寧覺得有點可笑。要不是他，大家還未必會有這種境地呢。

「三殿下，玉陽關守不住，大楚會如何您也清楚。我勸您把所有打算都放放，先打完明日一仗再說。」說完，她也不等楚昭業回話，一抖韁繩，拍馬而走。

楚昭業臉色凝重地上了城樓，看到北燕人造城神速，也是心中一沈。

「殿下，我們真要幫顏家人打仗啊？」劉岑壓低聲音問。「讓顏家人忙去，我們何苦陪死？」他一點也不想上戰場，更不想送命啊。

楚昭業哼了一聲。「我們明日，是為大楚而戰。」

劉岑看他臉色陰冷，不敢再說了。

顏寧在城裡轉了一圈，不知不覺走到城南角，路上，有孩子正拿炭火烤豆子吃，那香味在寒風中飄得老遠。

幾人的馬兒聞到這香味，就想往那邊走去，楚六一拍馬頭。「貪嘴的，又沒少你馬料吃！」

顏寧看看這幾匹馬，心中一動，浮現了一個主意。

顏寧急忙回府中，叫馬夫來問了些事情，興沖沖地就想去議事廳找顏明德等人。

在議事廳門口，剛好碰上孟良，他正好也是來找顏寧的。

楚昭業這幾日總到城門口轉悠，孟良收到底下人的消息後，覺得有些異常，這事自然不能瞞著顏寧。

顏寧聽說楚昭業找過京郊西營的主將曾成，心裡就警惕起來。

京城裡還沒消息傳來，姑母和太子哥哥應該還沒事，楚昭業真要置大楚江山不顧，跑回京城？

就顏寧對楚昭業的瞭解來說，感覺他不像是會棄楚家天下不顧的人，但是，這人為了皇位，也一直是不擇手段的。

她想了片刻，告訴孟良等人繼續盯著，自己走進議事廳，見楚昭業也在。

「父親，我剛才去城樓上看了看，我有對付北燕騎兵的法子了！」顏寧大聲道。

「顏姑娘，妳是說真的？」黃岐驚喜地問道。

「也不能說全對付吧，但是，至少能折損北燕騎兵。」

「這也是好事啊。北燕人騎兵厲害，若是少了騎兵，他們速度可就慢了。」夏仲天叫好。

楚昭業看著顏寧有些失神。

顏寧的臉頰被寒風吹得紅撲撲的，白玉般的肌膚染了些風霜，但是雙眼明亮有神，站在議事廳中侃侃而談，原本稍顯英氣的眉眼也生動起來。她還是沒有多少女子該有的柔美，但是，此時那副自信神采，風采逼人。

在京城的顏寧，就像蒙塵的明珠。以前的他，沒有輕視顏寧，卻好像還是認識不夠。沒想到，到了玉陽關，顏寧竟然屢屢建功，顏家人，真的是天生屬於沙場嗎？

「寧兒，是什麼辦法？」顏煦也很感興趣地問道。

顏寧一笑，先轉頭對曾成笑道：「曾將軍，此事要想成功，得麻煩您的人馬呢。」

曾成一愣，不自覺地看向楚昭業。

「寧兒，曾成帶領的京郊西營是以步兵為主，讓他們對付騎兵，是不是有點……」楚昭業接過話頭。

他還在猶豫，顏寧就猜到他要有所動作了？

楚昭業相信自己這次所帶的人絕對沒有問題，應該是顏寧對他不放心，派人日夜盯著自己的一舉一動。

「就是因為曾將軍所帶的是步兵才最適合。另外，我還要麻煩鄧叔，」顏寧賣了個關子，並沒明說要曾成帶人做什麼，而是又轉向鄧宇，道：「鄧叔，我要請您把處州來的士兵們所帶的竹筒都收過來。」

處州南邊多毛竹，軍中士兵們會拿竹筒儲物，鄧宇所帶的處州兵，也有這種習慣。顏寧上次去軍營中，就看到處州兵幾乎每人都帶著竹筒，裝酒、乾糧等物件。

「好，我馬上讓人去將竹筒給妳搜羅過來。」鄧宇一口答應，連顏寧要用來做什麼都沒問。

顏寧原本只想找鄧宇借竹筒的，在門口遇到孟良，聽他說起楚昭業與曾成見面頻繁後，便已想好對策——釜底抽薪！曾成的京郊西營得弄到戰場去。到了沙場，他們再有什麼主意都不管用了，北燕人可不會善解人意。

楚昭業就算有一百個主意，也得從沙場上活著回來後，才能有所動作。

「寧兒，妳到底要做什麼？明日一戰，不是玩笑，妳可不要兒戲啊。」顏明德看女兒又要人又要竹筒，摸不準她想做什麼？

「父親，您放心，女兒可是將軍呢，不會拿沙場之事當兒戲的。待女兒準備好以後，就讓您和幾位將軍們來看看我的主意行不行。」

顏寧又轉頭對曾成說：「曾將軍，京郊西營的人您可得調一半給我，下午我就得訓練一二。」

「好說、好說，顏姑娘既然有破敵妙計，我哪有不支持之理？」曾成有些乾笑著說道。

京郊西營一半人馬，這顏寧好大的胃口。他手下總共也才三萬多人馬，她弄走一半，還要求下午就由她開始訓練，那麼，這一半人等於就受她調派了。

只是，曾成心裡再不滿，楚昭業沒有表示，他就得答應。

「曾將軍，您派個人跟我一起去，我現在就領人到校場。時間緊迫，可得快些了。」顏寧完全當看不見曾成那有些鐵青的臉色，催促道。

曾成慢騰騰地摸出一塊權杖。「顏姑娘真是性急，要不知道的，還以為是不放心曾某呢。」

「曾將軍真愛開玩笑，明日一戰，都是為國，大家自然都是齊心協力的。三殿下，您足智多謀，不如下午也來幫我再參謀一二，看看我的計畫是否有增添之處？」

「好，自當盡力。」楚昭業還是一如既往的平板聲音。

「父親，您將軍中的馬夫都調過來到校場，我先去調兵啦。」顏寧也不在意，如風風火火地來一樣，又風風火火地跑了。

顏明德又和其他幾人議定明日的安排。

明日一戰，顏明德攻打中路，顏煦和黃岐攻打蘇力紅所在的左翼，鄧宇抵抗右翼北燕軍，而夏仲天、徐陽則在中路掩護顏明德。

不過有了顏寧剛才的話，明日曾成的京郊西營，也得撥一半上沙場了。

二十多萬顏家軍，十萬跟著顏明德，原本還有十萬跟著顏煦，現在改為五萬跟著顏煦，五萬留守玉陽關。

曾成帶著剩下一半的京郊西營人馬，與顏寧、楚昭業一起守城。

顏寧抓著曾成給的權杖，第一件事就是讓人傳令，將京郊西營一半人馬調集到校場待命。忙完這些，又來到後院，今日她還得送二哥他們離開。她怕楚昭業會有所動作，也怕顏明德阻止，所以特意選了這些人都忙碌的時候讓二哥走。

玉陽關裡，這幾日南門大開，讓百姓們離開，顏寧打算讓虹霓等人就混在百姓中出城。

此時顏烈喝了藥，昏迷不醒地躺在馬車中，馬車裡墊著厚厚的褥子和毛皮，墨陽就守在馬車裡。

看到顏寧，墨陽縮了縮身子，心想等二公子醒過來，捨不得怪姑娘，自己肯定要慘了。

顏寧仔細看著自家二哥的臉。顏烈的臉色還是蒼白，養傷好些日子了，也只不過是每日能醒過來說幾句話，人還是不能下床。身上被活活打掉的皮肉，也沒長出多少新的。

顏寧捏了捏拳頭，轉身查看虹霓所帶的東西，覺得都已妥當了。

虹霓看到顏寧，行禮之後，有些擔心地看著顏寧，還有跟在她身後而來的孟良。

「孟良，你和虹霓再去說說話吧，不過，馬上就要走，你們可長話短說啊。」顏寧吩咐一聲。

虹霓也不忸怩，拉著孟良就到避人處去說話。

顏寧回頭，看著馬車中顏烈那張還是蒼白的臉，壓低聲音道：「二哥，我不會放過王賢的，害你的人，我都不會放過。你放心，我一定會給你報仇。」

她的聲音很輕，寒風一吹，飄散風中。

墨陽只看到姑娘嘴唇動著，聽不清說什麼，顏烈依然昏迷不醒。

虹霓和孟良很快又走回來。

顏寧看著虹霓坐上馬車，對隨行的幾個護衛道：「此去京城，路上只怕不太平，你們拿上這個。」說著，她拿出京郊西營的兩塊校尉腰牌。「若是來人詢問你們是什麼人，你們就說是京郊西營，奉了曾主將和劉副將的命，送人回京城。」

這兩塊權杖，是剛才她去調集西營的人到校場時，直接從人手裡騙過來的，希望有用吧。

楚昭業的人，應該知道京郊西營是同夥。

「一路上務必小心，不要驚動沿路驛站官府，盡快趕路。到了京城，回府拿名帖去東宮。」顏寧又囑咐一句。沿途這些官府，她現在一個都不信。

領頭的護衛點頭領命。「姑娘放心，我們拚死也要護衛二公子安全。」

「能活著，都要想法子活下去。」顏煦的聲音傳來。

顏寧看到自家大哥一身青色家常服飾，緩步而來，就像個書生，一點也看不出明日就要上沙場搏命的樣子。他比顏烈還高一個頭，身姿挺拔高眺，五官與秦氏更相似些，不像顏烈這樣濃眉大眼，而是有些秀氣。他看到家人總是露出溫暖的笑容。

小時候，她和二哥闖禍後，大哥沒少給他們兩個收拾爛攤子，每逢那種時候，他臉上就帶著這種笑。

顏煦走到近前，看看顏寧，又掀起車簾看了昏睡的顏烈一眼，不用問，他也知道，二弟這樣子必定是被餵藥了。

他轉身跟那些護衛們交代幾句後，催促道：「快些走吧，就從大門走，免得顛簸，等會兒城門就關了。」

雖然之前父親有鬆口要她帶著二哥離開，但顏寧怕大戰在即，父親會改變心意阻止他們，她本打算讓二哥一行從後門溜出去。後門這段是石子路，有些顛簸，大門是青石板和青磚鋪路，因此會平整很多。

「大哥，父親知道了，也許……不會讓二哥走的。」

「沒事，我剛才找了幾本文書讓父親看。」顏煦偏頭眨眨眼。

原來如此！顏寧會意一笑。

顏煦看著兩輛馬車和一行人離開後，轉頭看著顏寧。「寧兒，不要怪父親，阿烈受傷，他其實也很心痛。」

「大哥，我知道。你放心，我不會怪父親的。」

「走吧，父親在書房等妳，打算先聽聽妳的妙計。若是妳計策不妥，下午也好再謀他法。」

顏煦為顏寧整了整披風，將她風帽給拉上，帶著顏寧往書房而去。

「大哥，你想不想大嫂和文彥啊？」顏寧忍不住問了一句。

顏煦停下來。「就是再想，也得明日一戰結束後，才能見到他們了。」他頭也不回地丟下一句話，又往前走去。

顏寧只覺有些無奈，她沒有辦法阻止大哥上沙場。

兩人不知道，顏明德正站在書房二樓，也在目送顏烈的馬車離開。他知道顏寧的動作，沒有阻止。

顏烈受傷，上不了沙場，就讓他走吧。顏明德心裡對自己說，又自嘲一笑。他怕擾亂軍心，自己不能安排，就對顏寧的安排睜一隻眼閉一隻眼，說是公正，其實也是有私心的。就讓他自私一次。阿烈已經被毀了，就讓他活著吧！

顏明德站了片刻，看到顏煦和顏寧走來，連忙裝作無事地回到書房。

父子兩人聽了顏寧的計畫後，都覺可行，連聲催促顏寧快去準備。

到了下午，校場現場一試後，就算曾成有心想找麻煩，也不得不承認，顏寧的法子不錯。

顏寧當即說道，玉陽關中難保有北燕細作，為了確保軍機不外洩，京郊西營那半營人馬就駐紮到城內。

眾人都覺得有理，曾成更沒法反對。

「三殿下，您所住的客院，我擔心不太安全，今夜我會再派人駐守府外的。」顏寧落後幾步，低聲對楚昭業說道。

楚昭業看了她一眼。「寧兒如今說話，也學會委婉了呢。」

「近朱者赤，近墨者黑，我也是跟三殿下接觸多了。」

「既然寧兒妳這麼關心我的安危，我豈有拒絕之理？」

「三殿下放心，我總是不會忘了您的。就算明日上沙場，我也會拉著殿下。」顏寧說完，甩手走了。

李貴聽了顏寧的話，有些擔心地看著自家主子。「殿下，曾將軍問怎麼辦？」

怎麼辦？

「讓他聽從軍令吧。」楚昭業一笑，心裡難得輕鬆。這幾日猶豫要不要帶人回京，這念頭直接被顏寧掐斷了。

看著前面大步走到顏明德和顏煦身邊、仰頭說話的顏寧，他心裡閃過一個念頭。也好，就和她同生共死吧。

忙完一切，已經入夜了。今夜的玉陽關分外熱鬧，軍中這日燒了幾大鍋肉，確保每位將士都能吃飽吃好。

在顏府裡，顏寧也吩咐廚子做了幾道好菜，拉著顏明德和顏煦一起吃。

顏煦難得也到廚房吩咐，為顏明德做一道雞湯送上來。

顏明德看著坐在自己左右的一兒一女，端起酒杯喝了一大口，想要囑咐顏煦小心，可想想明日的凶險，又覺這話實在多餘。

他心裡有些內疚。顏煦和顏寧要不是自己的孩子，要不是顏家人，何必一定要在沙場搏命呢？

顏寧看父親滿含內疚的目光，為顏明德挾了一筷子菜。「父親，您嚐嚐，這是我讓廚子做的，您最喜歡吃的。」

顏明德吃了一口，又喝了一口酒。「寧兒，妳不該來的，妳是個姑娘家，本來該待在閨閣待嫁。」

「誰讓我父親是顏大將軍呢！顏大將軍的女兒，怎能像普通女子待在閨閣裡，當然應該虎父無犬女啊。」顏寧自豪地說：「父親，小時候我就在想，總有一天要像您一樣征戰沙場，您看，我現在得償所願了。」

「妳明日一定要守好城。」顏煦插嘴道。

顏寧連忙點頭，拿起酒壺聞了聞，給顏明德倒了一杯。「父親，這杯女兒敬您！」

顏明德接過酒杯，抿了一口。「這酒味道有點怪。」

「怎麼，難道因為是女兒倒的？」顏寧有些不依了。

「沒有、沒有，是為父品錯了，我家寧兒倒的，別說是酒，就算是水，那也是好喝的。」顏明德連忙一口喝乾了。

顏寧一笑，又給顏明德挾了幾筷子菜。「父親，母親在南州，不如您以後別打仗了，回南陽祖宅去，和母親一起好好過逍遙日子？」

「呵呵，好，等這仗打完再說吧。」顏明德也不說答應不答應。明日一仗凶險，以後的事以後再想吧。

顏煦也不插嘴，只在一邊含笑聽著，也沒怎麼吃。

這時，顏煦吩咐燉的雞湯送了上來。

顏煦拿過一個碗，親手盛一碗遞給顏明德。「父親，您嚐嚐這雞湯。」

大兒子難得如此殷勤，顏明德倒不能不吃，他端起雞湯喝了一大口。「大郎，明日你一定要注意著，及時回防。若是我衝到北燕國主前那是最好，若是發現中路失利，你可不要硬拚。」

顏明德這話，又是難得的私心了。

顏煦點頭。「父親放心，我明白。」

三人這一頓飯，倒是吃得其樂融融。吃飽喝足後，三人互相催促著各自快些去歇息。

顏寧回到內院後，睡不著，索性又來到英烈廟，她虔誠地磕頭跪拜，求了一串平安符。回到府裡，她給孟良、顏六、楚六等人都送了一個，又拿著兩個到前院。

走到前院，軍醫卻在顏明德房外，顏煦也站在房外。

「大哥，怎麼了？」她看到幾人神色緊張，不由也緊張起來。「這是出什麼事了？」

「父親有些腹痛，讓軍醫來看看，應該沒什麼大礙。」顏煦鎮定地道。

聽說是腹痛，顏寧也鎮定下來。「什麼時候開始的？軍醫怎麼說？」

「可能是吃壞了東西吧，軍醫說沒有大礙，就是會拉肚子，明日，父親可能不能出關作戰了。」顏煦含笑說了一句。

顏寧覺得大哥這笑容很有深意，心中有些緊張。

「寧兒，明日父親不能出城作戰，我會帶兵攻打中路，讓黃岐將軍去攻打左翼吧。」顏煦胸有成竹地說著自己的想法。

「寧兒，明日妳還是留著守城，若是我們在外的戰事失利，妳就固守待援。若是還守不住……妳就像送走妳二哥那樣，把父親也給送走，明白了嗎？」

顏寧看著一臉鄭重的大哥，有些詫異。

軍醫走過來，顏煦只好先停下話頭。

「少將軍，大將軍瀉得有些厲害。」軍醫說道：「屬下仔細看了，可能是誤食巴豆和大黃，這兩樣東西一起吃，有些凶險……」

「怎麼會有大黃？那要不要緊？」顏寧緊張地問道。

「屬下剛才已經給大將軍吃了些解毒藥，只是腹瀉一時止不了，明日大將軍會有些脫力。」

「好，你留下藥，今夜之事，不許說出去。」

「是，屬下明白。」大戰在即，大將軍卻拉肚子，這可不是小事，軍醫當然知道輕重。

「你今夜就住在那邊廂房吧，待我父親止住，再回去。」顏煦指了指右邊的廂房，讓軍醫晚上就住在那邊。

軍醫領命後，又趕回顏明德的房中查看。

顏煦待他走遠後，轉頭看著顏寧，眉頭微挑。「寧兒，妳有什麼話要對我說嗎？」

每次大哥露出這種「什麼都瞞不過我」的神情，顏寧就頭皮發緊，她難得緊張地低下頭，一腳在地上踢著地上的青石板，一手不自覺地捏住自己的衣角。

顏煦看著溫和，可小時候，管顏寧和顏烈也管得多。

「大哥，我要是說了，你可別生氣。那個……晚上我給父親倒的那杯酒裡，放了巴豆。」

下午在校場時，她帶了巴豆汁回來，晚上給顏明德倒酒時，就乘機將那汁給滴到酒裡。

難怪顏明德會覺得那酒味道不對呢，放了巴豆汁，酒味早變了。

「但是，大哥，我只放了巴豆，父親怎麼還會誤食大黃，這個我們得查查。難道是有內奸混到府中？」顏寧拉著顏煦，緊張地道。

顏煦神色有些古怪。「那個……寧兒，大黃是我放的。」

啊……顏寧有些傻眼。大哥居然也敢給父親下藥？

顏寧沒想到，一向儒雅正直的大哥居然會給父親下藥。

「下午看到妳給阿烈下藥，我才想到的。」顏煦承認，自己本來是怎麼都不會想到的，可是下午看到顏烈被下藥而昏睡過去的樣樣，他靈機一動，覺得可以用一下。

「呵呵，大哥，難得你也做這事。」顏寧立時不緊張了，一副商量的語氣。「不過，你明日就得聽我的了。」

「為什麼？」

「父親病了，我可是聖上任命的北援元帥，手裡有帥令。」顏寧得意地道。「我先去探望一下父親，你可別拉我，不然我告訴父親，你給他喝的雞湯裡有毒。」

顏煦愕然。下藥的又不是自己一個，這妹妹怎麼敢告密？

「父親不會怪我，肯定會罰你。」顏寧得意地炫耀自己的地位。

顏煦和顏寧想要探望，顏明德的房門也沒讓人開，趕兩人回去歇息。

顏煦送顏寧到前院門口。「寧兒，不管妳打什麼主意，明日我一定要出征的，不然，我就直接抗命。」

顏寧看顏煦一臉肅穆，知道顏煦肯定說到做到。

「我知道了。」她說著往前走了幾步，摸到袖袋裡的平安符，返回去，拿出平安符。「我剛剛去英烈廟求的，給，你一個，父親一個。」

顏煦看看手裡黃紙畫的符，緊緊捏在手中。

第六十九章

第二日一早，顏明德起床，臉色都有些蠟黃，他穿上鎧甲，剛想到帥帳去，肚子卻又一痛，只好又上茅房。

這個樣子，他還怎麼騎馬出戰？

顏明德心中焦急，無奈肚子不由自己控制，他總不能這副樣子去帥帳吧？

他正不知如何是好，卻看到顏寧內穿紅衣，外罩鎧甲，腰間挎著寶劍，身後的楚六捧著一個方形大印走過來。

顏明德一愣。「寧兒，妳這是幹什麼？」

「父親，您現在體虛力弱，騎不了馬，不能帶兵，由我這個北援元帥來統帥。我去出征，父親，您留下守城。」

顏明德急了，怎能讓女兒出征？「這怎麼行？」

顏寧卻不理，直接轉身離開了。

顏明德追了幾步，肚子又是一痛，只好又先去茅房。

軍醫熬了一碗藥端過來。

顏明德走出茅房，看到軍醫手裡的藥，搶過來兩三口就喝下去。「喝了這藥，能止住腹瀉嗎？大公子去哪兒了？」

「稟大將軍，少將軍已經去帥帳了。您剛才喝的藥，還不能將毒全清了，還得半個時辰後再喝一碗才行。」

「半個時辰？不行，你快去把第二碗端過來。」顏明德吼道。

軍醫吶吶地道：「稟大將軍，第二碗藥要煎出藥效，就得半個時辰。」

顏明德又氣又急，真想一把將碗摔了。可他又不是個遷怒的人，只好硬生生忍住怒氣，再轉頭，哪還看得到顏寧的影子。

「這丫頭反了，竟敢給老子下藥！」他大叫一聲，隨後，又忍不住跑茅房去了。

顏寧聽著身後傳來顏明德的吼聲，忍不住一笑，加快腳步往帥帳走去。

帥帳裡，顏煦等人都在，只有帥位還空著。顏寧大步走上前，坐上帥位。

黃岐等人驚訝地看著顏寧，不知她今日要唱的是哪一齣？

顏寧接過楚六捧著的帥印，放到桌上。「顏大將軍昨夜忽然腹瀉不止。我身為北援元帥，暫代帥位，今日之戰，由我帶人攻打中軍，顏大將軍守城。」

其他人一聽，有些急，剛想張口，顏寧一揮手，阻住大家的話。「帥印在此，若不聽從，以抗命處置。」

軍法如山，就算黃岐等人有心反對，也沒辦法了。

顏煦反對道：「顏大將軍既然不適，應該由我攻打中軍才是。」

「少將軍這是反對？」顏寧轉頭問道，另一手就打算去抽令箭。

「末將不敢，末將領命。」顏煦不等她手碰到令箭，就躬身領命道。

呢。

顏寧有些遺憾地放下手。大哥轉得太快了，她還想將大哥打上幾十板子，也留在關內

黃岐等人更是沒法反對了，畢竟他們聽從帥令是天經地義之事。

楚昭業看顏寧坐在帥位上，那椅子高大，顯得顏寧格外嬌小。

顏寧感受到楚昭業的目光，也轉頭看向楚昭業。「三殿下，您作為監軍，有何建言？」

「今日一戰，至關重要，我將跟隨出關一戰。」楚昭業鎮定地道。

「三殿下一心為國，佩服。既然如此，三殿下就和我一起吧。」顏寧又跟黃岐等人說道：「昨日的計策是我想的，由我親自帶著，更能事半功倍。」

楚昭業這麼痛快地要跟隨出城當然更好，顏寧也省了逼迫的工夫。

這理由有些牽強，可在座的人，有權阻止的楚昭業都不反對而自請出戰了，其他人還有什麼可說的？

「眾位沒有異議的話，各自回營準備，即刻出城。」顏寧站起來。

「末將領命！」幾位將軍只好躬身領命，各自回營準備。

楚昭業看著顏寧。「昨日妳說要上沙場，原來真的要上沙場啊，妳給妳父親下藥？」

顏寧並不回答他的話。「三殿下，我們也準備出城吧。」

「好！」楚昭業站起來，轉身看著顏寧一身戎裝，這還是他第二次看到顏寧這樣的打扮。

銀色頭盔，紅色披甲，紅顏如玉，顏寧的容顏增添了幾分冷意。她紅衣銀甲，大步而

出。
顏明德匆匆趕到帥帳時，這裡已經空無一人。他喝了兩碗藥後，腹瀉終於止住，只是還有些腳軟。
「人呢？」他對守在帥帳外的一個士兵叫道。
「稟大將軍，大軍已經準備出城了。」
「誰攻打中路？」
「姑娘掌了帥印，代替大將軍攻打中路。」
「胡鬧！」顏明德急得轉身向外面跑去，只是腳步明顯有些歪斜，速度也不快。
顏明德又跑出轅門，卻只看到一隊隊士兵從面前走過，遠遠的號角聲傳來，前面人聲鼎沸，大軍已經開拔出城，他就算極目遠眺，也根本看不到隊伍前頭。
幾個親兵追過來。「大將軍，姑娘和少將軍吩咐，大將軍若是一定要出城，會讓他們分心。對了，這是姑娘給您留的信。」
顏明德打開信封，上面只有一句話：我給您下了巴豆，回來您再罵吧。
顏明德也知道自己此時是不能出戰了。他沒想到顏寧竟然玩手段，還玩到自己這個老子頭上，心中百味雜陳。於是他不再追隊伍，翻身騎馬往城樓行去。
顏寧一馬當先，率領隊伍準備出城。楚昭業帶著三十多個貼身護衛，就跟在顏寧身後。而他們後面就是顏煦和顏家軍。
北城城樓上，孟良押著一個頭上蒙了布套的人，走上城樓，將那人交給城樓上的將領。

「姑娘吩咐，大軍出城的時候，把這人宰了祭旗。」

那個被蒙了頭套的人，聽到孟良的話後，正在死命掙扎，發出嗚嗚的聲音，顯然是被塞住了嘴，看身形有些眼熟，也不知是什麼人？

不過，他們都是顏家軍，對顏寧的命令自然言聽計從，壓根兒也不解開頭套。

「是！」守城的將領躬身領命後，對身後兩個士兵揮手，將那人綁到城頭的旗杆下。

「頭套別摘了！」孟良又囑咐一句，跑下城樓去，從別人手中接過韁繩，上了自己的馬，催馬趕上前頭。

那個將領聽了他的話，看孟良離開後，就吩咐兩個士兵捆緊一點。

楚昭業看到孟良押解人上城樓的舉動。他往顏寧那邊湊了湊，低聲問道：「寧兒是把誰抓了？」

顏寧看了他一眼。「自然是有仇的人。」

楚昭業聽了這話，也不再問是誰，他心裡已經猜到一個人——王賢。

顏寧原本還想再等等，可是決定出征後，她覺得今日一戰凶險，怕來不及收拾這人。

顏寧只要一想到自己會戰死沙場，而害了二哥的王賢還能好好活著，就覺得死不瞑目。

她答應過二哥要為他報仇，所以，昨夜她索性讓楚六帶人摸進王賢府中，將他給捆綁出來，今日剛好用他來祭旗，以壯行色。

王賢府中人怎麼也不會想到，自家老爺居然被堂而皇之地殺了。

「寧兒打算怎麼對付我呢？」楚昭業好像很有閒聊的興致。

「等我們從北燕人手裡活著回來，再想這問題吧。」顏寧覺得，他們能活著回來的希望不大。

楚昭業一笑。的確，活著回來的希望渺茫。

「顏寧，想不到我們兩次聯手，都是這種時候。」

顏寧偏頭看了他一眼，也覺得有些可笑。自己恨不得弄死他，可好像總是不能馬上動手，這實在太遺憾了。

玉陽關的吊橋緩緩放下，號角聲聲催促中，一隊隊士兵衝出吊橋，在關前的空地上開始列陣。

對面的北燕軍營中，北燕國主正在用早膳，有士兵到帳門前，稟告說大楚人正出關列陣，請求一戰。

「他們要找死，就成全他們！快，準備迎戰！」北燕國主抓起桌上一塊羊肉，兩三口吞了下去，大聲吩咐道。

北燕國主說完，站了起來，傳令三軍集合，準備迎戰；五皇子跟在北燕國主身邊，帶人護衛。

蘇力紅只好也趕回去，集結自己手底下的人，只是一一吩咐那些將軍，注意號令。

北燕人以騎兵為主，集結很快，沒多久就在北燕營帳外列陣。

大楚和北燕之間，隔著這幾日北燕人砌好的幾個雪垛，相對而立。

這日天氣很好，陽光照在身上，若不是還有遠處的積雪和陣陣吹來的寒風，會感覺現在好像如春日般溫暖。

天空澄淨，連遠處的紅河都清晰可見。

紅河雖然冰封了，還是能看出蜿蜒的樣子，如一條玉帶，彎彎曲曲，一頭連著銀山山麓，一頭向下舒展，往平原中流去。

顏明德看向北燕的軍陣，雖然是倉促列陣，但是人數占優的北燕人，很快就黑壓壓地全是人頭了。因為天氣好，他甚至都能清楚地看見，北燕人的馬打了一個響鼻，蹄子在地上踩踏幾下。

玉陽關下，是嚴陣以待的大楚軍，軍容整齊肅穆。

帥旗上，一個斗大的顏字招展，旗幟被風吹得獵獵作響。

顏寧依然是紅衣銀甲，騎著棗紅馬，手中提著銀槍，背上揹著一把短弓，棗紅馬上掛著她的箭袋，裡面有十枝羽箭。有風拂面吹過，她微微偏頭，看了一眼左右，大哥顏煦在她的左後方。

顏寧忽然想起在南州時送楚謨出征的情景，不知道那時候，楚謨心裡在想什麼？不知道楚謨在衝鋒陷陣時想到什麼？不知父兄當年衝殺時又想到什麼？

顏寧只知道，自己此刻心中很安寧。重生一世，她保住了顏家，雖然她好像還是不能護住大哥，但是，二哥、母親、大嫂和文彥都能活著。父親應該也能活著，畢竟太子哥哥還活著，他肯定不會不管玉陽關、不管顏家的。

若說遺憾，顏寧看了自己身上一眼，她穿著的正是及笄之時、楚謨所送的那件鎖子甲。楚謨，終究不能嫁給他了……

顏寧心裡有淡淡的遺憾，但更多的還是高興，畢竟她沒有白白重活。她雙目看著對面的北燕軍陣，周圍的聲音好像都聽不見了，只是慢慢舉起手中的銀槍。

楚昭業轉頭，往南方看了一眼，那邊，是京城的方向。

今日，臘月二十八，黃道吉日——太子楚昭恒登基之日。

玉陽關的城樓上，傳來陣陣鼓聲，顏明德接過士兵手中的鼓錘，親自擂鼓助威。那「咚咚」的鼓聲，好像敲在人的心上，讓人的心顫抖起來。

紅河岸，玉陽關，雄關如鐵，矗立如山。

男兒淚，英雄業，為國何惜一腔血。

保家國，何辭露宿與風餐……

顏寧只覺得又聽到了二哥吟唱的聲音。

鼓聲，將楚昭業的眼神拉回到前方。

顏寧看著北燕中軍的帥旗方向，一揮手中的銀槍。「衝啊——」

身後的顏家軍們，跟著她一往直前。

漫天的衝殺聲，直破雲霄。

北燕國主在中軍陣中，看大楚士兵直衝而來，覺得有些可笑。大楚人真是逼急了，居然一改往日箭弩為先的作戰方法，用騎兵來衝擊北燕軍陣。

「父王，大楚居然是個女人領兵。」五皇子騎馬侍立在北燕國主身側，聽到傳令兵說大楚領兵的元帥居然是個女人後，有些驚訝。「大楚的男人都死絕了，竟讓女人來領兵？」

北燕國主聽蘇力紅提過顏明德的女兒，再看對面那顏字帥旗。「應該是顏明德的女兒。」

「父王，不如活捉顏明德的女兒，我們好好羞辱羞辱楚人。對了，聽說顏明德的女兒，長相還不錯。」五皇子舔了舔舌頭，有些曖昧地提議道。

「太子說顏明德這個女兒，還有點本事。」北燕國主有些顧慮。

「父王，我們百萬大軍還怕他們嗎？上次抓了顏明德的兒子，被太子放走了。聽說顏明德對這女兒可寵得很，到時候為了救女兒，他或許就開關投降了。」

五皇子覺得，若是讓國主聽了太子的話，那太子的地位就進一步穩固了。反正大楚人必敗，他就先給尊貴的太子殿下，好好添點堵吧。

「不錯，到時候把顏明德的女兒扒光了丟營裡，這可是大楚出名的千金啊。」北燕國主哈哈一笑。「傳令下去，顏明德的女兒，就是那個穿紅衣的，別射死了。」

北燕國主的軍令一層層傳下，遠在左翼的蘇力紅接到這個命令。「這是誰下的令？」

「太子殿下，是五皇子說活捉顏明德的女兒，國主就親口下令了。」

他是豬嗎？

蘇力紅簡直想衝回中軍陣，將那腦子進水的弟弟給宰了。活捉顏寧？兩軍交戰，還不許射殺敵軍的主帥？

他跟北燕國主提過顏寧很多次，可惜，他父王看不起女人，還有一個五皇子湊趣。

北燕軍陣中，騎兵越陣而出，沒想到，快和大楚騎兵碰上時，顏寧身後的傳令兵揮旗下令，大楚騎兵分左右散開，拿著盾牌的步兵衝上來。

大楚的步兵們，一手拿著盾牌，一手拿著一個圓筒，那圓筒裡裝的都是馬兒最喜歡吃的豆料，不過竹筒裡的豆料，浸泡了巴豆汁。

這批大楚步兵，正是昨日顏寧剛召集的京郊西營士兵。只見步兵們衝到陣前，就將竹筒裡的豆料倒在地上，然後，將竹筒分散著扔在地上。

北燕的戰馬，本來每日都只能吃個半飽，今日還沒來得及吃馬料，肚子正餓著，一聞到噴香的豆料香味，就有些亂了。饒是訓練有素的戰馬，也不由掙扎起來，低頭要去吃大楚士兵們倒在地上的食物。

前面的戰馬吃東西，後面的戰馬衝上來，踩到竹筒後，馬蹄一滑倒地。

一時之間，幾萬北燕騎兵人仰馬翻。

京郊西營的步兵們，一手拿盾牌抵擋，一手拿刀砍殺，明明人數占優的北燕人，居然被一邊倒地砍殺了。

北燕騎兵的將領們大叫。「下馬，快下馬！殺啊！」

只是，亂了的軍陣，沒這麼快就能調整。

「寧兒，妳小心！」顏煦喊了一句，越過顏寧衝入北燕軍陣，將北燕大軍衝散，又帶人往左翼而去；而另一邊，由徐陽等人往右翼衝去。

北燕國主看到大楚人竟然不知死活還想左右包抄，連連下令。「給我追，一個都不許放過！」

中軍中，立即有兩批人追著左右兩翼的大楚軍而去。

顏寧不再管其他戰事，她只看著高高飄揚的北燕帥旗。「跟我衝啊！」

她揮舞銀槍，挑落一個北燕將領。

楚昭業緊緊跟在顏寧身後，身上的黑色鎧甲，已經染上了血。

「姑娘，小心！」孟良在身後叫了一聲。

顏寧側頭，看到北燕一個將領的大刀往自己背上砍來，她不避不擋，反手槍尖直指對方咽喉，顯然是打算拚著受這一刀，將對方挑落。

楚昭業就在顏寧身後，揮刀把這一刀擋開，一個不防，被他右邊的北燕人在手臂上砍了一刀。

顏寧意外地看了他一眼，槍尖已經挑落剛才那揮刀的將領。

楚昭業迎上顏寧的視線，微微一笑，那笑容裡竟有幾分溫柔。

「不要停，不要戀戰！往前衝！」顏寧不再看他，回身喊了一句，繼續催馬往正北方奔去。

北燕國主的帥旗，隱隱約約不時被擋住，但是因為夠高，還是能一眼看到。

沿路的北燕將領，因為有國主的禁殺令，對上顏寧難免有些綁手綁腳。

北燕國主只看到那個紅衣銀甲的人，如瘋魔一般往中軍衝來。

顏明德的女兒，身手居然也不差。

他心裡有些意外，也有點猶豫。這人，還要不要活捉？

「父王，他們居然又分了一部分人出去！」五皇子驚訝地喊道。

跟在顏寧身後的夏仲天，帶人衝開了左路。

殺紅眼的北燕將領，也不等下令，直接追殺過去。

楚六護在顏寧身後。他見過顏寧練武，知道這位未來的世子夫人身手不錯，但是沒想到好得遠超出他預料。

但是，再好的身手，也抵擋不了車輪戰。

又衝殺過一輪後，顏寧覺得自己手中的銀槍有些沈重。一個不察，她腿上被刺中一槍，那個北燕將領將槍尖挑出，想將顏寧挑落下馬時，顏寧被這痛激得回神了，退開一步抵擋後，回敬了一槍。

楚六在身後，將手中的刀飛擲而出，直透對方胸膛。

「姑娘，您要不要緊？」孟良想要衝過來，只是他身邊圍了七、八個北燕人。

顏寧覺得這痛也不是那麼痛，回過神才發現自己有些偏離方向。

楚昭業在幾個死士的護衛下，甩開身邊幾個北燕人，衝到顏寧身邊，看到她腿上不停流血。

「你們兩個，護著她！」楚昭業對身邊死士吩咐一聲，搶在顏寧身前衝去。

皇位無望後，他覺得痛苦，卻又覺得解脫了。就這樣，和顏寧一起死吧——楚昭業心裡，滑過這個念頭。

玉陽關下，大楚與北燕這一戰，一下就進行了兩個多時辰。

顏明德站在玉陽關城樓上，看著大楚的五十萬人馬，如細流入海，衝進北燕軍陣後，大楚士兵的身影都變得若隱若現了。

號角聲一聲緊過一聲，鼓聲一遍高過一遍，天地間都是震天的喊聲和殺氣，身處其中，讓人只能向前殺敵，或者是被殺倒地。

北燕人鋪天蓋地衝殺，要不是大楚的軍旗還在，都會以為人已經全不見了。

顏明德起先還能看到自己的一兒一女的身影，現在只能憑著軍旗知道他們位置。

顏煦的左翼衝殺了一里多地後，就被北燕軍隊纏住，他只看到妹妹的紅衣在軍陣中閃過，然後，再也無暇去看，只能應對著眼前的廝殺。

「再衝！」顏煦大喊一句，他身後，跟著從北燕中路追過來的一隊人馬。他只要把這些人帶得越遠，顏寧所在的中路，遇上的北燕軍就能少一些。

可是，北燕左翼是北燕太子蘇力紅所在，顏煦和對方交上手後，就知道脫身不易了。

蘇力紅看到大楚人用豆子引馬的招數後，大驚失色，再看到顏煦帶人衝殺過來後，已經讓人小心大楚人再用這一招了。

他率領的左路軍，有三十多萬人馬，都是他親信將領所率，所以防守很快。

蘇力紅站在軍陣中，看到顏寧帶著大楚的中路，往北燕國主所在的中軍衝殺，心中閃過一念——大楚是想要殺了北燕國主！

他叫過傳令兵，卻又揮手讓他退下，只讓人全力絞殺往左翼殺來的大楚軍。

「姑娘，後面又有蠻子來了！」顏六對顏寧大叫道。

顏寧往後看去，果然，身後的退路已經被截斷，他們此時正圍在北燕中軍的軍陣中。

可是，退路重要嗎？

顏寧只知道，應該再往前一點，她已經能清晰地看到北燕國主身後的帥旗了。

忽然，棗紅馬發出一聲嘶鳴，前蹄一跪倒地，顏寧也被甩在地上。

棗紅馬的前蹄，被刀砍傷了，牠朝著自己的主人發出「嘶」的一聲慘叫。

「顏寧，小心！」楚昭業衝過去，從馬背上俯身，將顏寧從地上拉起來，躲開了幾個北燕士兵刺來的長槍。

顏寧只覺得喉嚨一股腥甜湧上，她硬生生又嚥回去，但還是有一絲血從嘴角流下。

楚昭業背上又被砍了一刀，那刀還要落下時，顏寧舉槍幫他格開，隨後，她咬了自己舌頭一下，痛意讓她的腦子又清醒了些。

顏寧大口喘息一下，趁著一個北燕將軍奔近時，她投擲出長槍，將那人扎倒落馬，也顧不上腿上的傷，一手抓著馬鞍，一腳蹬上馬鐙，翻身上馬後，打馬從那個北燕將軍身前衝過，抓住自己的槍尾，將自己的銀槍拔回來。

「楚昭業，衝到中軍去！」顏寧對楚昭業叫道。

她有些脫力了，不知自己還能衝多遠，只希望楚昭業能衝過去。

楚昭業想再跟到顏寧身後，可是他身後又有幾桿長矛刺來，將他阻住了。他從京城帶來的死士，此時，也只有一個還在自己身後。

楚昭業只看到顏寧的身影，又往前衝出三個馬身的距離，然後，陷入北燕人的圍困中。他們距離北燕國主所在的位置，大概還有三里左右。

北燕國主騎在烏騅馬上，看著三里外那群大楚人的廝殺、掙扎，轉頭跟五皇子說道：「沒想到他們能殺到這裡來，算他們有本事。」

五皇子看到衝過來的紅衣女子，又一次摔落馬下，大笑道：「父皇，您看，顏明德的女兒自己送上門來了。」

顏寧此時，離北燕國主還有兩里不到的路，能看到北燕國主高高在上，騎在黑馬上，身後半尺處有幾人騎馬護衛，身前則是步兵們列陣保護。

顏寧踉蹌著往前奔了幾步，又被人纏上了。

右邊，一個北燕將領從馬上揮刀砍下，顏寧撿起地上的長矛挌開，左邊又砍過來一刀，她腿上有傷沒法跳動，看著是無論如何也躲不開了。

顏寧有些遺憾，只差這麼一點路了啊……然後，就感覺有人推開了她。

「快，下手！」楚昭業的聲音，在她耳邊響起。

顏寧看到，那一刀將楚昭業給刺穿了。聽到「下手」兩字，顏寧拿起短弓，從箭袋中抽出三箭，三箭齊發，往北燕國主那個方向射過去。

北燕國主聽了五皇子的話，哈哈一笑，正欲回轉頭去欣賞大楚人的狼狽，然而，他頭剛轉到一半，就看到身邊人臉上，露出驚恐之色。

他才感到喉嚨一痛，想問別人出了什麼事，卻再也說不出話來，低頭，看到一截羽箭在自己身上。

他手剛抬起來，又感到一痛，又是一箭射在胸前。

北燕國主看著遠處那個女子，那一身紅衣被血染成了紅黑色，銀甲上也是血跡泥污，那張臉看不清樣子，他想說「殺了她」，卻再也不能說一個字了，砰的一聲，人從馬上落下。

「國主被殺啦！」

中軍的親兵們，亂了起來。

大楚的士兵們，看到這一幕，都歡呼大喊。「北燕國主死啦！北燕國主死啦！」

北燕五皇子沒想到，就這麼片刻工夫，自己的父王居然被大楚人殺了！

五皇子指著顏寧，本想上去為自己的父王報仇，但站在他身後的人，是他母族的表哥，也是他的謀士，一拉他的衣袖。「殿下，我們的人，不能折損了！」

五皇子頓時清醒過來。對啊，自己只有十多萬士兵，此時若帶人衝上去和大楚殘兵爭鬥，豈不是還要折損一些？

「快，殺了他們！」五皇子揮刀指著那邊大叫，忽然，他看到孟良的臉，腦中靈光閃現，那不是顏烈被救那夜所看到的大楚人嗎？

「那些人和太子殿下有勾結！」五皇子指著那邊叫道。

他的謀士一聽這話，跟著大喊：「太子勾結大楚人，殺了國主！」

中軍亂成一團，這些話被一層層傳遞出去。

北燕國主被殺的消息，一層層傳遞之後，很快，蘇力紅所在的左翼也知道了。

他沒想到，層層重兵保護之下，自己的父王居然還是被殺了，一時之間，也不知是何心情？

「太子殿下，五皇子說是您勾結大楚人，殺了國主！」有人將中軍那邊的話，傳了過來。

蘇力紅咬牙。「五皇子呢？」

「五皇子帶人跑了！」

蘇力紅沒想到，自己這個五弟竟然在這個節骨眼上，帶著自己人跑了。他往前幾步，就看到中軍那邊亂成一團，潰不成軍，他就算咬碎一口牙，也鞭長莫及。

「鳴金，收兵！」蘇力紅只能先控制左翼這邊的形勢。只是，鳴金之後，中軍和右翼那邊卻還是亂了。

楚六和孟良兩人，看到北燕國主被殺後，渾身是血地衝到顏寧身邊。

顏寧呆呆扶著楚昭業。

剛才她落馬後，楚昭業幫她擋了一刀，那刀穿胸而過。她聽了楚昭業「下手」那句話，不自覺地單膝跪地穩住身子，屏氣彎弓搭箭，往北燕國主那邊射去，身後又有北燕人挺槍刺來，楚昭業趴在她背上，硬生生又擋了這一槍。

現在，楚昭業已經回天乏術了。

「顏寧，若有來生，嫁給我吧……」楚昭業臉上淡笑著，輕聲說道，一手卻死死握住顏寧的手。

就算北燕國主死了，他們這些人，還是衝不破北燕人的軍陣，注定要死在這裡了。只是，看到顏寧要被砍殺時，他忽然不忍心看她死在自己眼前。

現在，他已力竭，顏寧也是強弩之末了。看著顏寧那熟悉的眉眼，楚昭業覺得，若是能和顏寧過一生，好像是不錯的事。只是，他這一生，怎麼會是這樣的結局？

楚昭業覺得，他不該是這樣結局的，他應該能登上皇位，能一統天下，一展胸中的抱負……

這麼想著，他好像看到自己身穿龍袍登基的樣子，好像，還看到顏寧一身鳳袍，微笑著走向自己。

果然是快死了，所以，連幻象都看到了。

「前生，我是嫁給你的。」顏寧聽了楚昭業的話，喃喃地說道。

前生？楚昭業覺得有些糊塗，他想問前生是什麼時候？只是，再也問不出話了。他閉上眼睛，臉上帶著一抹疑惑。

顏寧沒想到，楚昭業居然就這麼死了，她重生之後，時刻想著要殺了他，如今，這人就這麼死在自己眼前？

孟良幾人圍在顏寧身邊，人人都像從血水中撈起一樣，楚六還稍好些，有兩人若不是同伴給撐著，已經倒在地上，被人踩踏致死了。

「顏寧——顏寧——」在北燕軍陣外，忽然傳來喊聲。

「姑娘，快，有人來接應我們了！」楚六和孟良聽那聲音覺得有些耳熟，也顧不得避嫌，孟良伸手扶起顏寧，楚六等人當先開路。

北燕士兵群龍無首，無心戀戰，一時之間居然被孟良幾人衝出了幾步。

這時，一個身穿銀甲的將軍一馬當先衝過來，看到這邊，又打馬跑過來。

楚六看到那人，驚喜地對顏寧道：「顏姑娘，是我家世子！」

顏寧還有點回不過神，楚謨已經衝到他們面前。「顏寧，快上馬！」

顏寧抬眼，看到楚謨那張好看的臉上滿是焦急，她搖晃了一下，居然就這麼倒地了。

第七十章

顏寧甦醒後，感覺身下有些顛簸，再一看，竟然是在馬車上，她不由驚坐起來，腦袋咚一下，和一人撞到了。

「姑娘，您沒事吧？」虹霓驚慌地問道。

顏寧只覺一陣眩暈，她的腦門撞在虹霓的下巴上。

等那陣眩暈感過去，她再一看，虹霓的下巴都紅了。「虹霓，妳下巴痛嗎？」然後，醒過神來。「妳怎麼在這兒？不對，我在哪兒？」

她覺得有些搞不明白。前一刻，自己不是還在沙場上搏命嗎？難道，這是又重生了？

虹霓看姑娘那迷糊的樣子，高興得笑了，笑著同時眼圈又紅了。「姑娘，我們在回京的路上呢！幸好您沒事，奴婢和二公子離開玉陽關沒多久，就遇上了楚世子。」

楚謨聽到顏寧這輛馬車裡有動靜，敲了敲車板壁。「虹霓，是寧兒醒了嗎？」

虹霓將馬車右邊窗戶的車簾掀開一些。「世子，我家姑娘醒了。」

楚謨聽說顏寧醒了，高興地催著馬車快歇息，好不容易找到塊空地，馬車停下來。

楚謨迫不及待地跳進馬車，看顏寧真的神志清醒地靠著車壁坐著，先是高興，然後就是惱火。「妳一個姑娘家，不好好待在玉陽關待援，去打什麼仗？」

顏寧還沒說話，馬車左邊傳來一陣叫聲。「楚致遠，你對我妹妹大呼小叫什麼？她是功臣，功臣懂不？你再敢對她吼一聲，我讓我老子跟你退親！」
楚謨咳了一聲，嘀咕道：「我這不是擔心她嘛。」說完，還委屈地看著顏寧。
顏寧聽到顏烈的吼聲，覺得這叫聲中氣挺足的。才一天時間，二哥就好了？
「二公子，您傷口裂開了，不能亂動大叫啊！」隔壁，緊接著傳來墨陽的叫聲。
顏寧轉頭，再看到楚謨那副委屈的表情，忍不住一笑。她還活著啊，活著，真好！
「二哥，你不許說話，好好養傷！」顏寧湊到一邊，對著旁邊大叫。
「等我傷好了，還要跟妳算帳，竟敢給我下藥。」顏烈一聽顏寧的聲音，沒好氣地回了一句。
顏寧掀起車簾一角。原來顏烈養傷的馬車就在自己邊上，近得伸手就能伸到那輛馬車裡。
「楚謨，你怎麼會來玉陽關？」顏寧不理顏烈了，問楚謨道。
「綠衣來到南州，說你們在玉陽關有危險。」楚謨含笑解釋，說得輕描淡寫，隱去他為了帶兵趕來，與南詔的拚殺，還有種種安排。
幸虧他來得及時，千鈞一髮之際，將顏寧等人救下。也幸好顏寧殺了北燕國主，北燕太子蘇力紅和五皇子又各有私心，兩人誰都沒法管誰。本就軍心渙散，無心戀戰，一看到大楚還有援軍衝入，壓根兒連援軍是多少人都沒去弄清楚，就敗退了。
顏寧聽了楚謨的解釋，又聽說綠衣也沒有大礙，放心了。
她是昏睡中被人從玉陽關送出來的，此時說了一會兒話，又略吃了點東西，還是覺得累，很快又倒頭睡去。

到了夜間，找到安營住宿的地方，虹霓把顏寧給叫醒，讓她起來用些晚膳。

顏寧從馬車出來，冷得一哆嗦，楚謨站在馬車邊，連忙幫她將毛披風攏緊。

顏烈的傷勢還是嚴重，此時還在昏睡中。為了讓他少些痛苦，就沒折騰著將顏烈從馬車中挪下來，而是在馬車裡加了炭盆。好在這輛馬車本就是顏寧為了讓他養傷特意選的，非常寬敞。

顏寧腳踏到地上了，才覺得渾身痠痛感更強，遠處，居然傳來鞭炮聲。

「寧兒，今日可是除夕，我們一起守歲吧。」楚謨站在她邊上，柔聲道。

除夕了？顏寧才發現，自己居然一覺睡了兩天？

楚謨顯然是刻意收拾過了，明明還在軍中，他一身錦袍，身披白色狐狸毛大氅，頭上戴著二龍戲珠金冠，星眸中更是柔情四溢，讓顏寧都看呆了，直到邊上喝酒猜拳的喧鬧將他們驚醒。

楚謨扶著顏寧走進屋子裡。這地方是一座破敗的驛站，幸好屋子該有的牆、屋頂都還在，點上篝火後，還是挺暖和的。

顏寧還是第一次在野外過除夕，往年守歲要麼是在父母身邊，要麼是在宮中赴除夕宴。她先去看了看顏烈，看他雖然沒醒，臉色倒還好，放心了。她讓虹霓給墨陽拿了些吃食，自己才走到篝火邊。

這屋子裡，都是楚謨帶來的人，幾位將領圍在篝火邊烤火，一邊拿著酒碗喝著。雖然一切簡陋，但好歹是過年，他們還在下午出去打獵，獵到了野雞、野兔等物，此時拾掇了，直接在火上烤著吃。

遠處爆竹聲傳來，屋內划拳鬥酒、說笑吵鬧，倒也很熱鬧。

楚謨特意交代留下一隻肥嫩的野雞，給顏寧燉湯補補，因此顏寧坐到火邊時，那野雞湯也燉得差不多了。

洛河很有眼色地將雞湯盛了端過來，楚謨接過後覺得香味還不錯，遞給顏寧。「寧兒，趁熱喝吧。」

有眼尖的將領看到後，互相擠眉弄眼地怪笑著。

楚謨當沒聽見，顏寧直接落落大方地接過雞湯，看了那些怪笑的將領們一眼，大口喝了一口。「好喝，等會兒你也喝一碗。」

這跟大家想像的大家閨秀不一樣啊！那些將領們發現沒好戲看了。

楚謨高興地點頭，跟洛河說：「幫我也盛一碗過來。」

於是，楚世子端著雞湯，與周圍那些端著酒碗的將領們閒聊著，他喝得很高興。

顏寧一邊喝著湯，一邊聽著周圍人的閒聊。

說著說著，就有人忍不住問楚謨。「世子爺，您這次無旨調兵，算擅自行軍吧？」

「今夜除夕，大家喝酒，不用擔心。」楚謨來不及阻止那人的問話，看了顏寧一眼後，視線轉了一圈，舉起了酒杯。

那人還想說話，被邊上人捅了一下，那人還是嘀咕道：「也不知道新皇帝好說話否……」

顏寧聽到新皇帝三字，愕然地看著楚謨。「什麼新皇帝？」

「先皇駕崩，太子臘月二十八即位，過了年，就是天順元年了。」楚昭業看顏寧一臉吃驚的樣子，才知道玉陽關音信不通很久了，細細將最近的事說了一遍。

顏寧聽說楚昭恒即位，有些高興，隨後又想到剛才那人提到的「無旨調兵」。

無旨調兵，視同謀反。

楚謨看她擔心的樣子，安慰道：「不用擔心，聖上應該不會怪罪的。」

「王爺的請罪摺子已經進京了，也不知聖上會如何批？」邊上一個人插嘴道。

顏寧一看，居然是趙大海。當初楚謨南征時趙大海也跟在軍中，如今已經升職了。

趙大海顯然有點喝多了，又仗著和顏寧也算相識，頂著楚謨陰森森的目光，跟顏寧說道：「顏姑娘，我們世子爺這次是拚著被王爺責怪，還有被新皇帝處置的風險來救妳的，妳可不能不管啊。」

「多謝諸位冒險救援，如果聖上怪罪，我自當和世子一起領罪。」顏寧點點頭，保證道。

「好，夠義氣！」趙大海一拍手，讚了一句。「我老趙敬妳一杯。」

顏寧也端起地上的酒杯，一口喝乾，喝得太急，嗆到了，咳嗽幾聲。

虹霓剛想幫顏寧拍背順氣，楚謨已經把這活兒搶去做了。

顏寧一笑，順手又幫楚謨倒了一杯酒，自己放下酒杯，拿起乾糧，慢慢地啃起來。

她心裡對於到京之後的事有些沒底。楚謨擅自行軍，若是太子哥哥——不對，現在是皇帝了，若是他想乘機奪了鎮南王府的兵權呢？

顏寧忽然覺得有點冷，忍不住攏了攏身上的披風。

楚謨看著她凝重的臉色，知道她是在為自己擔心，心中有些高興。

到了荊河碼頭，楚謨讓南州那二十萬大軍先回南方去，自己帶著洛河等幾十個鎮南王府的人和顏寧等人一起進京。

過了荊河碼頭沒多久，就遇上楚昭恒派來接應的孫神醫一行人。

玉陽關一戰後，顏明德擔心顏寧和顏烈，拜託楚謨先帶他們回京，自己和顏煦留下收拾殘局，還要收攏戰俘等事。畢竟這也算是新皇登基後的一次勝仗，雖然是慘勝，可銜著北燕國主那顆首級，這一仗就值得大肆褒獎一下。

所以，孫神醫等人遇上楚謨一行後，孫神醫留下為顏烈和顏寧看傷，還有幾個人是去玉陽關傳旨，讓顏明德回京獻俘的。

幾人加快行程後，三日就趕回了京城。

京城裡，秦氏已經在家中，聽說顏烈和顏寧回來了，高興地到府門外迎接。

沒半個時辰，安氏也帶著楊瓊英來探望，秦氏只好又出去迎接安氏和楊瓊英。

安氏和楊瓊英的臉色卻不是很好，甚至，安氏臉上還帶著一絲怒氣。楊瓊英還是往日那般沈穩的樣子，只是看她那腫脹的雙眼，明顯是哭過的，眼下還有脂粉也蓋不住的黑眼圈。

這是怎麼了？

秦氏看她們母女兩人沒說，也只好當作沒看到，親自迎著安氏來到花廳坐下。兩家人雖然還沒公開下聘，但是京中很多人家私底下都知道顏楊兩家議親之事。

「伯母，我想見一見顏二公子，不知可否？」楊瓊英一進到花廳，對秦氏行了一禮後就問道。

秦氏一愣，心想，這於禮不合啊！

安氏無奈地道：「顏夫人，不瞞妳說，昨日我們府上接到二公子讓小廝送來的信，說他要解除婚約。妳也知道，我家女兒是迂腐性子，這乍然說親事不算了，她這心裡想不通。」

「伯母，二公子說自己另有所愛，我只想親口問一問，求伯母成全。」

秦氏不知道顏烈居然還做了這事，心裡就有些不是滋味。

孫神醫為顏烈看診後，說手筋能接回去復原如初，可是腳筋卻只能恢復行走，將來會有些跛腳。

難道顏烈是怕自己殘疾，不願拖累楊瓊英？

在秦氏眼裡，自己兒子哪怕有些跛了，也是最好的孩子。可是看著楊瓊英，她又覺得兒子做的也不能說錯。

秦氏猶豫一下，還是點頭道：「好，嬤嬤，妳帶楊姑娘去寧兒那兒坐坐吧。對了，讓人去告訴阿烈一聲。」

安氏聽了，感激地對秦氏笑了笑。有顏寧作陪的話，楊瓊英和顏烈就不算是孤男寡女私會，說起來也就是閨中姊妹相見，碰巧遇上而已。

楊瓊英謝過秦氏，跟著王嬤嬤來到顏寧的院中。

顏寧路上養了這幾日，身上傷口雖然還痛著，卻再也不願意躺床上養傷了。聽說楊瓊英來了，很高興，她硬是讓虹霓扶著，一瘸一跳地來到院中坐下。

楊瓊英一走近顏寧身邊，就聞到一股傷藥味，關心地問道：「寧兒，妳傷怎麼樣了？」

「還好，能動彈啦。我房裡都是藥味，聞著就難受，我們在外面坐坐，讓我透口氣。」顏寧跟楊瓊英解釋。

「京中都說妳是大功臣呢，說妳有萬夫莫敵之勇，孤身衝入北燕軍營裡，殺了北燕國主。」

萬夫莫敵？孤身殺入？

顏寧撇撇嘴。怎麼可能，聽說書的說多了吧。「瓊英姊姊，那些人胡說的。」

「胡說的我也愛聽，妳不知道，如今京城裡，談的最多的人就是妳了。」楊瓊英還是高興地說了一堆有的沒的傳言。

顏寧心中哀嚎。這麼不可靠的傳言，到底是怎麼傳的？

楊瓊英又說了當日京城那一戰，顏寧才知道當時楚昭恒的布置。

兩人正說著，墨陽跟在虹霓身後走進來。「姑娘，二公子說他就不過來了，讓您好好招待楊姑娘。」

二哥不想見瓊英姊姊？

顏寧奇怪地看了一眼，又看到楊瓊英黯淡下去的神色。「二哥搞什麼鬼？為什麼不過來？」

「那個……二公子說、說他很忙。」

「他忙個鬼，一天到晚躺著養傷，還忙！」顏寧受不了地吼一聲。

楊瓊英聽說顏烈一天到晚躺著養傷，面露擔憂。「寧兒，二公子的傷很重嗎？」

「嗯，不過快好了。沒事，有孫神醫在。」顏寧安慰了一句，又轉回剛才墨陽那句話。

「你去，告訴我二哥，再不來我就去抓他過來。」

墨陽被自家姑娘一瞪眼，連忙又跑回去傳話。

這次人來得很快，顏烈坐在躺椅上，被人抬著來到院子裡。

楊瓊英站起來，看著顏烈紅了眼圈，卻不說話，顏烈居然也沈著臉不開口。

顏寧只好幫他們打圓場。「二哥，瓊英姊姊來看你了。不對，是來看我了。」顏寧脫口而出，隨後想起男女授受不親，連忙又改口。

「寧兒，我和楊姑娘有話要說，妳先離開一會兒。」顏烈難得沈下臉與顏寧說話。

顏寧覺得他那嚴肅的神色，跟換了個人一樣，想想或許他們有私密話要說，便扶著虹霓的手慢慢挪步回自己房中。

顏寧剛進房中，還沒等她挪到椅子邊坐下，就聽到院中一陣哭聲，然後是楊瓊英的丫鬟叫著「姑娘、姑娘」，逐漸遠去的聲音。

「院子裡怎麼啦？」她問虹霓。

虹霓扶她坐下，探頭往外面看一眼。「楊姑娘哭著走了。」

「二哥，你到底和瓊英姊姊說了什麼？你怎麼啦？」顏寧忍不住伸頭，朝院子裡的顏烈大叫一句。

顏烈卻沒開口，苦笑了一下。「沒什麼，妳好好養傷，明明走不動就好好躺著，仔細傷口裂開。我先回去了。」他說著對人示意，讓他們抬自己回去。

「站住！好端端的，你這是鬧哪齣啊？」

顏烈卻只是坐在躺椅上，離開了。

虹霓走回來稟告。「姑娘，王嬤嬤說，楊姑娘已經回到花廳，和楊夫人回去了。」

秦氏很快就來到薔薇院，有些步履匆匆，顯然是送楊夫人和楊瓊英走後，沒來得及回正院就來了顏寧這裡，一看到女兒，她就問道：「寧兒，妳二哥和楊姑娘說什麼了？好端端要和楊姑娘退親，我也就不說他了，怎麼還把人給氣哭了？」

秦氏真是心疼又頭疼。一回京看到女兒和兒子都是重傷在身，尤其是兒子那個傷啊，她看著都掉淚。

當初看上人家姑娘，顏烈私自要跟人家訂親，沒等她緩過神來，兒子竟然私自作主去跟人家退親了。

這一定一退，不是兒戲嗎？

二哥要和楊瓊英退親？

顏寧覺得應該讓孫神醫給二哥看看腦子，他傷了皮肉筋骨，沒聽說腦子被踢了啊，好端端的鬧什麼退親啊？

「母親，肯定是二哥覺得自己腳跛了，配不上瓊英姊姊，您別聽他亂扯。等父親回來，您和父親去楊家說清楚，要是楊家不介意二哥的腿好不了，那這親事肯定退不了。」顏寧聽秦氏抱怨一番，知道顏烈心結在哪兒，覺得好辦。

她覺得，楊瓊英不會因為二哥跛腳就不肯嫁的，說到底是二哥覺得自己殘了，配不上人家。

秦氏聽了顏寧的分析，覺得是這個理，連忙讓人送了一份禮去楊家，只說自己很喜歡楊瓊英，顏烈也沒別的人，待顏明德回京後再上門賠禮。

楊家收了禮，讓人送了一些藥材等給顏寧和顏烈，也沒再有別的話。

顏寧把楊家沒提退親的消息告訴顏烈後，顏烈卻發了大脾氣，吵著鬧著要秦氏去退親。秦氏還是第一次看到小兒子居然對顏寧發火，頓時有些不知所措。

顏烈這邊正鬧著，明福來到了顏府。他如今是御前總管，在尋常百官面前也是有些架子，但到了顏寧這兒還是不敢造次，他先拜見秦氏等人，再跟顏寧請安問好。

「表姑娘，奴才這次來，是因為昨夜楊中丞連夜上摺參了顏家一本，聖上讓奴才把這奏摺拿過來，唸給二公子聽聽，順便聖上還有了決斷，到時若二公子沒別的話，聖上就這麼批覆了。」

楊二本又參顏家了？

顏寧實在汗顏。「明總管，我也想聽聽，你跟我一起去我二哥院子吧。」

「什麼總管啊，表姑娘還是跟以前一樣稱呼就好。」明福還是恭敬地道。他能當上這個御前大總管，首要感恩的人還真是顏寧。

顏寧當然不會這麼不識趣地就叫他明公公，明福這話是真心也好，假意也罷，她都還是客氣著吧。

來到顏烈的院子，明福掏出楊宏文的奏摺，洋洋灑灑讀了起來。

這楊宏文也真是好文采，居然洋洋灑灑寫了數千字。

顏寧聽下來，大致意思就是：顏家要悔婚，顏烈置楊瓊英名節於不顧，求聖上作主，為楊瓊英正名。

顏烈聽了半日，心中難受得很，看明福總算住嘴，問道：「聖上怎麼說？」

「二公子，聖上說了，考慮到楊中丞的意思，他覺得辦法有二，一是索性讓太后娘娘認楊姑娘做公主，抬高楊姑娘的身分，二是給楊姑娘一塊貞烈牌坊讓她守著過吧。」

第二個辦法簡直是欺負人啊，顏烈覺得這沒什麼好選的。「第一個辦法好。」

「嗯，聖上也覺得第一個辦法好。剛好北燕來國書議和，還想求娶一位公主和親，楊姑娘到時候是公主了，還能嫁到北燕去做正妃。」

顏烈傻眼，大叫「不行」。

明福卻笑咪咪地說了。「聖上讓奴才告訴二公子，您是他嫡親表弟，委屈誰都不能委屈您。退親的事您也別擔心，楊家不肯，聖上就下旨幫您退。」

「這是仗勢欺人！」顏烈忍不住叫道。「我只是想讓她嫁個更好的。」

顏寧聽了感到好笑。這是要二哥玩嗎？

「二哥，皇帝可是金口玉言，你亂說什麼呢，誰讓你退親的？」

「那個……那個婚約是父母之命，母親不是還沒答應退親嗎？」顏烈找了一個堂堂正正的理由。「明公公，你回去代我稟告聖上，就說……那個，就說婚約之事應該父母之命，我退親之事，只是自己一時糊塗。」

明福對這結果很滿意，笑咪咪地代皇帝又關懷了顏烈和顏寧幾句後，便告辭走了。

顏烈只覺自己被耍了一把。這是折騰什麼啊！不過，楊家不願退親，那是楊瓊英不嫌棄自己嗎？想到這可能，他禁不住咧開嘴，笑成一朵花。

秦氏看兒子這傻樣，好氣又好笑。「等你父親回來，知道你如此胡鬧輕率，非罰你不可。」

顏烈覺得被父親罰也沒什麼，只顧傻樂了。

顏寧沒顧上看顏烈，她跟著明福走到院門口，低聲叫住他。「明總管，聖上對鎮南王世子帶兵至玉陽關之事，是如何決斷的？」

楚昭恒對此事沒有給句話，顏寧就覺得楚謨頭上懸把刀，不知何時落下。

明福笑道：「聖上沒說，奴才也不知道。表姑娘不要憂心，好好養傷，若不是聖上最近實在脫不開身，必定要親自來探望您了。」

明福也不敢亂猜測，只好給了幾句安慰。

顏寧點點頭，想起昨日到家後，聽到的那些事，關心地問道：「姑母和……和聖上，還好嗎？」

她還是習慣叫太子哥哥，一時轉不了口。

「回姑娘的話，太后娘娘和聖上都康健著呢。太后娘娘因為先皇駕崩，最近精神不好，要靜養些日子。奴才離宮時，娘娘吩咐了，姑娘能走動了就往宮裡傳個信。聖上最近實在是忙，一天都睡不了兩個時辰。」

楚昭恒要收拾殘局，還得穩定民心和朝廷，此事相當不易。顏寧囑咐明福代為問好，讓姑母和楚昭恒都注意歇息，然後才讓明福走了。

明福回到宮中，將顏烈的話說了，楚昭恒哈哈一笑，批覆了楊宏文的奏摺。他又細細問了顏烈和顏寧的傷勢，吩咐太醫院的太醫們要每日稟告兩人的傷勢。

其實有孫神醫在，太醫們也插不上手。但楚昭恒秉著「尺有所短，寸有所長」的想法，讓幾個擅長外科的太醫，都去顏府問診。

到了這日下午，秦紹祖上門了，他是代楊家，上門來收聘禮的。

「五娘，楊中丞說了，聘禮先拿過去，再選日子成親。對了，他還交代，要是再敢提退親，他就親自上門，將阿烈的另一條腿也給打跛了。」

顏寧聽了，忍不住噗哧一笑，對顏烈比了個打的手勢。

楊二本真是性情中人，女家上門要聘禮，真是視人言為無物啊。

顏烈一臉無奈。以前他說起楊二本都沒好話，現在是一個不敬的字都不敢說了。

因顏明德尚未歸來，顏烈又傷著，秦氏只好又讓秦紹祖以男方身分，再跑一趟楊府。過了兩日，聘禮收拾好了，熱熱鬧鬧地送到楊府。

顏寧將大舅轉述楊二本的話，告訴了楚謨。

楚謨聽了她轉述的話，哈哈大笑，然後又忍不住考慮，自己是不是也應該先把聘禮送上門？

顏烈聽了楚謨那意思，磨了磨牙，閒閒地道：「你送上門來吧。你送過來，等我老子回京，他能把你腿給打斷了。」

楚謨覺得此事風險太大。岳丈沒點頭，還是別冒險了。萬一聘禮沒送對，不是白白讓岳丈給自己記一筆？他還是安心等顏明德回京後再商議吧，反正先皇已經指定婚期了。

顏烈的退親之事恍如一場玩笑，隨著下聘之後，就這麼了結。當然，因為他對妹妹發了那頓脾氣，事後沒少賠罪。

顏寧訛詐他一把削鐵如泥的匕首和兩柄寶劍。這也就算了，顏寧覺得那把匕首不錯，還特意找盒子裝了，送給楚世子。

顏烈只覺被剜肉般疼。這才是女生外向啊，居然挖了親哥哥的寶貝送人。

楚謨原本就是顏寧送張紙來都會感到歡喜的人，何況還是寶貝。不過看到顏烈那幽怨眼神，他沒敢太囂張，找了把好刀送給未來的小舅子。

孫神醫想了百般辦法，為顏烈調理治療。楚昭恒又下令，國庫藥物只要有用的，都可取用。最後顏烈的跛腳若不是快步奔走，都看不出來了。

反正顏烈是騎馬打仗的，不靠腿，顏寧只能這麼安慰自己。她只要想到二哥還活著，心裡就很高興了。為此，她還慫恿秦氏，燒香拜佛，為顏烈捐了不少香油錢。

秦氏了卻一樁大心事，高興地親自帶了禮物到楊府探望楊瓊英，就等著顏明德回京好去商量迎親。

在家養傷的日子，就在顏烈和顏寧的吵鬧、楚謨不斷上門探望中過著，朝堂上大體倒還平靜。

顏寧聽楚謨說，楚昭恒自從京城一戰後，將濟安伯劉吉等人都下了大牢，就等著玉陽關戰事結束後定罪。

晉陽大長公主被送回庵堂清修，就是苦了晉陽大長公主收養的宋知非，小小年紀，一個人住在偌大的公主府裡。

前世晉陽大長公主好像一直住在公主府中，安享清福，楚昭業對她也尊重有加，不知道那時候，晉陽是不是也幫過楚昭業什麼？顏寧回想了片刻，也放開了，反正今世大長公主府的賞花宴，是再也沒有了。

楚昭業也死了，自己何必還去想這些呢？

李錦娘這位皇后娘娘雖然還無所出，但到底年紀還輕，宮中也沒特別受寵的妃嬪，所以安國公家如今又顯赫起來。

宮中，太后娘娘掛念娘家，也擔心外甥和外甥女的傷勢，自己不能出宮探望，除了讓宮裡來人探望外，還經常召秦氏進宮，問問顏烈和顏寧的傷勢。

楚昭恒除了不斷派人送藥、給府裡送各種玩物外，倒是沒有親自問過秦氏，也沒上門來探望，明福每次來府裡，都說他忙。

倒是皇后娘娘李錦娘，讓安國公夫人以她的名義，來顏府探望一次。安國公夫人還是以前一樣的謙遜有禮。

終於，顏寧的傷總算好了大半，顏烈也能走動了。

這日，秦氏從宮中回來，滿臉喜色，原來是顏明德要帶大軍回京了。王師凱旋，乃是一大盛事。

顏寧也很高興。若不是她和顏烈這副半死不活的樣子，他們倆也該是站在軍陣中享受百姓們歡呼和愛戴的。

楚昭恒倒是讓明福和封平都傳達過，想讓兩人當日也一起到軍陣前，哪怕坐著馬車都行。

不過，就現在這樣子，顏寧和顏烈都覺得還是不要去丟臉了。哪有坐馬車的將軍嘛！

封平如今已經是戶部侍郎，天子心腹，少年官場得意。他聽顏寧和顏烈說不想去軍前，倒是很贊同，囑咐兩人好好養傷，自己回宮去覆命。

王師凱旋的盛景，顏寧和顏烈都不想錯過，這日一大早，她就起來梳洗，要跟秦氏和顏烈去郊外迎接。

說起來，這是重生後第二次去接父親了。只是與上次不同，這次她只能遠遠看一眼，因為父親是帶著大軍凱旋，為了表示對功臣的重視和嘉勉，天順帝楚昭恒會親率文武百官，在城外十里處迎接。

顏寧等人到了北城外時，這裡都快趕上廟會的熱鬧了。

王師已經在城郊空地上，列隊迎接聖駕。旌旗招展，鎧甲鮮明，軍陣整齊，將士們迎風而立，不動如山。

北城城郊的官道兩旁，一隊隊御林軍從城門開始，三步一人守在路旁，阻止百姓們靠近。百姓們捨不得不看熱鬧，畢竟這種盛事可不常有。他們不敢擠到御林軍邊上，都擁擠在官道外面。

顏寧、秦氏與顏烈坐著馬車，從北城城門趕到這位置，短短兩里路不到，走了快三盞茶工夫，然後再也擠不過去了。

顏烈探頭看了一眼。「這裡連父親他們影子都看不到。」他們來晚了，沒占到好位置，前面人多又過不去。

就在顏烈覺得沒意思，想要回去時，北城城樓上，號角吹起。這是皇帝要出來了。

隨後，天子出行的儀仗從城門中緩緩而出，二十對侍衛當先領路，在侍衛們之後，一匹白馬從城門奔出。

楚昭恒沒有坐著皇帝鑾駕，也沒有穿上廣袖龍袍，而是跟著侍衛們騎馬。他穿著一身明黃繡龍常服，頭上戴著金冠，少年天子，意氣風發。

顏寧坐在馬車上，隔在人群外。這還是她回京後第一次見到楚昭恒，只覺他瘦了不少，原本溫潤如玉的氣質，因為臉消瘦，多了幾分凜冽之氣，而且以前見到自己時的那抹溫暖笑意如今也不見了。也難怪，她以前私底下見得多，還是第一次見到大眾矚目之下的楚昭恒呢。

楚謨這次跟隨在楚昭恒身後，陪同天子騎馬出城。他原本是想跟著顏寧來城外看熱鬧的，可是昨晚被召進宮去，吩咐讓他跟隨出城迎接，他只好答應。

所以，楚昭恒騎馬出來後，眾人再一看他身後，俊美如天人的鎮南王世子楚謨，還有少年高官、英俊的封平，更加覺得賞心悅目了。

尤其是楚謨那張俊臉，吸引不少百姓們的視線，被人指指點點著。楚謨覺得楚昭恒是有意拉自己過來，幫他擋擋這些指指點點的目光。

他們身後跟著太監、宮女等執仗的一群人。也不知誰帶頭，高呼「萬歲萬歲萬萬歲」，山呼聲中，兩邊圍觀的百姓們都不由跪了下去，親眼看到皇帝，還有什麼比這更值得說道的事？

顏寧在馬車上，看著外面的情景，撇嘴嘆了一聲好威風。

楚昭恒視線一轉，居然就看到顏府的馬車。

顏寧覺得自己剛才的動作被他看到一樣，因為好像看到他扯了扯嘴角。

楚昭恒的視線並未多停留，他很快就跑到軍陣前。

去年五十萬援軍，如今，只回來十萬不到，玉陽關的北城外，埋下了多少枯骨？

此時站在此處的將士們，心中都有些感慨。

大軍的軍陣前方，顏明德帶著一班將軍們站立著，人人身上幾乎都帶著傷。

楚昭恒看到顏明德等人，下馬將韁繩交給侍衛後，快走幾步，來到軍陣前。

葉輔國帶著朝臣們跪下行禮，楚昭恒說了免禮後，安國公搶先幾步走到楚昭恒身邊。

楚謨似笑非笑地看了一眼，往後退了兩步，讓開一個地方。

楚昭恒幾步匆匆走到顏明德面前，上下打量幾眼，看顏明德除了臉上有趕路的風霜之色，其他沒什麼傷痕後，放心了。

顏明德躬身行禮。「參見聖上！臣等甲冑在身，萬望聖上恕罪。」

楚昭恒一把扶住顏明德。「舅父不用多禮。」

安國公看到楚昭恒對顏明德溫和有禮的樣子，心中一寒，他抬頭，目光在顏明德身後的那些將領中搜尋，很快就看到自己的長子李敬。

李敬接觸到自己父親的目光後，微不可查地點點頭。

顏明德轉身，從身後親兵手中接過一個木盒。「聖上，玉陽關一戰，臣等幸不辱命，北燕國主首級在此。」說完，他低頭雙手上舉。

這就是顏寧冒死砍殺的北燕國主首級？

楚昭恒低頭，看了招福接過的木盒，打開看了一眼。

這人頭保持得不錯，天氣嚴寒，倒是沒有腐爛，都還能看出北燕國主臉上那不可置信的神色。

楚昭恒恨不得將這人頭丟出去餵狗，可是，他是天子，不能任性行事。

北燕國內，蘇力紅雖然坐上國主之位，可是四皇子和五皇子不肅清，國內就是四分五裂。蘇力紅為了博個孝順的美名，向大楚求和時，要求拿回北燕國主首級。

大楚國內也需要休養生息，楚昭恒自然答應了。

這北燕國主首級，楚昭恒只好讓招福拿下去妥善保管著，等北燕來使後交給他們帶回。待招福下去後，楚昭恒退後幾步，躬身向顏明德等將士們行了一禮。「諸位為國征戰，辛苦了！朕多謝諸位將士們浴血奮戰！」

天子一禮，誰人敢生受？

顏明德等人不顧甲冑在身，連忙跪下還禮。他們身後的士兵們，也都跟著跪下來，有些人想到埋骨異鄉的兄弟們紅了眼睛，甚至，有人低聲地啜泣哽咽。

將軍百戰死，壯士十年歸，可一場征戰，更多的卻是再回不來的壯士。

「為國殺敵，是臣等本分。」顏明德站起後，顫聲道：「臣等願為聖上，誓死殺敵報國！」

「誓死殺敵報國！」身後軍陣中，傳來陣陣吶喊。

吶喊聲漸漸低下去時，軍陣中，忽然又傳來一聲呼喊。「誓死跟隨顏將軍！」

這一聲，在安靜的曠野中，格外響亮。

有兵士們聽到這一聲喊，湧起的熱血還在沸騰，不由也跟著喊起來。

顏明德只覺得心中一寒，轉身揮手，軍陣中立時鴉雀無聲。

安國公站在楚昭恒身後，看不到天子的臉色，但想必不會太好看。看大家都沒說話，他上前一步，笑道：「顏大將軍真是令出如山啊，將士們對您真是忠心耿耿。」

「安國公過獎了。」顏明德不是善於言詞之人，說了一句後也不再說話。

楚謨走上前來。「伯父辛苦了。」又轉頭對安國公道：「軍中要令行禁止，將士們要是對領軍的將軍不忠心，那這支軍隊才真沒法帶了。」

他說著抬眼在軍陣中張望幾眼。「安國公，怎麼不見大公子啊？我帶兵到玉陽關救援時，還多虧您家大公子就守在南城門，我一敲門他就開了，不然我還真不能及時趕上戰場呢。」

有些和安國公不對盤的朝臣們，聽到這話忍不住就低笑出聲。

楚世子這話粗聽沒什麼，細細一想，可就太刻薄了。

玉陽關北城外，顏寧等將士們正和北燕浴血奮戰，安國公的大公子李敬不在沙場殺敵，跑到玉陽關的南城門做什麼？

楚謨一敲城門，李敬就立即打開城門，還站在城門口，這不是等於說，李敬正帶著人時刻準備逃命嗎？

安國公聽到那些低笑聲，老臉有些掛不住，哼了一聲。「楚世子真愛玩笑，犬子也是聽令行事。」

鄧宇就站在軍陣前，他聽到軍陣中傳來的那聲喊，想了想位置，應該就是京郊南營那幫人所站之處，轉頭看李敬正低著頭。

他和顏明德是生死兄弟，聽了楚謨的話，哈哈大笑道：「還多虧李副將守在南城門開門，不然楚世子您要沒這麼快進城來救援，我們就全得死在北城外了。對了，李副將，我聽說您當日自願守城，是不是神機妙算，知道楚世子會來，等在那兒開門啊？」

這下，不只是朝臣這邊低笑，顏明德身後的武將群中，也有人笑了。武人們可沒文官含蓄，要笑就是開口哈哈大笑。

楚昭恒偏頭看了安國公一眼，那一眼寒意如冰，安國公只覺心中一顫，不敢再說話了。

「舅父治軍有方，愛兵如子，在朝中，大家忠心於朕；在軍中，自然要忠心於大將軍。若是士兵不聽從將令，還談什麼戰無不勝、攻無不克。」楚昭恒淡淡說了一句。

朝臣們聽到這話，只能低頭恭維。「聖上英明！」至於各自心中怎麼想的，那就只有自己知道了。

將領們聽到這話，卻是暗暗點頭。

楚昭恒這次迎接王師，特意讓人帶了宮中珍藏的好酒。

他見無人再說話後，讓人抬上一罈罈好酒。「王師凱旋，應該痛飲慶功酒！朕今日請大家喝喝宮裡的酒，嚐嚐這酒怎麼樣？」

隨著他話音落下，姜嶽帶著幾隊侍衛們，一排排將酒倒在每個將士的碗中。如今，姜嶽已經是宮中侍衛統領了。

宮中珍藏的佳釀，當然不是普通烈酒可比的，酒香濃郁，香氣撲鼻。

楚昭恒端起一碗酒，雙手平舉前伸，含笑道：「這杯酒，朕敬大家，多謝大家為國浴血殺敵！」

「謝聖上！」顏明德帶著將士們謝過聖恩，一飲而盡，那酒味直入咽喉。

宮中的好酒，果然香醇。將軍們還不稀奇，那些士兵們，可是第一次喝上宮中御釀，一碗下肚，忍不住舔了舔嘴唇。

招福上前又倒上第二碗酒，楚昭恒肅然道：「這杯酒，敬大楚所有將士們，有大家在各地守土保平安，才有大楚的太平盛世。」

這次，連楚謨都大聲回道：「這是臣等本分。」

大家很快又倒上第三碗酒，等著入口。

招福也幫楚昭恒倒第三碗酒，遞上，楚昭恒卻沒有馬上喝。

他看了眼前的將士們一眼，又看向遠方。「各處邊關，無不是白骨荒墳。朕雖然未能走過大楚的邊關，但是也一直聽人說起，將士們在邊關苦寒之地的辛勞，還有禦敵的英勇。這第三杯酒，要敬那些埋骨邊關、不能還鄉的將士們！」

楚昭恒舉起第三杯酒，並未入口，而是緩緩倒在地上。「朕不會忘了他們！百姓們不會忘了他們！大楚——也不會忘了他們！」

這話出口，卻是一陣沈默。

有風拂過臉頰，帶來春日的一點溫暖，甚至還有花香，這些景色，那些兄弟們卻再也看不到了。

「敬不能還鄉的兄弟們！」軍陣中，將士們高聲呼著，高舉雙手，也跟著將酒倒在地上。

一時之間，原本在空中飄蕩的酒香，更是四溢，只是，無人再有心去聞這酒香。

據說三日後，京城北郊這塊地上，還有酒香飄蕩，這塊地方，後來就被稱為將軍坡。

楚昭恒敬了三杯酒後，放下酒碗，跟顏明德等人說道：「舅父，下午朕在宮中為大家擺了慶功酒，您帶諸位將軍們進宮來。士兵們都休息三日，讓大家都歇歇吧。」

以前聽顏寧提過，凡是打了大勝仗，軍中都會停三日操練，讓將士們休息。

顏明德聽了之後，帶著大家謝恩領旨。

葉輔國等文官們，此時不論品級高低，走到軍陣前向這些將軍們行禮，這是將士們用血汗換來的敬重！

這場被史上稱為玉陽關大捷，也稱天順大捷的大勝仗，讓大楚國力一下遠超過北燕和南詔。

第七十一章

迎了凱旋王師，宮中擺了慶功宴，右相葉輔國、安國公李繼業等作陪，顏明德和一班武將們依次坐下。

大家推杯換盞，很是熱鬧。

殿上氣氛正好之時，明福匆匆走進來，悄聲走到楚昭恒邊上低聲稟告。「聖上，顏烈把李敬打了！安國公府的人在宮外，想找安國公呢。」

楚昭恒忍不住扶額。安國公父子剛才在城外給顏家下絆子，想挑唆自己的疑心，自己還想著得安撫一下顏家，顏烈這是憋不住，去把人打了一頓出氣？仔細一想，當時顏寧也在那邊，八成是顏寧出的主意，顏烈動的手吧？

「不是說顏烈的傷口還沒長好嗎？他能打架了？」

「奴才聽安國公府的人說的。」明福也是無語，他去顏府看過，顏烈傷口的確沒長好，可好像一點也不影響他揍人啊！

「正是歡宴時候，別壞了大家的興致，讓安國公府的人先等著吧。」楚昭恒抿了一口酒，慢悠悠地交代。

明福明白了，出去吩咐。

楚昭恒瞟了安國公李繼業一眼，心中想著這是顏寧出的主意，還是顏烈真的衝動之下動的手？若是寧兒的主意，寧兒想要做什麼呢？

上午勞軍時的一齣，他也命人查了，第一聲是從京郊南營傳出的，隨後其他將士們跟隨了。李敬，就是京郊南營的副將。

安國公，這是嫌顏家擋了路嗎？

明福悄悄進來，又悄悄退出，沒引起人的注意，所以這場慶功宴賓主盡歡，一個多時辰後才散去。

安國公跟其他人在宮門前告別後，來到自家馬車前，就看到一個安國公府的下人神色焦急地站在那裡，一看到他，也顧不上規矩，小跑著到他面前，將李敬被打之事說了。

安國公聽說他已經在宮門前等了一個多時辰，自己卻一點訊息都沒有。

顏明德回到府中才知道顏烈帶人把李敬打了，來不及享受歸家的喜悅，就大怒起來。「人呢？快給我把人綁過來！」

顏明德氣呼呼地在書房等著，不過片刻，顏烈過來，顏寧也跟著來了。「寧兒回去歇著！」

顏明德一看女兒也來了，直接趕人。

「父親，二哥打人的主意是我出的，您要為這事罰二哥，就罰我好了。」顏寧難得恭敬地雙膝一跪，說道。

妹妹夠義氣，顏烈大為受用。「父親，寧兒就是那麼一說，打人是我自己去打的。李家敢給您下絆子，他們是想害死我們家啊，揍他一頓怎麼了？要不是安國公不在，我連安國公一起揍，不讓他們再冒壞水。」

「你們……胡鬧！上午剛出事，下午你們把李敬打了，這不是說我們顏家恃寵而驕、挾功欺人嗎？」顏明德對上午的事自然也惱火，但是，只有自己人知道是李家下絆子，其他老百姓誰知道呢？

在顏家剛打了勝仗，正是有功之臣的時候，顏烈把李敬打了，傳出去，豈不是說顏家目中無人、欺辱朝廷命官？

「你們光顧著痛快，明日朝廷上御史的奏摺，就能把你老子我給砸死。」顏明德恨恨地站在顏烈面前。「給我帶下去打！然後跟我去安國公府賠罪！」

「父親，我不服！」顏烈挨打無所謂，一聽要他去賠罪，跳了起來。

「不賠罪？不賠罪等明日人家鬧到御前？」

「父親，皇后娘娘已經帶著安國公夫人，去找太后娘娘告狀了。」顏寧脆聲道。

「什麼？鬧到宮裡去了？妳……妳不要跟著胡鬧，姑娘家，給我好好待家裡，我回頭跟妳母親說，該讓妳學學繡花啥的。」顏明德想要呵斥，看看女兒瘦削的臉頰，罵不出來了，後悔當初不該讓她學武，打算讓夫人拘著女兒學姑娘家該學的東西。

顏寧撇撇嘴，暗地裡翻了個白眼。父親居然威脅自己！不過，從小到大，她最不怕的就是父親的怒火，她站起來，挨到顏明德邊上。「父親，女兒慫恿二哥打人是有原因的。」

顏寧將顏烈罵李敬的那些話說了一遍。「您看著吧，這些話傳出去，安國公會比我們更急。他要是想要李敬在軍中混出名堂，就不能讓兒子得個貪生怕死的名頭。再說，人人都知道顏家這次立了大功，我們就算不居功自傲，人家也會挑刺。反正我們的功勞是拿血汗拚的，為什麼不傲？就傲一把給他們看看。您看著吧，這次二哥把李敬打了，以後再敢挑釁的人就少了。聰明人就怕傻不愣登的愣頭青，人家動口，我們習武的當然動拳頭啊。」

顏烈在邊上連連點頭，然後，覺得不對勁了。「寧兒，妳說誰是愣頭青？妳罵我！」

可惜，說話的兩人無視他的抗議。

「再說，父親功高震主，就算聖上是太子哥哥，我們還是要小心啊！您是出了名的直爽公正，大哥已經有了良將的名頭，二哥不需要這些名頭了。」

顏明德沈思片刻，覺得有理。「但是，妳二哥鬧這一齣，就不罰了？」

「罰，二哥當然該罰。但是二哥不是因為打了李敬才該罰，而是在玉陽關時，私自帶兵出關，違反軍令。」

顏家人在說這事時，楚昭恒也知曉了李錦娘帶著娘家母親和大嫂到慈寧宮告狀，臉色沈了沈，叫過招福。

「你去安國公府上傳口諭，就說今日之事朕知道了，明日叫他們兩家進宮來，朕為他們決斷這事。」

招福知道楚昭恒必定心情惱火，不敢怠慢，連忙去安國公府上傳口諭。

楚昭恒又讓招壽去顏府，將這道口諭傳了。

顏明德剛剛送走顏太后派來詢問的人，招壽又來了，聽招壽說明日楚昭恒要來給顏李兩家斷個公道，便謝了聖恩，客客氣氣地將招壽送走。

他在書房坐了一會兒，一跺腳，就往內院去找顏寧。

「寧兒，安國公現在他們鬧到御前去了。」進了薔薇院，顏明德看到顏寧坐在書桌前寫著什麼，不由有些抱怨地跟女兒說。

鬧到御前，顏家也沒什麼怕的，顏寧看了看自己寫的東西，站起來，請顏明德坐下。

「父親，顏家統領北境兵符已經四代，先皇在世時，對我們顏家多有忌憚，無非是因為顏家手中的兵符。」

「寧兒，妳說的為父也知道，其實妳祖父當年也想過。只是顏家是騎虎難下……」

「父親，現在是新皇登基，他信顏家，我們何不趁此抽身退步？」顏寧將自己剛才寫的那頁紙，遞給顏明德。「父親，您若覺得可行，明日我就把這個呈給聖上去。」

顏明德粗粗看了一眼。交出虎符和兵權？

「寧兒，這不是小事。」他有些猶豫地道。

「父親，顏家有心報國，還是可以為國守土，交出兵符，以後就再不用為此承擔猜忌了。」顏寧知道父親一時必定下不了決心，還是勸說道：「在玉陽關時，我曾跟大哥說過，大哥也覺得此事可行。」

「此事……關係重大，妳讓為父想想！」顏明德覺得手裡的那張紙，重於千斤。

顏寧知道父親不是戀權之人，只是這虎符，是顏家忠君的象徵！是顏家幾代浴血奮戰的驕傲！

「父親，這事宜早不宜遲，沒有虎符，難道我們就不打仗了？」

「寧兒說得對。要我說，沒有這虎符才更好，省得將來出個不肖子孫，拿這東西招禍。要是像世安侯一樣來個兄弟爭權，才是笑話呢。」顏烈在門口聽到這句，大聲附和。

秦氏走到門口，聽到顏烈這句話，對虹霓搖搖手，讓她不要驚動書房中的兄妹兩人，自己又轉身離開了。

顏明德面對兒女的期盼，幾乎是狼狽地離開薔薇院，慌亂地走著，居然走到了顏家祠堂。

小時候，父親拉著他走進祠堂，指著這些牌位說：「以後你也要秉承先祖們遺志，鎮守玉陽關，為國守土，不要讓祖先蒙羞。」

到父親年老時，摸出了虎符交給他。「明德啊，以後顏家，就看你了。」

顏明德伸手，為老父親的牌位擦了擦灰，木然地走到供桌前跪下，心中拿不定主意。等他回過神，一側身，忽然看到秦氏跪在自己邊上。「妳怎麼來了？這裡陰冷，怎麼不多穿點？」

「這麼晚了，你也沒回來用飯，聽說你在這兒，我不放心，過來看看。」秦氏溫柔一笑，柔和地道。

顏明德看了秦氏一眼。這幾年夫妻聚少離多，當年嫁給自己時還是風華正茂的姑娘，如今眼角也多了幾絲細紋。

秦氏伸手幫顏明德理了下袍角。「你和寧兒、阿烈說的話，妾身都知道了。」

顏明德想說不要擔心，秦氏搖搖頭，止住他的話。

「阿烈說他們不是躺在祖宗功勞簿上的人，這是實話。大郎十二歲，就跟著你上過沙場，其他人家的孩子，就算是周家，也是武將，可他們家玉昆、玉侖，也是十五、六歲才到軍中。」秦氏聽了顏烈的話後，想了不少。「阿烈說拿著這虎符，萬一後代有個不肖子孫，就壞了顏家清名。妾身不懂朝政，只覺得他這話有理。顏家先祖沒有這虎符，照樣得了世襲大將軍的爵位，顏家的功勞是一代代兒孫在沙場流血拚命得來的，不是靠這虎符得來的，交出這東西，顏家還是顏家啊。」

「可是，先祖拿命拚來的東西，到我這兒交出去，我這不肖子孫，我愧對父親、愧對祖宗啊！」顏明德轉頭看著那些牌位，嘆了一口氣。

「老爺，你這麼多年征戰，舊傷未癒，新傷又添。這次玉陽關危急，你帶著大郎、阿烈死守城關，寧兒和大郎冒死衝殺，這樣要還是不肖，你讓孩子們如何自處？」秦氏斷然道。「這虎符，交出去也好，咱們的後人，不靠這虎符，也能當將軍。」

顏明德沒想到，秦氏在這事上，居然如此決絕。

沈默良久，他終於點頭。「好，這也是為後代子孫免禍了。」他說著，轉向牌位，落地有聲地磕了三個頭。「列祖列宗在上，不肖子孫顏明德決意將先祖得來的虎符交還皇家。但是，我在此發誓，先祖保家衛國之志，矢志不渝！我一定督促後代兒孫，立志報國，不墮列祖列宗威名！」

秦氏雙眼含淚地點頭，也跟著磕了幾個頭。

兩人相攜著走出祠堂，來到院門外，看到門外顏烈、顏寧都在。

顏明德放開秦氏的手，沈著臉擺手。「都圍在這裡成何體統？還不快回去！」又對顏寧說：「寧兒，明日跟我進宮去。」

父親和母親恩愛，被看到不好意思了。顏寧吐吐舌頭，答應一聲，拉了顏烈就走。

顏家人好眠時，安國公府卻沒睡好。

安國公夫人帶著大兒媳莫氏回府後，安國公正在著急。「妳們在太后娘娘面前怎麼說？」

招福來傳口諭時，說聖上聽聞皇后娘娘打擾太后，龍心不悅。

莫氏在李錦娘面前敢說，在安國公面前卻不敢多說：「兒媳……兒媳只是將顏烈罵人的話說了一遍。」

安國公沒有理她，看向安國公夫人。

「太后娘娘沒有多說什麼，只說這是朝廷上的事，去找聖上說。」安國公夫人將顏太后的話說了一遍。

安國公有心想罵莫氏，但是他做公公的，內宅之事都是交給夫人，所以，他只是對安國公夫人道：「事情還未弄清楚，怎麼就能鬧到太后娘娘跟前去？妳不知道太后娘娘是顏烈的親姑母，對這姪兒又一向寵愛。」

「老爺教訓得是。」安國公夫人想辯解說自己到宮裡時，李錦娘已經帶著莫氏到太后跟前了，在兒媳面前，她不願多爭辯。

安國公看了莫氏一眼。「妳退下，照顧大郎去！」

莫氏有些委屈。她為夫君討公道，這還有錯嗎？但到底不敢多言，委屈地下去了。

安國公看莫氏離開後，重重嘆了口氣。

顏烈打人的理由是李敬貪生怕死、臨陣脫逃，這些話傳出去後，李敬的前途怎麼辦？從軍之人，最重義氣，臨陣脫逃的人，誰會和他做兄弟？就算明面上沒人拿這事說話，可暗地裡記上一筆後，誰還敢和李敬交好？

顏烈大庭廣眾之下嚷嚷，街上那麼多人都聽到了，明日到了御前，也不知會是怎麼個情形？只怕李敬這頓打白挨還是小事，還得賠上更多。

安國公夫人這時才知道原委，忍不住抱怨。「好端端的，你為何就是要去惹顏家呢？大家相安無事，不是挺好的？如今和顏家交惡，皇后娘娘在宮中的日子也不好過啊。」

「婦人之見！」安國公斥了一句。

他覺得和安國公夫人一個內宅婦人，實在說不了這些朝堂政事。

第二日一早，秦氏想著顏家這種大事，顏太后也是顏家女，應該稟告一聲，便進宮求見。

顏寧知道父親肯定會早朝後，私下向楚昭恒交出兵符，就跟秦氏一起先去太后宮中。

顏太后聽說秦氏帶著顏寧來了，高興地連忙讓惠萍去帶兩人進來。

顏寧還是第一次走進慈寧宮，這裡和皇后的鳳禧宮比，暮氣重了些，就連伺候的宮人，打扮都很老氣。

顏寧覺得心中有些難受。見到一個穿著深色錦服的婦人站在門口，她仔細一看，正是姑母，只是那打扮與她當皇后時比，老氣了很多。姑母，也不過才四十來歲啊！

「寧兒——」顏太后一看到顏寧，心疼地叫了一聲。

顏寧快步上前，還沒來得及請安，已經被顏明心摟住。「不要這些虛禮，看看，都瘦成什麼樣了？聽說受傷了，如今都好了吧？還用藥不……」

顏太后一邊走，一邊止不住口地問了一堆，顏寧想起重生後大病一場，那次病癒後進宮，姑母也是這樣。

三人走進殿中，顏太后又讓人送了一堆點心吃食上來。

「姑母，我又不是小孩子了。」顏寧看著堆在自己面前的盤碟，有些無奈地道。

顏太后卻不管，催著顏寧嚐嚐這樣、試試那樣。

李錦娘來慈寧宮請安時，看到的就是這麼一幕，她站在宮門處猶豫片刻，才笑盈盈地走進宮中。「母后這裡好熱鬧啊。」

秦氏和顏寧看到她，連忙站起來，秦氏行禮到一半時，李錦娘才笑著上前一步伸手虛扶。「顏夫人不用多禮了。」

顏寧的禮，她自然是實實在在地接受了。

顏太后不等李錦娘開口，已經催著惠萍上前扶起顏寧。「這孩子，都是自家人，幹麼這麼多禮，妳母親前日還說妳傷還沒好呢！」

「是啊，寧兒怎麼如此見外呢。」李錦娘也跟著說道。

「姑母，禮不可廢，母親說我規矩不熟，如今正督促我學呢。」顏寧說著，打量了李錦娘一眼。

李錦娘比起做太子妃時衣飾更加華貴，九尾鳳釵、金線錦袍，點綴出一朝國母的風範，只是臉上神情，抿嘴不笑時感覺雙頰內陷，顯得抑鬱刻薄。

李錦娘也在看著顏寧。顏寧的確瘦了很多，比起前兩年，眉眼長開了，雙眼更大，可能經過沙場，眼神掃視間多了幾分威儀。她雖然瘦了，但是精神很好，看著是過得不錯啊。

李錦娘想到這裡，心裡苦笑。是啊，她怎會過得不好呢？顏家上下寵著還不算，太后面前也是如心肝寶貝一樣疼，更不要說在楚昭恒面前了。當初玉陽關戰報來京，聽說顏寧率軍犯險，即使聽到她已經脫險，還是整日擔心著，人回京後宮中內庫的補藥更是如流水一樣送往顏府。

李錦娘才剛到，賢妃帶著皇長子來請安了。

賢妃當初是東宮的側妃，顏寧還是第一次見到。

賢妃帶著皇長子進門，先帶著向太后和皇后行禮，秦氏和顏寧想要行禮時，她上前幾步扶住，不讓行禮，又對皇長子說：「快，大殿下，叫表姑姑喔。」

皇長子還不到兩歲，奶聲奶氣叫了一聲，口齒清楚伶俐。

顏太后高興地叫他過來，拿起桌上的點心。「融兒，來，到皇祖母這裡來，吃點心。」

楚昭恒的長子，取名楚寶融。

楚寶融自己吃了一塊後，覺得很好吃，眉眼彎彎一笑，抓起一塊糕點塞顏寧手裡。「姑姑也吃。」

「我們融兒真懂事。」顏太后笑道。

顏寧接過那塊糕點，想到顏文彥，心裡也是高興，想給個見面禮，摸半天發現沒適合的。「姑母，寧兒都沒帶像樣的見面禮，您幫我送個東西給融兒唄。」

秦氏聽了這話，摘下自己的一塊玉珮，顏太后讓楚寶融接過，對顏寧說：「有妳這樣做姑姑的，見面禮還要我出！這是妳母親給融兒的見面禮，妳那份，自己下次給融兒帶進來。」

賢妃聽了，也在邊上湊趣，要楚寶融追顏寧要見面禮。

李錦娘有些不屑。大皇子是君，秦氏和顏寧不過是臣，哪有臣給君見面禮的說法？

楚寶融居然也很鬼靈精地拉著顏寧說：「姑姑，融兒記住了，下次妳要給我帶來喔。」

他睜著一雙濕漉漉的大眼睛，雙頰肉嘟嘟的，看著顏寧時，讓顏寧覺得無法拒絕。

「姑母好偏心，有了皇孫就算計我的東西。」她對顏太后抱怨一句，又對楚寶融點點頭。「融兒，下次我給你帶好玩的東西。」

賢妃在邊上笑道：「大殿下還不謝謝姑姑。」

「對，謝謝姑姑。」顏太后聽到賢妃說姑姑，高興地附和。

這一下子，就從表姑姑變成姑姑了？

顏寧看了賢妃一眼。姑姑和表姑姑，一字之差，這親近之意卻大不相同，賢妃這是打算拉攏自己嗎？或者應該說是打算一舉兩得，既討好太后，又拉近了自己？

李錦娘見到眼前一幕，只覺有些刺眼，找了個理由告退，賢妃帶著楚寶融在這邊坐了會兒，也告辭離去。

顏太后看著她們離開，對秦氏道：「大嫂，賢妃前幾日說自己精神不濟，想要把寶融放我跟前養著。那孩子機靈懂事，我倒是很喜歡，就是怕別人覺得我偏心。」

顏寧覺得賢妃實在是個聰明女子，難怪能第一個懷上身孕，生下皇長子，她這是想為楚寶融提身分啊。養在太后跟前，以楚昭恒對太后的孝順，自然也會對這皇長子高看一眼。

顏太后這邊正說著，楚昭恒就派明福來接顏寧過去。

勤政閣中，楚昭恒看著面前的托盤，久久無言。這托盤裡放著的，正是顏明德呈上的虎符。

顏明德的奏摺中寫得冠冕堂皇，但其背後的意思，無非是覺得這虎符燙手而已。

楚昭恒沈吟良久，直到明福帶著顏寧走進來。

此時勤政閣中，只有招福和招壽等幾個伺候的人。

聽到明福的聲音，楚昭恒才回過神來，抬頭看到顏寧正從殿外走進。

顏寧走進殿中，勤政閣這裡，楚元帝在位時，她曾來過，如今這殿中的布置都沒什麼變化，可坐在上位的人換了，在這裡伺候的人也換了一批。

她打量坐在御案後的楚昭恒一眼，跪下磕頭。「臣女顏寧，參見萬歲萬歲萬萬歲。」

楚昭恒一愣，只覺跪在地上的顏寧，離得實在遙遠。他起身，指著旁邊的椅子道：「行這些虛禮做什麼，還不快起來坐下。」

顏寧看楚昭恒也瘦了不少，帝王難當，何況他是這種情況下即位呢。

楚昭恒看顏寧沈默不言，心中有些難受，手不自覺地摸上腰側，腰側掛著一塊顏寧當初從南州回來時送的玉珮，還有一只錦袋，錦袋裡是顏寧送的泥哨。「怎麼不說話？去了一趟玉陽關，回來不認識了？」

顏寧回神，看到帝王臉上一閃而過的落寞。「怎麼會呢，只是以前叫太子哥哥叫習慣了，如今您一登基，改口叫聖上，有些不習慣了。」

「那就不用叫聖上了。」

「難不成叫皇帝哥哥啊？」

「嗯，就這麼叫吧。」楚昭恒點頭贊同。

顏寧一笑，往楚昭恒指的椅子上一坐，從袖袋裡摸出一串東西。「這次去玉陽關，沒什麼好玩的，這是我到山中抓到的雪狼的牙齒，特意給您留了一顆喔。」

顏寧遞了出去，楚昭恒接過一看，一顆白白尖尖的牙齒，被鑽了洞。

「這絡子我不會打，是讓別人打的。」顏寧吐吐舌頭。「那隻雪狼的犬牙，我全給拔下來了，玉陽關那邊的人都說狼牙能驅邪。」

「全拔了啊，還送給誰了？」楚昭恒問道。

「父親、母親、大哥、大嫂、二哥、姑母，然後就送給你了。我母親嫌牙齒不好，不要，姑母說挺好的。」顏寧一個個數了一遍。

楚昭恒微笑道：「嗯，算妳有心，就是這絡子打得太難看了。」

「我們府裡，當然沒有宮裡人手巧啦，好心送你東西還嫌棄。」顏寧忍不住翻了個白眼，剛才那點規矩，蕩然無存。

楚昭恒忍不住敲了她的頭。「姑娘家不要翻白眼，難看！」

顏寧往後躲開，摀住頭髮叫道：「我早上花了半個多時辰才梳好的頭，別給我弄亂了。」

秦氏說她如今大了，進宮不能馬虎，硬是讓王嬤嬤和虹霓給她重新梳頭，這頭髮好看是好看，就是太重。

楚昭恒哈哈笑起來。「下次別梳成這樣了，妳不嫌重啊？」

「能不重嘛，你看這些花啊、釵啊，我真怕被我晃下來。不過，早上見到皇后娘娘和賢妃，她們那頭上插的，比我重多了。」

提到皇后娘娘和賢妃，楚昭恒的笑容淡了些。「她們喜歡這些首飾打扮。」

「姑娘家誰不喜歡啊？」顏寧沒好氣地回一句，看到御案上放著的虎符。「皇帝哥哥，我父親呢？他交給您的？」

楚昭恒看了那虎符一眼。「舅父怎麼想到把虎符呈交上來？」

「當然是我的主意，不過我大哥和二哥都同意了。」

「寧兒，妳不信我？」楚昭恒脫口而出地問道，忘了稱朕。

顏寧斂了笑，搖搖頭。「不是，而是這虎符，是給顏家招禍的東西。沒有虎符，我父親、大哥他們還是會鎮守玉陽關，還是一樣打仗；有了這塊虎符，就像先皇，就會對顏家有顧忌之心。您相信顏家，但是您的兒孫呢？」

楚昭恒沒想到，顏寧居然想得這麼遠，將話說得如此透澈直白。

「其實不僅是這虎符，連軍權，我都想過了呢。」顏寧說著，從袖袋裡掏出兩張紙。「你看，這是我寫的。」

楚昭恒接過這兩頁紙，一目十行地看完後，有些訝異地看著顏寧。

顏寧這兩頁紙上，是對大楚軍隊的建議。她建議各地方將領的兵權收回，能調動軍隊的將軍不能直接帶兵，而能直接帶兵的又不能調動軍隊。

兵不知將，將不知兵，兵將都只憑皇帝手令和虎符行事。

顏寧這些辦法，其實是前世楚昭業坐穩皇位後採用的辦法。楚昭業將顏家的虎符拿回，用了這法子將軍權抓到手中。

顏寧重生後，將楚昭業那時的詔令一條條想了一遍，才搞明白他的心思。既然楚昭業覺得這法子好，那應該對楚昭恒坐穩帝位也有幫助。

別的治國大事上，她不能幫到皇帝哥哥什麼，就想將這些法子一股腦兒丟給楚昭恒，能幫到多少算多少吧。

楚昭恒放下手中的紙。若按此辦法，倒是免了將軍帶兵造反的兵禍，軍權收回，對於皇帝來說是好事。

只是，顏寧為什麼會想到這些？楚昭恒看了她一眼。這幾年，讓顏寧覺得顏家的兵權是禍根嗎？讓她覺得顏家朝不保夕嗎？

「寧兒，妳不用怕的，只要我在位一日，顏家就會平安，等到下一代，也不用擔心。」楚昭恒忍不住保證道。

招福和招壽聽到這話，都低下頭當自己沒聽到。帝王金口玉言，有了今日的保證，顏家只要不造反，在天順一朝，等於是拿著免死金牌了。

顏寧一笑。「皇帝哥哥，您只要收下這虎符，顏家就會平安的。說句大不敬的話，等將來您選儲君的時候，顏家這虎符，就會是皇子殿下們覬覦的對象啊。匹夫無罪，懷璧其罪，就是這個意思了。」

這話，還真是大膽。楚昭恒想起楚元帝登基前與顏明德的交好，又想起後來楚昭業對顏寧，只能一嘆。

「嗯，朕收回這兵符。妳這建議麼，有好有不好，朕得再想想，不過妳能想到這些，也是難為妳了。」這一句話，說得就是揶揄意味濃厚了。

這是嘲笑自己平時不動腦嗎？

顏寧回過味來，跳了起來。「我聰明著呢，回頭你看看戰報，我出了好多好主意啊。」

「是是是，妳那腦子，都用在打仗上了。」楚昭恒笑著安撫一句。

兩人正說笑著，明福進來稟告，安國公和顏明德來了。

「英明神武的聖上，您可以斷案了。」顏寧站起來，對楚昭恒眨眨眼。「雖然那邊是您的國舅，您可不要太偏心啊，好歹我還給您送禮了。」

「禮下於人，必有所求，古人誠不我欺啊。」

「拿人錢財替人消災！」顏寧很麻利地接了一句。

錢財？楚昭恒看了手裡拿著的絡子一眼，看到安國公等人走進來，硬生生忍下笑意，舉起絡子對顏寧晃了晃，收入袖袋中。

顏寧知道，他那意思是這一根絡子，實在算不上錢財。

哼，看不上，就還給我啊！顏寧心裡腹誹，看到父親大步走入殿中，到底沒敢去楚昭恒手裡搶回來。

楚昭恒看她那眼神往自己的袖袋瞄過來，就知道她打什麼主意，忍不住微微一笑。

安國公在顏明德身後走入殿中，他略抬眼，看到了這抹一閃而逝的笑容，想起昨夜夫人告訴自己，楚昭恒對顏家的顏寧有情，便慌亂地垂下眼。

楚昭恒登基後，平時看著還是溫文，時常掛著一抹笑意，但是見到這一抹笑後，他才知道，這位年輕君王的平時笑意只是一副面具而已。

他心中暗怪女兒不爭氣，不能攏住帝王之心；也怪夫人說得太晚，若是早告訴自己，聖上對顏寧有私情，他哪會迫不及待地與顏家對上呢？

顏明德和安國公兩人下跪行禮後，顏寧走到顏明德身後站立著。

楚昭恒坐回御案後，那塊虎符已經讓招福收下去了。

「舅父，昨日皇后到太后跟前，說顏烈藐視朝廷命官、毆打李敬之事，這事是否確有其事？」

去。

顏明德點頭。「確有其事，只是，毆打卻是另有隱情。」他說了一句，眼神就往顏寧看

「聖上，臣女二哥因為受傷不能進宮，這事是因為臣女引起的，所以臣女斗膽，想要幫二哥分辯幾句。」顏寧一本正經地接話，又將顏烈打人的理由說了一遍。「聖上，臣女還斗膽求情，臣女二哥因在玉陽關時違反軍紀，父親說要軍法從事。臣女二哥傷勢未癒，求聖上給說個情啊。」

這是要乘機了結兩件事？

安國公捏了捏袖袋中的奏摺。他原本打算認下李敬被打的虧，然後告顏明德治軍不嚴，對顏烈違反軍紀、私出玉陽關一事不予處置，現在，顏寧卻提到了。

「聖上，李敬與顏烈口角，不論如何，李敬官階低於顏烈，臣也無話可說。但是顏烈私出玉陽關、違反軍紀之事，臣覺得應該嚴懲。」安國公上前一步說話，並將奏摺遞上去。

楚昭恒接過奏摺，看了一眼，放在案上。「李敬初次上戰場，難免心生膽怯，難怪不敢出關迎敵。」

這是公開拉偏架了？

安國公心中不滿也不敢反駁。

「京中公然滋事，顏烈罰俸一年，禁足京中以觀後效。李敬如今是京郊南營副將，升為正三品，赴任英州守軍主將。」楚昭恒各打五十大板，做了決定。「顏烈私自出關之事，念在他年少衝動，又受到教訓，舅父，不如就等他傷好後，打三十軍棍，以儆效尤吧。」

顏明德對顏烈沒被追究已經謝天謝地。「臣遵旨，謝聖上隆恩。」

安國公聽說李敬能升一級，一喜，隨即聽到是任英州守軍主將，卻是一憂。英州那地方，自從金礦開採後，守軍主將手中沒多少權了，李敬到那邊去何時才能升遷回京啊？

「安國公，你看如何？」楚昭恒看安國公還站在一邊，淡淡地問了一句。

「臣領旨謝恩。犬子初上戰場，可能覺得守城兵力不足，才請求守城，與玉陽關同在。臣聽顏姑娘說了後才知道原委，大將軍，犬子無知，若有不當之言，您可千萬不要客氣，及時指正才是啊。」

安國公幫李敬辯白一句，還隱隱責怪顏明德是故意讓李敬出醜的。

「想來以後李大公子駐守英州，是用不到我指正的，有安國公教導，萬事自然妥貼。」顏寧難得聽父親說話尖刻，倒是新鮮。

英州這地方，李敬過去，還真是沒太多前途了，若是自己建議的法子實行，顏寧惡劣地想，估計安國公以後得哭死。

楚昭恒三言兩語將這事處置，又打發顏明德和安國公下去，顏寧也告辭回到慈寧宮。

秦氏看她滿臉笑容，知道事情應該圓滿解決了，更是高興。

顏太后聽秦氏說顏家要將虎符交還皇家，初時有些意外，秦氏解釋之後，倒也覺得這是好事。她自然希望自己的娘家長盛不衰，顏家有今日，是歷代兒孫苦戰而得的榮耀，有沒有虎符，好像真沒什麼差別。

看到顏寧回來，她又問了幾句，聽說顏烈要受罰，李敬竟然還升職時，有些不滿。「聖上這是怎麼處置的？貪生怕死的人反而還升官了？」

「姑母，好歹也是皇后娘娘的大哥，聖上這是給皇后娘娘臉面吧。再說，安國公在當年東宮危急時冒死救駕，若是處罰李大公子，豈不是顯得皇家無情？」顏寧實話實說地勸了幾句。

顏太后聽她提到皇后，嘆了口氣，不再多說了。

秦氏看顏寧那高興的樣子，覺得這事應該沒這麼簡單，回到家後，仔細詢問。待知道李敬居然是被丟出京城，從此以後升官無望時，她有些愕然。「那妳怎麼不告訴妳姑母實話？」

「母親，姑母要是知道，皇后娘娘要是到她那兒去求情，不是又多事端嘛。」

「算了，我也不管了。」秦氏嗔怪地說了一句。「我還是管著怎麼給妳準備嫁妝吧。還有，妳的規矩也得學，鎮南王府可不是小門小戶，過門別被人笑話……」

「母親，我去看看二哥，您跟嬤嬤商量啊。」顏寧一聽規矩就頭大，轉身就跑。

不說秦氏的打算和擔憂，顏明德前腳離開皇宮後，後腳又被叫回勤政閣。

原來是葉輔國等人，拿了韓望之等人的口供呈交給楚昭恒。顏明德從玉陽關回來時，又拿下了劉岑和曾成秘密押送回京。

韓望之、濟安伯劉吉等人的證詞，都證明了兵變一事是楚昭業安排的，可楚昭業卻已經為國戰死在玉陽關外，他的遺體還在玉陽關，等著楚昭恒示意如何處置。

「葉相覺得如何處置為好？」楚昭恒看著葉輔國問道。

「聖上，如今天下人只知道三皇子為國戰死在玉陽關，謀反之事反而沒什麼人知道。」葉輔國也不說自己覺得應該如何，只說了這個現實。

在列的朝臣們，都明白這意思了。

「聖上，臣覺得應該將三皇子謀反罪證公諸於世。」黃岐第一個跳起來。他們這些回京的將軍，知道京城之事後，前後一聯想，也都猜到玉陽關之事是楚昭業弄的鬼。

顏明德想起玉陽關外戰死的那些人，也贊同黃岐的意見。

「說三皇子謀反，天下人會信嗎？」葉輔國反問道。

「劉吉、韓望之一班罪人都還活著，口供在錄，為何不信？」黃岐梗著脖子說：「難道天下人都是傻子嗎？」

葉輔國苦笑。天下人大部分還真都是傻子。「黃將軍，那您說三皇子是怎麼死的？」

「當然是……」黃岐張口，無話了。

怎麼死的？死在玉陽關外，的確是戰死的。

「他要是為國戰死，那徐將軍呢？」

徐陽在此次玉陽關一役，也死在亂軍之中，甚至連屍首都不全，還是戰事結束後，將士們清理戰場時，找到了他身著盔甲的屍身。可千軍萬馬中，他的屍首早就被踩踏壞了。

「徐將軍為國捐軀，忠義之士。」葉輔國沈聲道。

「聖上，三皇子之死，在不知情的百姓中，的確贏得了讚譽。」楊宏文身為御史中丞，也不得不承認這個實情。「百姓們覺得三皇子身為皇家子弟，能如此大義為國，都深表欽佩。」

黃岐目瞪口呆。明明一個不忠不孝之人，這還成了英雄？將軍們不懂太多的彎彎繞繞，聽葉輔國等人說明之後，都傻眼了。

楚昭恒知道，葉輔國說的的確是實情。不能明說的還有一條，現在京外或許還有楚昭業收買之人，這些人人心難測，若楚昭業被定為叛臣，那和楚昭業交好之人，就會人人自危，若逼急了再來個造反呢？

大楚剛打完兩場大仗，自己又是新帝，自然希望朝廷政局安穩為好。

「聖上，為大局計，對三皇子戰死一事，還是應該給予褒獎。」葉輔國最後躬身道。有了剛才的爭論，鄭思齊等老成謀國的朝臣們也都一一附議。

武將這邊不服，黃岐想要反駁卻又說不出什麼，這不是道理，是政事。

顏明德明白黃岐的意思，也知道楚昭恒如今為難之處，他躬身道：「聖上，既然三皇子為國戰死需要褒獎，不如徐將軍等也一起褒獎。」

「顏大將軍這話對，徐將軍死得慘，不能忘了他，他那遺體也還在玉陽關擺著呢。」黃岐、夏仲天和鄧宇都贊同。

「朕聽說玉陽關有座英烈廟，埋骨關外的戰士們英靈，都供奉在內。不如這樣吧，此次陣亡的將士，都供奉到那廟裡，三皇子楚昭業和徐陽將軍遺體則運送回京安葬。」楚昭恒最後決定道。

如此一來，世人也不會單獨稱頌三皇子了，玉陽關所有浴血奮戰的將士們，都能被人銘記。

楚昭恒讓人往玉陽關傳旨，順便讓顏眗返京受封。

既然楚昭業是為國捐軀的皇子，那麼，京城謀反一事的罪名，就只能是濟安伯劉吉等人擔著。

一夜之間，劉家九族入獄，三皇子側妃劉琴作為劉家女，被楚昭恒下旨賜死；韓望之等人也一同問罪。

天順帝楚昭恒仁慈，賞了劉吉等主犯全屍，賜他們在獄中上路，其餘人等則在午門斬首，從犯或流放充軍；當日跟隨的士兵們，大部分都被赦免死罪、戍守邊疆。

一時之間，謀反之事在街頭巷尾被人議論，大家都說新帝是仁德之君，造反這種大事，才殺這麼點人。

很快，又有一件喜事傳來，南詔求和，鎮南王親自帶著南詔使團進京。

三月初七，顏眗護送徐陽將軍和三皇子楚昭業的靈柩回京。

回京當日，楚昭恒派百官郊迎。

明福當眾宣讀了楚昭恒的詔書，感念將士們為國捐軀，一一封賞，三皇子楚昭業追封為忠親王，徐陽將軍封為宣平侯。

第七十二章

楚昭業的靈柩，由其庶子迎回了三皇子府。

楚昭業只有一個庶子，由錢側妃帶著守靈、哭靈。

錢側妃是錢雲長的姪女，錢雲長受傷後傷重不治，倒是救了全家一命。

楚昭恒親祭了徐陽後，又來到三皇子府。遠遠看去，明明還是一樣的宅院，往日輝煌的皇子府，此時顯得寥落。

往日車水馬龍，現在卻是來祭奠的人都沒有。

靈堂裡，白帷素幔，香煙裊裊。供桌正中的牌位上，寫著「大楚忠親王楚昭業靈位」。

楚昭業若是活著，知道自己被封為「忠」親王，不知會不會感到羞愧？不過以他之心性，無論心中在想什麼，面上必定是不會露出的。

三皇子府的幾個側妃都在，楚昭恒打量一圈，指了指身後跟著的幾個嬤嬤。「這是為孩子準備的教養嬤嬤，以後忠親王府就靠他頂門定居了，萬不可輕忽。」

錢側妃連忙帶頭應是，又讓孩子磕頭謝恩。

稚子無辜，就算楚昭恒心裡恨不得將楚昭業碎屍萬段，可他到底不是遷怒的人，所以，他好生安慰了幾句。

隨著聖駕到來，陸陸續續，百官們也跟著來祭奠。

楚昭恒打量了來的官員們一眼，轉頭對錢側妃道：「三弟死前留下話，說府裡還有些東西想要帶走。」他又轉頭吩咐道：「明福，你帶人去找找三皇子說的那些東西，把那些都拿靈前來吧。」

楚昭業的東西，除了他自己，也就李貴知道得多，但李貴這次也死在玉陽關了。錢側妃只好叫了一個小太監，讓他帶著到外書房去找。

楚昭業是戰死在兩軍陣中，怎麼可能還留下什麼話？不過做皇帝的好處，就是明知道他是睜眼說瞎話，也沒人敢質疑半分。

明福帶了幾個內侍進到三皇子府，很快就抬了一個箱子出來，那箱子大概兩尺見方，也不重。

在靈堂的大臣們有些好奇，不知道這裡面藏著什麼？

「這些是三弟吩咐的東西嗎？」楚昭恒問道。

「是的，奴才找了，就在忠親王說的地方找到這些。」

楚昭恒打開箱子，只見箱子裡，滿滿當當的全是書信，頂上幾封，露出的信封上寫著「殿下親啟」字樣。

這竟然是別人與楚昭業往來的書信！

有些大臣們，臉色就有些不好了，甚至有幾人還露出驚慌之色。

楚昭恒掃了一眼。「全在這裡了吧？」

「回稟聖上，奴才找到的，都在這裡了。」

「好，那就燒給三弟吧。」

明福抱著這箱子來到靈堂火盆前，將那些書信一股腦兒地倒入火盆中，一陣火苗躥起尺把高，不過片刻工夫，那些書信都化為灰燼。

「這些書信都是三弟留下的，如今他去了，又放心不下，那這些書信自然是不用留了。錢氏，以後三皇子府由妳主事，妳要好好撫育小世子，管好府中上下。」

「妾身遵旨，萬歲萬歲萬萬歲！」錢側妃連忙磕頭謝恩。

楚昭恒又撫慰幾句後，才登上馬車離去。

其他官員們，恭送聖駕離開後，很快也都告辭了。不少人來時神情緊張，走時卻是忍不住帶上微笑。

楚謨也到徐陽府上和三皇子府上祭奠了，他親眼看著楚昭恒燒了書信，對這位年輕帝王的認識又多了一分。

離開三皇子府，楚謨騎馬晃悠晃悠，又來到了顏府。

顏烈在家中，聽說楚昭業竟然還被追封，連肺都要氣炸了。「玉陽關那麼多人都是他害死的，他竟然還能封王，這是老天爺沒長眼嗎？」

顏寧心中也有些發堵，可是，就算楚昭業千般算計，到底在沙場上救了自己一命。她也說不清自己心中是怒、是悲，還是佩服？

楚昭業用自己的死，保住了死後的聲名，還為兒子謀到出路，他當初跟著她出關時是不是已經想到了這些？

那時她以為是自己拉他赴死的，現在卻不知道，到底是她算計了他，還是他算計了她？

楚謨坐在一邊，看顏烈跳腳罵人，顏寧沈默不語，他略一沈思，就知道顏寧是想起楚昭業救命之事了。

「寧兒，楚昭業救妳，可不只是為了救妳，妳明白了吧？」楚謨連忙強調。「論心機和手段，我還真佩服這位三殿下，他對別人夠狠辣，對自己也夠狠辣的。要不是死士還算忠心，他可就連屍骨都沒了。」

「幸好我當日來得及時，寧兒，妳不知道，一想到當日的情形，我就後怕。還好妳等到我來了。」楚謨最後慶幸地道。

笑話，怎能讓顏寧記著楚昭業的恩情？記著自己的救命之恩就夠了。

顏寧一笑。幸好，楚昭業死了，自此之後，再無關係了。

「嗯，你說得對，楚謨，謝謝你救了我們。」她綻開一臉笑容，對楚謨朗聲道。

顏寧鄭重其事地道謝，楚謨倒有些不好意思了。

「咳，咳咳，其實也不用這麼鄭重，救助玉陽關，自是應當……」

「要不是我受傷，寧兒壓根兒就不用去打仗。」顏烈在邊上，沒好氣地插了一句話。讓妹妹去打仗，自己還被送出玉陽關，真是奇恥大辱啊。

「你還有臉說，要不是你，寧兒也不用冒險去北燕營裡救你。」顏煦走進來，拍了顏烈一下。

顏烈和顏寧看到大哥來了，連忙讓著坐下。顏明德罵顏烈，顏烈還敢反駁一下，顏煦這個大哥開口，他卻是不敢多話。

顏煦是聽說楚謨在這兒，顏寧居然也在，覺得不像話，連忙過來看看。自家這妹妹不顧忌閨譽，他這做哥哥的操碎了心啊。

楚謨在玉陽關時與顏煦匆匆一別，這幾日在顏府與顏煦談兵論史，倒是很相投。

卻說楚昭恒安置妥當死者，接下來，要分封活著的功臣了。

這日早朝大殿上，楚昭恒讓明福宣旨，此次京城造反之事中，還有玉陽關戰事中，有功之人都一一封賞。

顏明德加封了國公位，顏煦升為一品大將軍，其餘黃岐等人都各升一級或兩級不等。

鄧宇聽說李敬居然也能被升一級，有些不滿，但是想想這到底是皇帝的大舅子，沒啥好說的了。秦紹祖、封平等都在獲封之列，安國公則被賜了一柄玉如意。

顏烈在大殿最末的地方站著，聽到自己竟然被封為「定北侯」，上前幾步跪下，磕頭道：「聖上，末將慚愧，此次玉陽關有罪無功，愧對聖上的封賞。聖上，您把這爵位給末將留著，等末將將來憑戰功來拿。」

黃岐等人對顏烈的硬骨頭，都是佩服的，此時聽他辭賞，都說他當得賞賜，可顏烈卻是跪著堅決不要。

楚昭恒看他梗著脖子、紅著臉說不要，忍不住一笑。「你這樣子，倒是和你岳父有些像啊。既然你說這爵位以後再要，那朕答應了，給你留著。你婚期也近了，這樣吧，等將來你夫人進門，朕賜她三品誥命。」

這下，不僅顏烈謝恩，連楊宏文和顏明德都出列謝恩了。尤其是楊宏文，女兒一進門就是三品誥命夫人，她母親安氏如今也不過才三品誥命啊。

顏烈聽到賞楊瓊英，嘿嘿傻笑著磕頭，倒是不推辭了。

顏烈之後，其他人都一一磕頭領賞謝了聖恩。到最後，明福收了聖旨，顏烈看就這麼封賞完，又不服氣了。

他腳步剛往前跨一步，顏明德眼角正看著他，一見他那動作，咳嗽了一聲。

顏烈看自家老子嚴厲地盯著自己，只好又把伸出的腳縮回來。

鄧宇可沒顏烈的顧忌，直接出列道：「聖上，此次玉陽關之戰，若論首功，非顏大將軍之女不可。」

楚昭恒早就看到顏烈的小動作，聽了鄧宇的話後，回道：「顏寧是此次的大功臣，不過她是女子，也不能封王拜將，朕另有封賞。」

幾位將軍聽說顏寧有封賞，都覺得平衡了。鄧宇告了罪，回到自己的位置上站著。

楚謨看楚昭恒沒提到自己擅自帶兵到玉陽關之事，想想還是老實地認罪吧。「聖上，臣也愧對封賞。此次玉陽關，臣……」

楚昭恒打斷他的話。「顏寧曾跟朕稟告，說當初拿了先帝密令讓你帶兵馳援。你帶兵馳援雖然遲了，但還是趕上了戰事，朕就不追究你延誤之事了。」

「是，臣謝過聖上不罪之恩。」楚謨沒想到，顏寧居然撒下這樣的彌天大謊，怎麼也不告訴自己一聲，這萬一露餡兒了怎麼好？不對，聖上居然也就這樣信了？

楚謨覺得自己撿到一個大便宜，這下父王進京後，他不怕挨打了。

對於顏烈推掉侯爵之位，顏明德覺得小兒子志氣可嘉，難得在家裡稱讚了幾句。

顏寧對二哥的話也大為贊成。此次玉陽關一戰，父親被加封了國公位，顏家又有世襲大將軍之位，風頭正勁，二哥辭去爵位也好。

顏寧的封賞，很快就送到顏府，除了珠寶首飾等物外，還有一道聖旨：太后娘娘收顏寧為女，顏寧被封為長公主。

來宣旨的當然還是明福，他宣完旨，領了賞賜，請顏寧早些進宮跟太后謝恩後，就笑咪咪地回去了。

顏家人沒想到，最後顏寧會是這個賞賜。

秦氏和顏明德看了一眼，秦氏倒還好，顏明德有些不是滋味。自家的乖女兒竟變成皇家公主了？

「寧兒，好端端的，姑母怎麼想到要認妳做女兒啊？聖上還封妳做長公主，這算什麼意思啊？」顏烈想不通了。按他想法，顏寧本來已經是三品將軍，可以再封啊，封個公主是什麼意思？

顏煦倒是笑了。「聖上這是為寧兒著想，要為寧兒作主撐腰呢。」

「撐腰？有我們還不夠嗎？」顏烈覺得，就憑著顏家，顏寧就不會受委屈。

「你忘了，寧兒的婚期是今年八月，到時她可是要做鎮南王府世子妃了。」

「怎麼，楚洪難道還敢委屈寧兒？」顏明德瞪眼道。

「父親，鎮南王和致遠都是男子，到底不能管內宅的事。鎮南王府的內宅，還是王妃韓氏作主。寧兒既是長公主，就算韓王妃是婆婆，也不能對長公主無禮。」顏昫沒想到，楚昭恒居然連顏寧以後的日子都想到了。「寧兒，聖上對妳還真是看重。」

「那當然，他也就我這一個表妹。」顏寧抬了下巴驕傲地說。「再說我對聖上可是有大功勞的。」

「這話以後不要再說了，就算家中玩笑，也不可過火。」顏昫打斷了顏寧，交代道。

顏寧吐吐舌頭，答應了。要說謹慎，自家大哥才真是謹慎啊。

顏明德聽大兒子這麼一說，才想到這一層。「寧兒，那妳快些收拾收拾，隨妳母親進宮去謝恩吧。」

顏烈也不反對了。大哥說得也是，要是韓王妃給寧兒臉色看，自己總不能衝進鎮南王府後院去揍人吧？一想到從小護著的妹妹要脫離自己的保護，顏烈難得有了淡淡的哀傷。他決定，過兩日傷好透了，趁著楚謨在京，得去多揍他幾頓，讓他記著不許欺負寧兒。

顏寧跟著秦氏進宮謝恩時，在慈寧宮中，又遇上了賢妃，她是來看楚寶融的。

楚昭恒已經下旨，將楚寶融養在太后身邊。

賢妃每日到慈寧宮來探望，順便在太后跟前伺候。

跟前養了孩子，顏太后的心情明顯好了。見到秦氏帶著顏寧來謝恩，拉著秦氏說：「大嫂，以後我可要跟妳搶女兒了。」

「太后娘娘喜歡她，那可是寧兒的福氣。」

「顏夫人不知道，太后娘娘認了長公主後，高興得連飯都多吃了半碗，說女兒貼心呢！母后有了公主殿下，以後可就更舒心了。」賢妃在邊上湊趣道。

顏寧感到有些好笑。賢妃還真是知情識趣啊，有了賢妃在跟前，顏寧就沒往日放肆了，規矩地磕頭謝恩，改了稱呼。「見過母后。」

幾人正說著話，惠萍稟告說聖上駕到，就見楚昭恒穿著一身家常衣裳，翩然走進殿中。賢妃站起來行禮，楚寶融踉蹌著跑過去叫「父皇」。

顏寧也站起來，跟著秦氏行禮。

楚寶融拿著手裡的不倒翁娃娃獻寶。「父皇，姑姑送的。」

楚昭恒垂目，見楚寶融手裡舉著的那個不倒翁，有圓滾滾的身子、胖乎乎的腦袋，楚寶融放在桌上一推它，那不倒翁晃啊晃，就是不會倒，他不由想起當年顏寧送給自己的那些東西，忍不住一笑。也只有她，會將這些不起眼的小玩意兒，往宮裡送。

他往那兒一坐，賢妃不再像剛才那樣隨意開口，楚寶融就纏著顏寧玩，還要顏寧教她練武。「姑姑，母妃說，說您最厲害，您教融兒，融兒一定好好練。」

難為他這麼小年紀，居然能說這麼多話。

「融兒，別跟你姑姑練，回頭讓你舅公幫你找個好師傅。」顏太后摟過楚寶融。「跟你姑姑練，回頭學成個皮猴。」

「您又不待見我了！」顏寧拉過寶融。「融兒，來，姑姑抱抱。」

楚昭恒看顏寧趴在桌上，跟楚寶融一起玩不倒翁，閒閒地開口。「寧兒，鎮南王五月就到京了，妳的嫁衣準備如何了？」

「母親早讓王嬤嬤帶人幫我繡了。」顏寧脫口而出，看到殿中幾人都笑了，才明白過來。「你詐我話！」

嫁衣都要姑娘自己繡，可顏寧那女紅，等她做出嫁衣，這輩子不用嫁了。

賢妃站在顏太后邊上，看顏寧脫口而出一句話，楚昭恒不僅未怪，笑意還多了幾分，眼神不由閃爍著又打量顏寧一下。

楚昭恒笑了一會兒。「母后，寧兒如今是長公主，還是讓宮中繡娘為她做一件禮服吧？」

「還是你提醒得是。大嫂，寧兒的嫁衣，我可得好好幫她準備著，我們再給她準備嫁妝。」顏太后高興地和秦氏說，恨不得馬上跟秦氏商議一下，為顏寧準備什麼嫁妝？

顏寧雖說訂婚了，平時還真沒訂婚的自覺，尤其是去年以來事情不斷，什麼嫁妝嫁衣她都沒想過。如今楚昭恒一提，她才想到，鎮南王五月進京，或許有一部分就是為了找父親商議婚事。

「母后、皇兄，家中還有事，我先回家啦。」她跳了起來，找個藉口就要閃人。

顏太后指著她直笑。

到了五月，鎮南王一行人，帶著南詔議和使團到京了。

秦可兒和顏文彥也跟著回到京城，顏家全家團聚，更是每日歡聲笑語。

鎮南王的行程低調，楚昭恒讓陳侍郎去迎接使團。陳侍郎已經與南詔人打過交道，一看使團的正使，居然也不是陌生人，還是雷明翰。

楚謨知道今日父王到京，早早就帶人去迎接了。

顏明德原本還想端著架子，不過在秦氏催促下，想著女兒就要嫁到人家家裡，也去京郊迎接。

鎮南王和顏明德見面，這次倒是非常平和。

顏明德打量鎮南王一眼。「你這次的氣色倒是不錯。」

鎮南王楚洪一身圓領青色錦袍，比起上次見時，精神好多了。

「看你氣色還不錯，就是人瘦了，玉陽關一戰不易啊。」鎮南王看看顏明德消瘦不少，感慨道。玉陽關戰事，他也聽說了。六十萬人對抗百萬大軍，還能守住城關，真是不易了。

「何止不易，能活著回來都是僥倖，多少人沒回來，徐陽就把命交代在那兒了。要不是致遠來得及時，估計我們全得完蛋。」顏明德直率地說。

兩人邊聊邊說，進了城中，顏明德送鎮南王到了別院門口。鎮南王看到別院門口掛著的素色燈籠，一聲長嘆。

顏明德順著他目光，也看到了那兩盞燈籠。楚元帝駕崩，城中如今還在國孝中，兩人想到元帝，心中有些悵然。才兩年多未見，京中已經物是人非。

顏明德將鎮南王送到王府別院後，先告辭回去了。「改日來我府中喝酒！」

鎮南王也沒多留，回到王府中，梳洗過後，也顧不上歇息，將楚謨叫過來。「你私自帶兵去玉陽關之事，聖上真的不追究了？」

「父王，我信裡都說了。聖上是在早朝上當眾說的，以後自然也不會追究了。」

鎮南王覺得有些不可置信。當初楚謨私自點了二十萬大軍，一路北上到玉陽關，幸虧因為有三皇子楚昭業的事，不然路上人家不知道的，不得說他要謀反了？

救顏家他沒話說，但兒子擅自調兵，楚昭恒沒藉著這事拿捏鎮南王府，就這麼輕飄飄地放過了？他原本以為此事沒這麼好過關呢。

「父王，還有件事。聖上前些日子論功行賞後，太后娘娘將顏寧認作女兒，聖上封顏寧為長公主。」

楚謨當時聽了這道旨意，想法和顏煦一樣，聖上這是怕顏寧出嫁後受委屈，要給顏寧撐腰啊。

這件事鎮南王因為還在路上，還是剛聽說的，聽完之後，倒是沈吟了片刻。「致遠，聖上看重顏寧，是因為顏寧的功勞？」

「孩兒看著，顏寧心思單純，一直都是一心為聖上謀劃的。她自小出入宮中，聖上應該是顧念著自小的兄妹情誼吧。」楚謨想了想，跟父親說了一半實話。

大家都是男子，楚昭恒對顏寧的心思，他也不是看不出來。但是，他認了顏寧為妹妹，自然就是兄妹之情相待了。

「父親，當今聖上，不簡單。」

來京的路上，鎮南王就聽說楚昭業被封為忠親王、聖上在靈前燒信之事，如今再聽楚謨如此說，倒也贊成。

為了大局能夠如此隱忍，登基才幾個月就下旨開恩科取士，而新任的戶部侍郎封平，是當年封家的人。封家，是當年出了名的生財有道。

君主雄才大略，對臣子來說總是好事。一朝天子一朝臣，自己或許也該讓位了。

楚昭恒以顏寧的名義為楚謨脫罪，又封顏寧為長公主，太后娘娘親自督促宮中繡娘為顏寧準備嫁衣，這一樁樁一件件，無不顯示聖上對顏寧的愛護。

只是，聖上給了這些暗示，自己是不是該再做些什麼呢？

「父親，您是不是再去一趟顏府，跟顏伯父將婚事章程給定一下啊？」楚謨好不容易等到父王進京，覺得這件大事要催著父王先辦。

「有了媳婦忘了爹，我才剛進京，連口熱飯都沒吃。」鎮南王一看楚謨那猴急的樣子，想著將來這兒子八成是個妻奴，沒好氣地道。

「兒子已經吩咐人準備晚膳了，您快吃，要不晚上就去顏府？」楚謨立時諂媚地說。

「我就不明白了，顏家那姑娘是不錯，可要說好的，也不是沒有。」

「父王，天下好姑娘多得是，誰讓你兒子就遇上顏寧了呢？」楚謨脫口接了一句。

他只是覺得，若是能和顏寧一起過日子，那日子應該會過得很舒心才是。

鎮南王懶得再說了。「還不讓人上菜？不吃飽我怎麼去顏府啊？」

「父王，索性您就去顏府吃飯，剛好和顏伯父邊喝酒，邊把事情給談了？」

鎮南王看兒子那副樣子，實在氣不打一處來，一甩手站起來，大步往外走去。

「父王、父王，您去哪兒啊？」

「去顏府，找顏明德喝酒去。」

鎮南王又來到顏府，顏明德有些意外，不過有老朋友陪他喝酒，他還是高興的。

秦氏安排人送上一桌酒菜，鎮南王和顏明德兩人坐下來邊喝邊聊，兩位即將結成親家的人，倒是沒再叫對方外號了。

楚謨和顏寧的婚事，是楚元帝在世時定下的，日子自然是不能變了，所以幾杯黃湯下肚後，婚事敲定得七七八八。

鎮南王打著酒嗝回到王府別院，讓人將楚謨和顏寧的八字送到欽天監，請欽天監擇定下聘等日子。

歇了兩日，鎮南王進宮面聖，楚昭恒在勤政閣召見他。

年輕君王面容英俊，但當年的溫潤之風，如今被磨礪掉了不少，端坐御案後，好像一把藏於鞘中的寶劍。不出鞘則已，出鞘必定是石破天驚。

鎮南王行完三跪九叩大禮後，楚昭恒讓招福端了椅子賜座，問起沿路辛勞。

鎮南王一一回答後，站起來，跪下道：「聖上，臣有一事啟奏。」

「皇叔請起，有事只管奏，何必行此大禮，快坐下說話。」

「聖上，臣年邁體弱，近日只覺精神不濟，想懇請聖上答應，將王位傳於犬子。」

「皇叔年富力強，怎麼要早早享清福了？」

「不瞞聖上說，臣前幾年病了後，如今雖說看著好了，可精神到底不如從前，王府中的事，大部分都是致遠料理著。臣進京前，就想著索性將王位傳於致遠。」

「皇叔既然是要靜養，朕倒不好再勸了。」楚昭恒微笑道，又請鎮南王坐下，聊了聊南詔戰事。

「皇叔，朕打算對兵將之事做個調整。」楚昭恒將顏寧的主意擇了一部分說了。「自從玉陽關和南州兩戰後，朕覺得大楚在調兵遣將上，實有弊端，就想著將統兵和練兵之事分開，也免得再有濟安伯謀反之事，您看如何？」

鎮南王對練兵、統兵都相當熟悉，聽楚昭恒說完這打算，就知道，聖上是打算將軍權收回，免得再有士兵跟著主將造反之事。

現在聖上問自己意思，是希望自己率先表態吧？

「聖上英明，臣覺得此法甚好。只是如此一來，練兵的將軍必須得選經驗老道的。」

「嗯，皇叔所言甚是。朕打算明日早朝時，將此事讓百官朝議一下。」

「臣唯聖上之命是從！」鎮南王站起來，躬身道。

楚昭恒滿意地點頭。「皇叔，鎮南王府長年鎮守南疆，對王府，朕很放心，將來南邊，還是要靠鎮南王府來鎮守。」

「這是臣的本分，為國效力，臣萬死不辭！」鎮南王放心了，當今聖上終於給了句實在話，看來自己提早讓楚謨繼承王位，聖上很滿意啊。
鎮南王回到府中，將繼承王位之事，告知了楚謨。
楚謨一愣。「父王，為何做此決定？」
「一朝天子一朝臣，當年聖上是太子時，你幫聖上做事，父王早些讓位，也好讓你大展身手。父王今日看了，聖上比起先帝多了幾分仁心，也念舊重情。論收服人心，手段比先帝高多了。」
楚昭恒不論是為了顏寧日子舒心考慮，還是為了朝政治理考慮，肯定都希望盡快讓楚謨繼承王位。
「再說你是王府世子，這王位遲早都是你的，王位傳給你，父王還能輕鬆幾年，走走看看。」
楚謨聽了父王分析，知道此事也只能順勢而為了。
第二日大朝議上，鎮南王當眾又上本啟奏，要把王位傳給世子楚謨。
楚昭恒准奏，讓欽天監選了六月的好日子。
眾人沒想到鎮南王居然這麼快就要讓位，都有些吃驚，看天順帝沒有挽留，直接答應，眾人有些明白了。
有些有子姪已經為官的，不由盤算自己是不是也該告老，為家中子姪讓位？
楚昭恒沒管大家心中思量，而是又將軍權之事讓鄭思齊當眾讀了，讓大家朝議。「朕覺得大楚調兵、練兵有些不妥之處，想按此法完善，眾卿覺得如何？」

軍權變革，文官無礙。葉輔國、周玄成等位高權重的幾人沒有開口，而是靜觀武將那邊有何反應？

武將這邊，顏明德和鎮南王為首，這兩人當眾表態說此法甚好，其他將軍們還有什麼話說？

所有大臣裡，只有一個心中最難受。

安國公聽了這變革之法，只覺心中很不是滋味。要是這法子施行，李敬被調到英州守軍，將來也只能幫著朝廷募兵、練兵。他沒有調兵權，兵練好了，就交付到各處有戰事的地方，除非聖上下旨，否則李敬永遠也不能統軍作戰。一個不打仗的將軍，還是將軍嗎？這樣一算，聖上若不開恩擢升，他一輩子就只是個三品了？

他原本寄望李敬從英州開始，能統領一軍，這樣一來，自己的打算還有什麼指望？

「聖上，若調兵與練兵之事分開，兵不知將，豈不是戰時群龍無首？」安國公連忙出列奏道。

「安國公多慮了。軍中一向是按軍令行事，若將領一換，士兵們就不會打仗，那豈不是笑話？」楚洪直接反駁道。

「鎮南王所言甚是。軍中認令不認人，方能令行禁止。」顏明德也附和。

「此法由兵部細細謀劃如何施行，大家還可再議，下次朝會時再說。」楚昭恒見沒人再說話，直接安排道。

大臣們明白了。「還可再議」四字也就是說說的，畢竟都說要交給兵部謀劃施行了，還議什麼？

隨著軍權之事討論，楚昭恒又頒布恩旨，鎮南王府和顏府可養三千私軍。這可是極大的榮耀了，要知道，這就等於他們兩家有了親衛營啊。顏家雖然有家將，到底名不正言不順，如今聖上下了恩旨，顏家的家將等於也有朝廷俸祿了。

世人震驚於聖上對兩家的寵信，而軍權一事上，原本還有人想去顏家或鎮南王府探探話，如今還探什麼？自然是趕緊聽話。

到了六月，楚謨進宮拜謝，領了鎮南王王位。

七月中，王氏也帶著秦婉如回京。早先她也一直想回京，可秦妍如嫁過去不久，就有了身孕，秦紹祖又傳信讓她們在南州多住些日子，王氏索性就等到秦妍如生了，再回京城。

綠衣也跟著王氏回京，她當初往南州送信，路上躲過別人的懷疑，在荊楠碼頭差點遇害。楚昭業安排在沿路守候的黑衣人，看到她是往南邊去，又明顯是京城來的就想下手，幸好遇到被楚謨派出打聽消息的清河。

綠衣的傷勢不宜趕路，所以沒跟著秦氏和秦可兒回京，待到王氏回京時，她的傷終於全好了，才跟著回來。回到京城後，聽說顏寧封了長公主，封平也升官，都是喜事，自然很高興。

秦紹祖的尚書府裡也沒什麼事，王氏嫁過兩個女兒，經驗比秦氏老道，索性來顏府幫著料理。

鎮南王請了武德將軍家余老太君為媒人，到顏府請期下聘。其實請期也就走個過場，誰不知道他們兩家的婚期啊。

顏寧被顏太后一次次召進宮中試穿嫁衣禮服，她才漸漸有了要出嫁的感覺。

這知道自己真要出嫁，她才發現不自在了。

看著虹霓和綠衣，她才想起來，自己身邊這兩個丫鬟，都還未安排出路。

虹霓是不用說了，孟良就等著迎娶進門呢，綠衣怎麼辦？

「虹霓，妳問過孟良沒？要不趁我還在京，妳讓他快擇個黃道吉日，將妳娶過門？」

「姑娘，奴婢跟孟良商議過了，反正我們都沒父母長輩，就選了日子，擺頓酒就好。」

虹霓倒是毫不忸怩地說著自己的親事。

「孟良說，老爺說了，要給姑娘陪嫁護衛，他說他和孟秀想跟著姑娘，到時奴婢也跟著姑娘去南州。」虹霓想到孟良的打算，以後還可以繼續跟著姑娘，倒是高興。

「那太簡陋了，不行！」顏寧一聽虹霓打算就這麼草草辦親事，反對道：「妳去告訴孟良，姑娘我給妳準備了嫁妝呢，讓他把新房準備好。」

「奴婢不用什麼嫁妝。」

「我找王嬤嬤幫妳操持。」顏寧不管虹霓說什麼，已經一陣風似地衝出去。

虹霓看綠衣對自己眨眼笑，不由也笑了，想到綠衣親事還未定，不由低聲道：「綠衣姊姊，妳今後怎麼打算啊？」

「我——我也總是要跟著姑娘的。」綠衣想到親事，微微垂下眼。

憶及她在荊楠碼頭被清河救下時，當時為了躲避追殺，她又受了傷，也顧不得避嫌，清河揹著她逃命。到了南州，清河對她說想要娶她，自己卻一直未拿定主意。

其實，清河是楚世子身邊第一心腹長隨，自己又是姑娘身邊的丫鬟，若是結成一對也不錯。

虹霓看綠衣說了那話後，臉上難掩的羞意，走過去輕輕推了推綠衣。「我有什麼事可從未瞞妳，妳要是有著落了，也不能瞞我。姑娘對妳好，妳要是看中誰，她肯定會為妳作主的。」

綠衣微不可聞地嗯了一聲。「世子爺身邊的清河，他說，等姑娘嫁進王府後，他就求世子爺作主。」

虹霓想了一下，清河也是個面貌清秀之人，做事靈活幹練。

「清河就是話多了些，不過剛好，妳話少。」虹霓想著，不由嗤嗤地笑起來。「這樣，我們將來還是在一起呢！孟良說反正南邊也有戰事，他想跟著姑娘去南邊。」

「正是這麼說呢。對了，姑娘說要為妳辦婚事，妳嫁衣可繡完了？」

虹霓聽到問這個，倒是紅著臉點頭。

此時，顏寧到正院和秦氏說虹霓的婚事。秦氏雖然為顏寧的婚事忙得團團轉，但顏寧一開口，還是不捨得讓她失望，叫了王嬤嬤去為虹霓操持。

孟良得了這消息，原本打算將自己所住的那屋子粉刷一下也就算了，現在可就不能簡陋了，便買了些家具物件。

顏寧不知道婚事該準備些什麼，直接拿了二百兩銀子，讓王嬤嬤看著準備，又給了虹霓一套頭面首飾。

有錢有人好辦事。

家將們都說這可是玉陽關大戰後第一場喜事，不能怠慢，幫著孟良收拾。

到了成親那日，虹霓從顏府西院發嫁，轎子抬到了東院。雖然只是府內轉一圈，但顏府占地甚廣，這一圈走下來可也耗了不少時間。

顏寧到顏府西院看熱鬧，害得西院伺候的下人們，都沒敢怎麼鬧新娘。

孟良接親時，西院的下人們才到院門口堵著熱鬧起來，攔著不讓新郎進院子接新娘，出著各種各樣的難題。顏寧在邊上看得津津有味，還不時幫著出主意。

虹霓蓋著紅蓋頭，聽著姑娘不停地說這說那，急得連拉了綠衣好幾次，想讓綠衣去阻止，偏偏綠衣只作不知，跟著顏寧起鬨。

好不容易孟良才接到新娘子，綠衣和王嬤嬤送虹霓上轎，王嬤嬤看著虹霓坐上轎子，感慨地跟孟良囑咐。「以後你若是發達了，可不許委屈我們虹霓。」

「那是當然，我這輩子就虹霓一個人！」孟良拍胸脯保證。

顏寧聽到孟良這話，才想起自己居然忘了一件事。鎮南王府可是能納妾的，鎮南王就有正妃、側妃還有妾室。思及此，她有些悶悶不樂地離開西院，卻不知該如何是好？

綠衣回到院子，看自家姑娘坐在院中石桌邊，雙手托腮，兩眉緊皺，眼睛看著前方，卻不知在看什麼？

「姑娘，您怎麼了？虹霓說，等三日回門的時候，她反正也沒娘家，就來給姑娘和夫人磕頭呢。」她以為顏寧是看虹霓嫁了，不高興了。

顏寧幽幽地嘆了口氣。「綠衣，妳說孟良會不會納妾啊？」

綠衣一愣。照說男子納妾也是正常的，可孟良今日當眾保證，應該不敢吧？

「他今日都保證只有虹霓一個，自然不會了。」

顏寧聽了，卻更是胸悶。孟良肯為虹霓下這個保證，楚謨呢？

顏烈看這幾日都不能讓顏寧笑逐顏開，忍不住跑來探問。

「二哥，你說楚謨將來要是納妾，我該怎麼辦？」顏寧對二哥的腦子不太信任，可也沒別人好問。

「納妾？他敢！」顏烈愣然。娶到自己這麼好的妹妹，致遠還敢納妾？

「那誰知道啊！鎮南王府幾代王爺，聽說都有妾室的。」

「趁著還沒嫁，走！我們去找致遠說清楚，他若是敢納妾，就不嫁給他。」顏烈覺得這不是什麼事。

「萬一他說他會納妾，那怎麼辦？我們這婚事可是先皇定的。」

「寧兒，妳婆婆媽媽個什麼勁？妳在這兒想破頭也沒用啊！想想咱們顏家的老祖宗……」

顏烈剛想說說顏家爽快的家風，顏寧跳起來。「二哥說得對！」

她說著衝回房中，不過片刻工夫，換了一身勁裝，拿著寶劍出來了！

「二哥，我去鎮南王府找楚謨！」

顏烈瞪大眼睛。寧兒是要去打架？

他腦中轉了一圈，興奮起來。「快、快，墨陽，幫我換衣裳，走！我們去鎮南王府打架去！」

不過片刻，顏寧、顏烈先後穿著勁裝、拿著兵器離府，去的方向是鎮南王府別院。

顏寧和顏烈去鎮南王府打架了！這消息跟風吹一樣，不過片刻就傳開來。

卸了王爺位置的楚洪，這日正難得輕鬆地拖著顏明德到醉花樓喝酒。

兩人喝得正起勁，聽到樓下大堂有人喊。「快走、快走，晚了就看不到了！聽說顏家和鎮南王府打起來了！」

「是啊，聽說顏家二公子拿著刀，將鎮南王府的門房給砸了！」

已經要結親的兩家人，交惡了？

醉花樓的酒菜雜耍，攔不住大家看熱鬧的心，不過片刻，醉花樓的大堂就空了一半多。

楚洪和顏明德的長隨，聽到樓下的議論，面面相覷，隨後，搶著衝進雅座。

「王爺、王爺，聽說顏公子和姑娘去咱們府上砸東西了！」

「老爺、老爺，有人說二公子和姑娘，被楚世子給打了！」

好端端的，怎麼忽然打起來了？

楚洪和顏明德舉在手中的酒杯，啪嗒一聲落地，連忙跳起來。「走，去看看！」

等兩人趕到王府別院時，別院大門口，裡三層外三層地圍著人。

楚洪的長隨連忙趕人。「走開，快讓開路！」一邊叫著一邊推人，替楚洪和顏明德騰出路。

等兩人的長隨擠出一身汗，楚洪和顏明德才回到府中。

這麼多人，是哪裡冒出來的？

府門內也是一群人，有顏家跟過來的人，有秦紹祖府上、武德將軍府上、安國公府上派來的，甚至，還有大理寺游天方派來的差役。

「致遠呢？」楚洪看了一眼，看到洛河正和大理寺的衙役說話，他走過去，抓了洛河的肩膀，硬生生讓他原地轉了個圈，轉到自己面前才問道。

「回老爺的話，王爺正在練武場上呢。」洛河被這一圈轉得有些暈，幸好腦子還清醒，立刻說道。

「真打起來了？」

「二公子沒和王爺打，顏姑娘正和王爺打得不可開交呢。」洛河不敢隱瞞。

這話的聲音有些大，大門外的人，有耳朵尖的，聽到這句話，連忙跟旁邊的人傳話。

「二公子是來幫忙的，顏姑娘正和王爺打架呢。」

顏明德聽著只覺腦中一陣疼痛。自家姑娘這是又鬧哪齣啊？難道是忽然覺得楚謨不好，不想嫁了？

楚洪聽說楚謨和顏寧在練武場，大步走進去，顏明德也連忙跟上。

有好事者想要跟上，全被王府的侍衛攔住了。

楚洪和顏明德走到練武場，果然，顏烈站在一邊看著，場內，顏寧戴著面紗，和楚謨正打得熱鬧。

楚洪有些驚訝。以自家兒子對顏寧的看重，怎麼還會打起來？

顏明德看女兒沒落下風，不急了，管她打什麼呢，以前打過沒輸，現在應該也不會輸！

楚洪瞧了邊上看得津津有味的顏明德一眼，知道他是不急了，自己也一直聽致遠說顏寧身手不錯，現在看看果然不錯。

楚謨和顏寧又打了大半個時辰，顏寧到底是女子，有些微喘了。

楚謨不知道顏寧這是鬧哪一齣，一大早來到別院要跟自己較量比試。

比起幾年前，顏寧的身手的確更好了，但是，她學的是軍中的招式，上陣殺敵更管用。楚謨是先跟著江湖師傅學武功，回到鎮南王府後才又跟著家中士兵們操練，身手自然比顏寧要小勝半籌。只是，以前沒勝過，現在他看著顏寧一臉凝重地和自己比武，自己好意思勝這半籌嗎？

眼看顏寧力氣有些不濟，他想往後退半步，敗下來好了。可是，眼角掃到父王在邊上觀看，這要是敗得難看，會不會讓父王對寧兒不滿？

心中念頭閃過後，楚謨硬生生將想後退的腳改成往邊上邁了一步，裝著是躲閃慢了被顏寧劍尖指上。

顏烈在邊上歡呼一聲。「寧兒，妳武藝越發好了。」

楚洪看了看兒子，再看看顏家三口那高興勁兒。算了算了，兒子要做妻奴，他管什麼？

楚洪咳了一聲。「顏家姪女，武功不錯啊。」

顏寧剛剛就顧著悶頭和楚謨比試，現在看到顏明德和楚洪，才覺得有些不好意思，溫順地向楚洪行禮。「見過伯父。」

顏明德這才想起來，女兒可是訂親的人。「寧兒，妳也太胡鬧了，怎麼忽然跑這裡來比武？」

「姑娘、姑娘，宮裡的明總管來了！」顏寧還沒回話，跟著來的孟秀衝進來稟告，洛河跟在身後也連連點頭，在他們兩人身後的人正是明福。

明福幾步走到幾人面前，先向楚洪、顏明德、楚謨、顏烈和顏寧一一行禮請安，才又跟顏寧說道：「公主殿下，聖上聽說妳帶人砸了王府……」說完，他嘿嘿笑了幾聲。「奴才過來才知道，都是謠言，只是……那個，聖上讓您進宮一趟。」

自己砸了王府？

顏寧有些暈。顏明德瞪了她和顏烈一眼，沒捨得罵女兒，抓了兒子罵道：「你妹妹小不懂事，你也是？怎麼帶著寧兒胡鬧？你給我回府去，看我怎麼罰你！」

這也要罰自己？

「父親，是寧兒要來，我……」我只是不放心，跟著過來的。

「你什麼你？難道不是你的錯？給我滾回去！」顏明德根本沒聽他把話說完。

顏烈摸摸鼻子，不辯解了，向楚洪和楚謨告辭，灰溜溜地回家去。

顏明德很低姿態地跟楚洪說：「阿洪啊，都怪我教子無方！寧兒就是聽她哥哥的話，這事，回去我一定狠狠罰那個逆子！」

「那個……不用不用，沒事、沒事，比武嘛，正常，正常！」楚洪難得有些話不成句，實在是有些想笑，看顏烈那一臉表情，看來是挨罵挨慣了。

這邊，楚昭恒召顏寧進宮，顏寧不敢耽擱，跟著明福走出來，愣了！這麼多人，從哪兒冒出來的？

顏寧上了明福帶來的馬車，進宮去了。

正主兒都走了，圍觀的人也漸漸散去，據說京城中還有好事者開了賭局，賭顏寧到底為何怒砸王府？

顏寧是不知道這些，她被馬車帶到宮裡，才回過神來，拉過明福說：「我就是去找楚謨比個武！」

楚昭恒在御花園等著，一看到顏寧，挑眉問道：「聽說妳把王府砸了？」

「胡說八道，都是謠言！我就是去比個武！」

楚昭恒饒有興致地問：「誰勝了？」

顏寧沮喪地說：「是我！」

楚昭恒聽她那低落的聲音，打贏了還這麼不高興。「勝了怎麼還不高興？」

「他又讓了我半招！皇兄，你幫我找幾個絕世高手，我要再練練，一定要用真本事，親手把他打趴下！」自顏寧被封為公主後，便改口稱楚昭恒為皇兄了。

楚昭恒有些想笑，微微轉開頭，手握空拳，抵在嘴邊，輕咳了一聲抵住笑意。

顏寧看他不開口，急了。「皇兄，你都不幫我啊？」

「妳都已經勝了，還找什麼高手啊？」

「那不一樣，他讓了我，我這是勝之不武！勝之不武，我就不好意思開口！」顏寧嘟囔道。

「開口？妳開什麼口？」楚昭恒好奇了。

顏寧看了他一眼，想了片刻，撇撇嘴，御花園中微風吹過，讓她的面紗刮到脖子，她才想起來自己還戴著面紗呢，一把拉下面紗，走到楚昭恒邊上坐下來，指著面前的杯子。「能用否？」

「妳喝吧。」這杯本就是為她準備的，一番比試，又是這種熱天，肯定渴了。

顏寧也不客氣，拿起茶壺，給自己倒一杯喝一杯，一連喝了五杯，才長吁一口氣。「渴死我了！」

楚昭恒早就見怪不怪，這姑娘從來都不懂品茶。

喝完茶，顏寧苦惱地坐在那兒半晌，才跟楚昭恒說：「我不想讓楚謨納妾！不只是納妾，別的女子一個都不能要！」

這話題轉得太快，楚昭恒一時沒接上。「妳怕他納妾，心情不好，所以才比試？」

「不是，我想把他打趴下，然後，逼他發誓不納妾，就像我們家老祖宗那樣。」

「這樣啊……」楚昭恒笑了。「那妳現在勝了，可以說了啊！」

「不是靠真本事贏的，我沒臉提！皇兄啊，我難得求你事情，你就幫我找找高手嘛！」

顏寧難得如此輕聲細語地求人。

楚昭恒笑了。「高手一時找不到，不如我幫妳下道聖旨，讓致遠以後不許納妾？」

顏寧搖頭拒絕。「不行，我不能以勢壓人，這是小人行徑！」

楚昭恒一攤手。那他沒辦法了，一時之間讓他上哪兒去找高手啊？要是高手還沒找到，楚謨已經納妾了呢？

顏寧也苦惱，她恨恨地一擊掌。「反正他現在沒納妾，以後想納妾的時候，我就說要比試三場，三局兩勝，嗯，就這麼定了！」

顏寧說完，痛快了！看邊上伺候的明福一臉佩服地看著自己，楚昭恒一臉似笑非笑的詭異。她想了想，這法子好像不好，可自己的腦子繞不出來了……

「妳別想這些有的沒的，回頭讓人找致遠探探話，看他對納妾怎麼看，不就行了？」

「也是，還是你聰明！」顏寧一高興，豎了下大拇指。

邊上明福咳嗽兩聲，顏寧回過神，吐吐舌頭。「聖上——英明！」

好好的恭維話，被她這種時候說出來，怎麼就覺得怪呢？

楚昭恒瞪了一眼。「妳到時要不要從宮裡發嫁？」

「不要了，您給我封了個公主，父親已經暗地裡跟我叮囑了幾回，讓我記著他才是我老子，親生的！」顏寧毫不避諱地將顏明德私底下的話賣了。

楚昭恒想到顏明德耿直的性子，和他對顏寧的寵愛，倒是一笑。這麼疼顏寧的舅父，為了守住玉陽關，能眼睜睜看著女兒衝進北燕軍陣，當時，舅父一定是心如刀割吧？

顏寧不心煩了，有心思左右打量，御花園這裡她來過不少次，最後一次，是將康保吊死在那邊的樹上。

現在的御花園，人比以前好像少了許多，她想想剛才一路進來，路上都沒遇到幾個宮人，由宮人不由想到了李錦娘，想到了賢妃。

這宮裡的幾個女人，她現在都見過了，要說特別喜歡誰，還真說不上。

大哥說做了皇帝，稱孤道寡，享無盡榮耀，可是，也只能一個人享受榮耀了。

她看看對面的楚昭恒，瘦了很多。自己那些前世記憶，現在是完全用不上了，將來會如何，都得靠聖上自己拚了，自己沒什麼能幫他的。只是，她覺得這樣獨自賞景的楚昭恒有些可憐，就像當年她第一次進宮時，看到他獨自一人躺在寬大的床上，看著窗外的景致。

再過半個多月，她就要嫁進鎮南王府，然後，到南州去了。

「皇兄，你知不知道炒黃豆的滋味？」顏寧對楚昭恒眨眨眼，一臉神秘地問。

楚昭恒倒真不知道這是什麼東西。

顏寧叫過明福，吩咐他找個小鐵勺，找個小炭爐，再弄些豆子過來。

這大夏天的用炭爐？明福看楚昭恒也對自己點頭，連忙下去吩咐準備。

不過兩盞茶的工夫，顏寧拿著小鐵勺，將黃豆放在炭爐上炒起來，一陣陣豆香味飄了出來。

顏寧看看豆子差不多了，拿手帕墊手，將小鐵勺裡的豆子倒在桌上，然後一邊吹著，一邊丟了一粒進口，烤得挺香脆時，過了一會兒她指著豆子說：「快，嚐嚐！」

楚昭恒看看那幾粒邊上有些焦黑的豆子，一笑，搖手讓想要幫忙的明福退開，自己拿起一粒豆子，學著顏寧那樣丟進嘴裡。

沒什麼鹹味，不過很香，咬起來還能聽到嘴裡嘎巴嘎巴的脆響，這東西大戶人家應該不會吃，會嫌髒且吃起來儀態不雅。

「脆吧？好吃否？冬天吃更好吃，現在天熱，吃起來就沒冬天好吃。我那個撒豆子的主意，就是看到這個才想出來的喔！」顏寧想到自己那個撒豆引北燕戰馬的事，還是挺得意的。

「是不錯！」楚昭恒慢慢點頭，又拿起一粒豆子吃了，然後自己拿著那小鐵勺，試著烤了幾粒。

剛開始一勺他烤得有點生，第二勺就烤得不錯了，比顏寧弄得還好，外面不焦，裡面熟了，剛剛好。

顏寧直讚嘆他有天賦，學起來就是快。

兩人一邊烤豆子吃，一邊閒聊，顏寧說起去年這一路的見聞，幾乎把她能想到的趣事趣聞說了個遍。

宮裡沒有秘密，聖上在御花園跟著顏家姑娘吃烤豆子的事，不過片刻工夫，已經傳遍全宮。

李錦娘聽到這事，氣得大罵幾聲成何體統，但她對楚昭恒已經有懼意，再不敢到面前去指手畫腳。

賢妃聽到這事，給顏寧添妝的東西又加了幾樣。聖上的性子一向冷淡，這滿宮的妃嬪裡，沒見對誰特別好過，畢竟顏寧跟聖上的感情，到底不是她們這些枕邊人能比的。幸好，大皇子養在太后面前。

第七十三章

這一日，楚昭恒和顏寧又聊又吃，吃了烤黃豆，聊完天，等顏寧離宮時，天色都快黑了。

原本顏太后想留顏寧在宮中吃飯，但顏寧想到家中父親和母親肯定等著自己，便推辭了。她也沒讓宮裡派車馬接送，自己到了宮外便騎上馬，想到回家時肯定會挨罵。

剛才怕父母擔心急著離宮，可離宮後想到母親的那頓嘮叨，她又不想快些回去了，索性就由馬慢慢走著。

可惜，再慢，也是到了。

秦氏一看到她，就說起訂親的人，成親前不能見面的事。

「母親，我戴了面紗！」顏寧趕緊澄清。幸好她聽到綠衣說不能見面這規矩，臨時找了面紗遮上。

「戴著面紗就不是見面了？妳接下來這些日子，不許出門了。」秦氏最後下了禁足令。「回到房裡，把妳自己的繡品理理。」

顏寧不敢當面違拗，一個勁兒答應著，總算逃出生天。

顏明德沒見到女兒前，在夫人面前拍胸脯保證要好好教訓，女兒一回來，就說有事溜外書房去了。

秦氏看顏寧回房，嘆了口氣。顏寧這些日子跟著她學管家，其實做得也不差。她不知道，前世顏寧可得幫楚昭業管三皇子府內務，管家當然是沒問題。

接下來半個月，顏寧果然是大門不出、二門不邁，跟在秦氏身後看嫁妝、學處理家事。其實，她覺得自己心裡有些七上八下，實在沒出門的心情，甚至她還拿著繡花針，跟綠衣一起繡了一條帕子。當然，最後繡的樣子，不好看就是了。

這些日子，聽說皇后娘娘看到大皇子，很是喜歡，請求將大皇子記到自己名下，被楚昭恒拒絕了。楚昭恒拒絕的理由是，「皇后還年輕，將來自然會有嫡子」。

李錦娘傷心難過之下，竟然病倒，宮中幾位妃嬪每日到永春宮請安，伺候了一陣子。楚昭恒憐惜皇后體弱，只好請太后娘娘辛苦管理宮務，讓皇后娘娘和楊妃協理。

顏寧想著宮中的情形，心想賢妃一定要氣死了，她是皇后娘娘之下第一人，又養了大皇子，論地位、論人情，皇后不能處理宮務，自然就該是她了。偏偏楚昭恒不按牌理出牌，皇后不主理，賢妃也沒上去，搬出太后娘娘，內外都無話好說。

宮裡，顏太后最近為了嫁女而忙碌。當初楚昭恒娶妻有楚元帝安排，有其他人虎視眈眈，她只能處處按著禮制辦理。如今嫁顏寧這個女兒，她終於可以好好操持了。

宮中人都說太后娘娘最近神采奕奕，秦氏在顏府安排，顏太后一天好幾趟派人去顏府送東西、查看。

到了八月十二，顏太后想到一件大事，讓人請了楚昭恒過來。

「聖上，寧兒如今是皇家長公主，這陪嫁的人，是不是也得安排幾個？」顏太后是覺得顏寧帶到鎮南王府去的丫鬟和陪房太少了。

顏府家訓裡，為了讓子孫不嬌慣，不論男女，身邊伺候的人都不太多，像她當年嫁給楚元帝時，貼身親信丫鬟就只有惠萍一個，如今寧兒要出嫁到鎮南王府，又是遠在南州，身邊沒幾個人怎麼行？

「母后顧慮得也有理，只是，寧兒嫁入鎮南王府，若是帶了太多宮人，難免讓王府的人誤會。」楚昭恒輕聲解釋。萬一鎮南王和楚謨覺得這是皇家乘機想要安插耳目，反倒好心辦了壞事。

「這倒不會。你舅母昨日告訴我，說致遠特地提了，王府這幾年都是韓王妃操持，只怕府中伺候的人手不足。寧兒又有長公主身分，總不能失了體統。」

顏太后將秦氏的話說了一遍。「致遠這孩子，對寧兒倒真是有心。也好，寧兒自小在顏府，性子又直，從來不懂後宅的彎彎繞繞，不多點伺候的人過去，只怕真要吃虧。」

顏寧會吃虧？

楚昭恒微咳了一聲，招福和招壽直接埋下頭。

顏寧是直性子，是不會彎彎繞繞，只是她不彎彎繞繞，比人家會繞的都厲害啊。

就說王賢，要是在顏煦或顏明德手裡，少說也能活到回京後，可這人倒楣地落到顏寧手裡，顏寧生怕自己出關後回不來，索性就拿人來祭旗了。

要不是她孝順，回來後跟顏明德坦白，估計誰都不知道王賢怎麼會活不見人、死不見屍的。

顏太后不知道這些事，還在感慨後宅難為。

「母后，既然致遠來求的，那您幫寧兒好好挑吧，這事……明福，這事你協助太后娘娘去辦。」楚昭恒覺得這可是關係到顏寧的大事，還是讓明福幫著操持吧。

楚謨會忽然來求宮中賜人，固然是為了顏寧著想，更多的，應該是想要告訴自己，鎮南王府對皇家忠心耿耿，心底無私。

顏太后得了楚昭恒的同意，就讓人拿了宮中名冊，開始選起來。距離出嫁日僅剩幾天了，她打算今日選好，讓寧兒再過目一下。

明福恭送楚昭恒到了慈寧宮外，楚昭恒走到院門外，看到幾個千嬌百媚的宮人，對自己嬌滴滴地行禮，然後告退。

「明福，幫公主挑人，記得第一條是忠心，以後公主就是她們唯一的主子。第二條是相貌不用太好看，過得去就行了。你今日不用跟著伺候，先把這事辦完，再來給朕回稟。」楚昭恒交代一聲，抬腳走了。

明福躬身應了，待楚昭恒走遠，才苦著臉直起腰。

第一條忠心還好說，教導教導，選性格忠厚的就行，可這第二條……聖上啊，這裡是宮裡，在宮裡選美人難，選醜人更難，長相不好看的，誰敢弄進宮裡來？要挑選醜的、選相貌不好看的，這到哪裡找啊？

明福苦著臉，往回走，到了慈寧宮正殿門口，連忙將臉上表情調整成笑顏。

顏太后聽明福說聖上特意交代了這兩條，倒是很贊成。「還是聖上想得周全，我們挑人可是為了給寧兒添助力，不是添堵的，那些狐媚子都不要。」

明福走回來這幾步的路上，已經想好了。「太后娘娘，奴才覺得，到底是宮裡送出去的人，長得若難看，也有失皇家體統，不如挑幾個老成持重、二十多歲的宮人和嬤嬤？」

「嗯，你這提議不錯。老成持重的，還能幫寧兒管管家事，就這麼選吧。」顏太后覺得這主意好。

有了太后娘娘這句話，明福送鬆了一口氣。這樣選就容易多了。

不過一個多時辰，明福就挑了五十個人帶到慈寧宮。

顏太后看了一下，明福挑的這些人，看樣子都是老成本分者。有幾個是宮中雜役選上來，一看那體格就有幾分力氣；其餘的人，大概從二十多歲到四十多歲不等。

顏太后挑了二十個人，讓明福帶到顏府去給顏寧看看。

明福帶著人出了慈寧宮，可不敢直接就送到顏府去。他先派了個小太監，稟告了楚昭恒，得了聖上首肯，才帶著人送到顏府。

顏寧在薔薇院裡，看著這二十個宮人，想想也是姑母和聖上的好意，倒是留下了。

秦氏將王嬤嬤給了顏寧，帶去做總管嬤嬤，幫顏寧管理內院。

自家女兒是不笨，可處理家事未必行啊，她想來想去，還是讓王嬤嬤跟著去才放心。

顏寧坐在一旁，聽王嬤嬤將宮中這二十個人一一問了一遍，聽完不得不佩服明福的周到。

這二十個人，有熟悉宮中和王府規矩的人，有宮中的繡娘，有熟悉採買的，有懂花木照顧的，甚至還有懂算帳的。

「姑娘，太后娘娘真是疼您，這二十個人可是大助力啊。有了她們，您到王府，可就不怕別人為難您了。」王嬤嬤高興地感慨。

韓王妃為難自己？

顏寧想到在南州時，與韓王妃的匆匆一見。

別的沒什麼印象，那尖銳的聲音記得特別清楚，還有那身金尊玉貴的打扮。

估計現在韓王妃一定在罵自己吧，一下子，她就從現任王妃，變成前王妃了，娶的媳婦還不是她看中的人。

「嬤嬤不用擔心，我如今可是長公主殿下呢，諒她也不敢過分。」顏寧撇撇嘴。她若敢為難自己，自己就讓孫神醫弄點藥給她。

王嬤嬤看她一副不以為然的樣子，有些急。「姑娘，雖說韓王妃不是您的正經婆婆，但到底是老王妃，若是為難您，您到底也不好太過違拗。不過，如今有了太后娘娘和聖上賞賜的人，就好辦了。」

「嗯，都聽嬤嬤的。」顏寧敷衍地點頭，讓王嬤嬤將這二十個人帶下去。

王嬤嬤看顏寧低頭苦惱著，笑了笑，下去了。幸好自己跟著去，姑娘不上心的地方，自己可以幫她留心著。

顏寧不知道王嬤嬤的想法，她現在可顧不上以後，還是先顧眼前吧。眼前，她就有大難題。

顏寧看看放在手邊的繡花繃子，長長地嘆了口氣，她將那繃子抓起來，然後，右手小心地拔下那根繡花針，捏在手裡，感覺比寶劍重多了，一針下去，布上就有了個針眼洞。

母親說她的嫁衣有姑母準備，那紅蓋頭好歹要自己繡一圈，也算是圓圓滿滿之意。但以她那繡花水準該怎麼完成？最後，還是綠衣給出了個主意，讓她別繡花，直接用紅線順著紅蓋頭中間，繡上一圈。

可就這麼一小圈，她已經扎了五天。

顏烈聽說宮中賜人，過來看，就看到顏寧幽怨地坐在那兒看著手中的蓋頭，他忍不住幸災樂禍。

顏文彥跟在顏烈身後，屁顛屁顛地跑進來。「姑姑，給，文彥幫妳弄的。」

顏寧一看，竟然是一根紅線繞著一個花籃轉了一圈。

「寧兒，妳看，連文彥都比妳繞得圓啊！」顏烈嘲笑。

「二哥……」顏寧磨了磨牙，卻無可奈何。

「姑姑，妳別難過。我偷偷聽了母親和祖母說話，祖母說，到明日妳若還弄不出來，就不讓妳繡了。」顏文彥看姑姑苦惱的樣子，將自己偷聽的情報分享。

「真的？什麼時候說的？」顏寧覺得自己看到目標了。

「今日早上，母親送我進宮前，去跟祖母請安說的。妳不要跟祖母和母親說我偷聽喔。」顏文彥連忙叮囑。

「文彥，你可真貼心！」顏寧抱起他，在那肉嘟嘟的臉上親了一口。

「姑姑，小心！妳看，這是宮中姑祖母給我的。」顏文彥又舉起手中一個金線做的鈴鐺球，晃一晃就叮咚作響。「這是大皇子讓我送給姑姑的。」他掏出一塊小如意遞給顏寧。

「大皇子說，這是他給姑姑的嫁妝。」

顏寧接過那塊如意，應該是特意為了給小皇子佩戴把玩的，小小的，文彥拿手裡正好，在她手裡卻顯小了。

不過，楚寶融倒是真和她親近，這也是緣分吧。

「文彥，你下次進宮，幫姑姑謝謝大皇子。對了，還有這個，你下次帶進宮去，送大皇子玩。」顏寧拿了買的九連環和套鎖。

顏文彥鄭重點頭，將東西抓到手裡。

楚昭恒說大皇子楚寶融在宮中寂寞，召了顏文彥經常進宮去和楚寶融一起玩。

有了兩個孩子陪伴，顏太后的慈寧宮熱鬧很多。

「文彥，你和大皇子玩得好嗎？」顏寧放下手中的繃子，蹲下身問道：「你喜歡和大皇子玩嗎？」

楚昭恒的用意其實很明顯，他是想讓楚寶融和顏文彥自小一起玩，也好加深兩人情誼。這是真真切切地為顏家下一代考慮了。

「姑姑，文彥很喜歡大皇子，他請我吃很多好吃的。」顏文彥毫不猶豫地點頭，大聲道。

幾塊點心，就把顏家第三代收買了？顏寧和顏烈都覺得有點丟臉。

顏文彥可不管，他東西也送了，話也傳完了，拿著球去玩了。

看如今這樣子，顏文彥若是再大點，可能就會被點為楚寶融的陪讀了吧。

前幾日顏家幾人商議過，俗話說三歲看到老，如今看起來，楚寶融夠聰慧。

顏烈看顏寧又在想了，咳了一聲，跟顏寧說：「寧兒，大哥說，妳出門那日，他揹妳上轎。」

顏烈其實有點不服氣。他可一直想著要送寧兒上轎的，結果，顏煦偏偏這些時候在京城，還搶了這活兒。

顏寧看顏烈有些落寞的樣子，心中忽然就湧起不捨。她和顏烈從小一起長大，這個二哥從小護著她，將來，再不能天天見面了。

「二哥，有幾句話我得囑咐你。你這次在玉陽關，就吃了魯莽的虧，以後再不能這樣了。人家與你交好，你得想想這人是哪家的人，為何與你交好？若是意氣相投，那自然是好，若是存了利用的心，你就要趁早離遠點。

「還有，以後二嫂進門，她是個講規矩的端方之人，你要多聽聽她的話啊。以後也不要隨便跟人打架，多動動腦子，要是有事，讓人給我捎信，不許瞞著我。」

說著說著，她心裡有些酸澀了，顏烈被她囑咐得也有些不自在。

「知道了、知道了，這些還用妳囑咐啊，我才是哥哥。」顏烈裝著沒好氣地打斷她的話，卻悄悄轉過身，使勁眨眼，將眼中的水去掉。

「你可記著啊，有事還是要像以前一樣告訴我，不許瞞著我。」顏寧又囑咐一句，停了口。

「好，知道了。對了，我來是想讓妳看看護衛的。父親要給妳陪嫁幾個護衛，妳看看要挑什麼人？」

「孟良和孟秀都讓虹霓跟我提過，說想去南州，他們兩個我帶上，其他人你幫我看吧。」

「好，妳放心，我一定好好挑！」顏烈覺得這可是重任，立即點頭應了。

八月十四，秦可兒作為娘家大嫂，到鎮南王府鋪陳新房。

按照習俗，新人床上得找個童男做滾床童子，也是祈求早生貴子的意思。

顏寧的滾床童子，顏文彥自然是不二人選，結果，顏小少爺不僅自己來了，還將楚寶融也帶來做滾床童子。

新房院子外，楚洪和楚謨父子兩個聽管事嬤嬤說，楚寶融是太后娘娘特意派來的。

楚洪有些意外。從顏寧受封為長公主時，就知道顏寧在太后和聖上面前受寵，現在大皇子都來做滾床童子，顏寧受到的寵愛還是超出他原本的估計。也好，有這樣的媳婦，至少兩代之內，鎮南王府只要不犯下抄家滅族的大罪，應該是無憂了。

楚謨卻是暢想了一下自己和顏寧將來的兒子，該長什麼樣？

楚寶融跟著顏文彥，在新房裡吃了、玩了，也滾床了。楚洪父子兩個等在外面送他回宮。

楚寶融扶起楚洪和楚謨。「鎮南王免禮！」

他扶起楚謨後，打量一眼。這男人長得還挺好看，嗯，配得上姑姑。他想著，走到楚謨面前，仰頭說：「你是我以後的姑父楚謨嗎？」

「微臣不敢，微臣正是！」

「你以後不許對我姑姑不好，不然……」楚寶融覺得應該說句像樣的威脅。

他還沒想出來，顏文彥在邊上說道：「不然就讓大殿下接你進宮！」

進宮？大家沒明白這意思。

「進宮當太監！我聽孟良他們聊天，說進宮的男人最可憐！」顏文彥大聲道。

進宮當太監？

楚謨只覺自己將來絕對絕對不能惹顏寧。

楚寶融聽顏文彥這麼說，覺得不錯。「要不要進宮我得回去問問父皇，反正你要是對我姑姑不好，我肯定不饒你！」

楚洪暗自點頭。楚寶融小小年紀，說話竟然就不再是由著性子亂說了。人是顏文彥帶出宮的，他當然還得陪著送回去。

楚洪怕路上有什麼事，又讓楚謨親自帶人送楚寶融這位大皇子回宮去，一路上，楚寶融看什麼都新鮮，買了一堆小玩意兒，帶回去送給皇祖母和父皇。

秦可兒回府，將楚寶融和顏文彥的話，跟家裡人學了一遍。

顏寧樂得哈哈大笑。「融兒不錯，總算我沒白疼他！」

「寧兒……」秦氏無奈地叫了一聲。「妳進宮去，竟然帶著大殿下這麼胡鬧！以後……」

「母親，明日我就要嫁人去南州了，除非他們兩個真到南州來，那我一定帶他們逛逛南州！」

顏寧一句嫁人，讓秦氏又捨不得了。真的要嫁了啊。

「好了，早些歇著吧，明日一大早就要起來了。」秦氏匆匆吩咐一句，讓顏寧歇息。

家中的人今晚又是傷感，又是忙碌，明日，可就是迎親的大日子了。

八月十五，中秋佳節。

今年的中秋節，各府忙的不是闔家團聚的中秋宴，而是忙著往鎮南王府別院或顏府去送禮。自從宮中上自太后娘娘、聖上，下至各位妃嬪，人人送禮，誰還敢不去呢？

翌日，八月十六，乃迎娶之日。

王府別院裡，韓王妃不在，又沒其他女眷，老王爺拉著小王爺一合計，兩人請了一位皇室宗親家的老夫人來幫忙招待，顏太后又從宮裡指了幾個女官來幫忙。

顏府這邊，秦氏和秦可兒婆媳兩個，一個忙著招待各府誥命夫人，一個忙著安排人入席，王氏又帶了秦婉如來幫忙，女眷這邊也就安排妥當了。

前院，顏明德帶著顏煦親自待客，顏烈招待各府公子少爺們；封平和秦紹祖過來接下招待文官的活兒。

這讓顏明德鬆了口氣。他跟武將打交代沒忌諱，跟這些之乎者也掉書袋的文官老爺們，實在說不上多少話。顏煦倒是能接上話，可他這位未來的大將軍，被一群軍中叔伯們拖著說話去了。

楊宏文難得也送了份薄禮，那份薄禮，也真的只是薄禮。他這位御史中丞坐著，席上人話都少了一半。

顏寧坐在閨房裡，一大早起來梳洗換衣上妝，已經將她折騰了一遍。

王嬤嬤帶著綠衣和宮中一位叫秀兒的宮女，趁著空檔，拿了不少點心過來，讓她快吃幾口墊墊肚子。

「姑娘，今兒一天妳可不能吃東西了，這裡幾塊糕點，快點吃幾口。」

顏寧前世也嫁過人，當然知道規矩。可是，現在她這心裡，卻好像比前世更七上八下。

「花轎來了沒啊？」她塞了一塊綠豆糕，問道。

「姑娘，您已經問了四回。」綠衣無奈地回話。「還早呢，吉時還沒到，等前院鞭炮聲響，就是花轎到了。」

秦可兒帶著余老太君和周夫人進來，這次顏寧的全福人請的是周夫人。

顏寧看到余老太君，高興地起身行禮。余老太君開元十四年時病了一場，卻熬過來了。這應該也是一種改變吧。

仔細想想，前世這位老太君的死，也未必就真是病死的。

幸好，那些該死的人都死了，顏寧吁了口氣，看著慈眉善目的余老太君。

余老太君對顏寧嫁給楚謨很高興，一邊看著周夫人為顏寧開臉上粉，一邊絮絮叨叨說著顏寧小時候的事。

顏寧感到臉上有些微疼，很快就開好臉，周夫人又幫著梳了頭。

長公主的大禮服和頭冠就放在一邊，宮中出來的嬤嬤上前來，幫顏寧穿戴好，再加上那綴滿珠玉的頭冠一戴，顏寧就僵直了脖子，一動也不敢動了。她稍微側頭，就聽到頭上珠玉相擊發出的清脆聲響，生怕動作再大點，那頭冠掉下來可怎麼辦？

前院，噼哩啪啦的鞭炮聲響起，那響聲一路往後院傳來。

「快點、快點，花轎到了！」

「新郎官來接新娘子啦，新娘子快出來！」

一陣喧囂的聲音傳來，很快就到了薔薇院。

薔薇院裡，楊瓊英和幾位未出閣的姑娘們帶著丫鬟婆子攔門，索要紅包。

武德將軍家的周玉昆和周玉侖，被楚謨充作儐相帶來，此時只好硬著頭皮上前叫門。

顏寧在屋裡，只聽到外面一陣陣哄笑，也不知過了多久，門終於開了，院中又是一陣丫鬟婆子搶賞錢的哄笑。

接著，楚謨被請到前院去，周夫人將大紅蓋頭給顏寧蓋上，綠衣和秀兒扶起顏寧站起身。

顏煦走到房門前，彎腰揹起妹妹，顏烈和封平一左一右跟在邊上。

訴他。

顏煦走得很穩，一路上桂花香氣撲鼻，顏烈嘟嘟囔囔地囑咐不能委屈自己，有事回家告訴他。

顏煦實在聽不下去了。「閉嘴！寧兒是嫁人，又不是打架，哪要你去助拳！」

大哥一沈下臉，顏烈不敢再嘟囔了，可還是滿臉擔心。

封平在邊上，心中也有了嫁妹的不捨。他原本是在前院待客的，顏煦去揹顏寧時，顏烈一把拉起他，說：「走，跟我一起去送妹妹上花轎！」

封平只覺心中一暖，然後跟著站起來。

三人走得不快，到了大門時，楚謨已經在花轎前，感覺站了很久。

顏煦將顏寧送上花轎，顏烈和封平兩個跟在後面，看到顏寧上花轎了，顏烈紅著眼睛，跟楚謨說：「致遠，我可就這一個妹妹！」

「王爺，寧兒生性爽朗直率！」封平也跟著說了一句。

顏煦倒是沒開口，只是直直看著楚謨。

楚謨看著三位紅了眼眶，連忙將那一早上都沒閉上的嘴稍微合攏點，鄭重點頭。「我一定會對她好！」

「好了、好了，吉時到了，快點啊！」媒婆在邊上催促著，花轎終於抬起來。

顏寧的嫁妝，此時也一抬抬送進鎮南王府別院，京中人好東西看多了，那些東西也不稀奇，大家覺得稀罕的是跟著嫁妝一起的兩列人。

一列以孟良和孟秀為首的二十個護衛，個個身姿挺拔，步履整齊；一列是宮中派出來的二十個宮女嬤嬤，看著年紀不輕，可個個面容姣好，儀態從容。這兩列活人的陪嫁，可比那些金銀珠寶的東西有看頭多了。

楚洪以為顏明德說陪嫁護衛，只是說說的，沒想到還真給陪嫁過來了，不由失笑。看來將來的鎮南王府，王爺和王妃各有一支護衛隊了。

一路吹吹打打，花轎搖搖晃晃。

顏寧長這麼大，還是頭一回坐轎，她只覺得自己要被顛得吐了。終於，就在她覺得快要忍受不了時，聽到邊上有人叫著「到了、到了」，顏寧不由長吁一口氣。幸好到了，她若是坐花轎吐了，估計是古往今來第一狼狽的新娘子。

隔著紅蓋頭，也看不到外面什麼情景，顏寧只感覺眼前紅光一亮，應該是轎簾被掀起了，隨後，一根紅綢遞到自己眼前。

顏寧抓住這段紅綢走下轎子，差點踉蹌了一下，綠衣伸手扶住，另一隻手也一把扶住她的手臂。

顏寧垂下視線，透過紅蓋頭邊緣，看到一雙不算白淨的手，倒是有傷痕。也是，從小練武，又是沙場征戰的人，就算長得再細皮嫩肉，哪可能真的就是細皮嫩肉啊。

顏寧心裡閃過這個念頭，隨後那隻手放開了，手中的紅綢被扯了一下，她跟著紅綢往前走。

長公主成親，要不要蓋紅蓋頭啊？顏寧覺得蓋著蓋頭，走路都不方便，心裡不停地東想西想，一邊像個牽線木偶一樣，被綠衣扶著往前走。

然後，隨著一拜天地的喊聲，她就看到身邊多了一個穿著紅衣的身影，楚謨一邊注意著顏寧的動靜，一邊磕頭站起，再磕頭再站起，隨著最後一聲「送入洞房」，顏寧就被人扶著往後走去。

走進洞房裡，顏寧還沒來得及喘口氣，就聽到說「快走，看看新娘子去」，然後，洞房裡又是一些女眷的聲音，鬧哄哄的，也聽不出是誰。

楚謨拿了喜秤，挑起紅蓋頭，顏寧略抬起眼睛，看到的就是屋子裡坐著七、八個皇室宗親夫人和她們的姑娘。楚謨一身紅衣，正滿臉含笑地看著自己。

一向大方的顏寧，居然感覺臉上有些熱辣辣的。幸好臉上的脂粉很厚，估計也看不出來。

洞房裡守著的喜婆拿了各種吃的，讓顏寧和楚謨一一吃下。顏寧前世成親嫁的是皇子，可沒這麼多習俗，只有交杯酒；現在，喝完交杯酒，還要吃餃子，咬了一口，竟然是半生不熟的餃子，她咬進嘴裡。

邊上的喜婆大聲問：「生不生？」

「生的！」顏寧脫口而出，聽到洞房裡一片笑聲，才知道這意思。

楚謨難得看到這麼窘迫的顏寧，倒是新鮮。

折騰了半個多時辰，終於，夫人和姑娘們被請出去入席，楚謨這個新郎官被拉出去敬酒，屋子裡只剩下顏寧，王嬤嬤帶著綠衣和秀兒幾個進來伺候。

顏寧叫著拿下珠冠，才覺得鬆了口氣。「王嬤嬤，快拿些吃的給我。」

話音剛落，門外傳來清河的聲音。「嬤嬤，這是廚房剛做好的飯菜，王爺吩咐給王妃墊墊肚子。」

守在門外的是太后娘娘送的陪嫁嬤嬤，那嬤嬤接過食盒，道了謝，送進房中。王嬤嬤和綠衣連忙收拾了給顏寧吃。

顏寧只覺這一日，腰痠背痛，肚子又餓得咕嚕叫，端起碗幾大口就下去小半碗，王嬤嬤連忙給她布菜盛湯，生怕她噎住。

吃飽喝足，顏寧舒服地長嘆一口氣，眼神轉動，看著房中的龍鳳花燭。居然又成親了！成親了，今夜，可是洞房花燭夜啊！

顏寧感覺有些僵硬，王嬤嬤以為她是累了，催她快些洗漱換身衣裳。

顏寧換上常服，只覺更僵硬了。要不，今夜就睡了吧？她想著，往床裡面挪了挪，再挪了挪，然後閉上眼睛。她這一天也真是累了，居然真的睡了過去。

楚謨走進新房中，看到的就是倒在床上呼呼大睡的新娘子，王嬤嬤和綠衣想要去叫醒她，被楚謨擺手阻止了。

他先自己去洗漱，也脫下新郎服，然後，走到床邊，低頭看著雙目緊閉的顏寧。看了一會兒，他忍不住笑了，那睫毛亂顫的樣子，分明早就醒了。

王嬤嬤看沒什麼需要自己這些人伺候的，都退出了洞房外。

天上一輪圓月，就算不用燈火，那月色也將房中照得亮堂堂的。

楚謨走到床邊，只覺心跳得有些急，還有些熱。看顏寧還在一本正經地裝睡，他也不點破，慢慢彎下腰去，在顏寧臉的上方，一點點一寸寸看著眼前的嬌顏。

平時顏寧有些英氣的眉眼，此時盡是嬌羞，睫毛顫動顯得格外可憐，還有那紅唇。

他慢慢低下頭，顏寧一睜開眼睛，就看到一張向自己湊過來的臉。

她「啊」地低叫一聲，本能地雙手用力一推，楚謨正滿懷旖旎情思，根本沒防備，被她這麼一推，整個人往邊上一歪，咚的一聲撞上了床架子。

那撞頭的聲音，響得顏寧都替他疼，顏寧連忙坐起來。「那個……你沒事吧？我、我沒想到……」

楚謨被那一下撞得只覺頭頂的紅帳子都在晃動，過了一會兒才回過神，聽著顏寧焦急忙亂地解釋。他捂住頭，委屈地道：「那個，我頭疼，我頭可能撞破了。」

顏寧沒細看，聽他這麼說，連忙撲上去摸他的頭，整個人半趴在楚謨身上，一手在他頭上摸來摸去。「沒有血，沒破，放心吧！」

美人投懷，楚謨伸手就摟住美人的腰。

顏寧「啊」的一聲低叫，楚謨連忙叫了一聲「別叫、別叫」，顏寧回過神，才想起自己現在可是在洞房花燭。

她抬眼一看，楚謨的額角上有個大包，可能是剛才撞出來的。

楚謨看顏寧左右張望就是不與自己對視的眼神，輕聲叫道：「寧兒——」

顏寧轉回視線，看著楚謨。

楚謨爬了起來，拉著顏寧來到窗前，透過紗窗，就能看到月亮。「妳看，今晚月色真美呢。」

顏寧抬頭隨便看了一眼，唔了一聲。她從小到大，就沒賞月吟詩的情懷，雖然自小有師傳教導，不至於做出煮鶴焚琴的事，可也雅不了多少，畢竟，她拿弓箭射仙鶴的事可是幹過的。

當時要不是她和顏烈生火不熟練，估計就把那鶴給烤了吃。

「寧兒，我知道你們顏家的規矩。」楚謨忽然湊到顏寧耳邊，低聲說。

顏寧被楚謨忽然呼到耳邊的熱氣驚了一下。

「妳打贏了我，按你們顏家老祖宗的規矩，是不是應該立誓永不納妾？」

顏寧本來想一個手肘往後捅，將他趕遠些，聽到這句，卻是一愣。

「今夜月色這麼好，我就對月盟誓吧。」楚謨又說了一句，看著窗外紗窗的明月，鄭重道：「我楚謨對天盟誓，今生無二妻，不納妾，只與顏寧相守！」

他盟誓的速度太快，顏寧覺得自己還在發愣的時候，他就說完了。

楚謨轉頭，看著傻愣愣盯著自己看的顏寧，伸手在她面前搖了搖。「滿意了？以後不會再突然跑來找我比試了吧？」

顏寧回魂了，然後，覺得天更熱了，臉好像也更熱了，抬頭，只看到楚謨兩眼亮晶晶的，好像是天上的月光都掉進他眼裡，她偏頭躲開他的視線，「嗯」了一聲。

顏寧覺得窗前太熱，站不住，不自覺扭身往房中走，楚謨看她越走越快，從窗戶到婚床，少說也有個兩丈遠吧，她居然不過眨眼工夫，就要走到床邊了？

楚謨悶笑著跟過去，顏寧走到床邊又覺得不對，在想要換哪裡站的時候，楚謨已經跑到她邊上，抱住她往床上一滾，頭埋在她頸邊悶笑著，肩頭抽動間，頭髮拂在顏寧臉上，讓她覺得又癢又難受。

「別走了。好了，天晚了，明兒我們還得去給我父王敬茶呢。」楚謨一邊說著，一邊就自顧自將顏寧往床上抱。

顏寧剛才滿心的感動，一下就變成滿心的緊張，手腳不知往哪兒放才好？

楚謨掀起薄薄的被子將兩人蓋住，一伸手又將顏寧攬到懷裡。

「我衣裳、衣裳還沒脫呢。」情急之下，顏寧想到自己還穿著家常外袍。

「哦，還沒脫啊……我伺候妳。」楚謨又是悶笑著，伸手幫顏寧解開衣帶。

被他這麼一說，顏寧才覺得自己剛才那句話，好像有點不對勁。

「我以為妳壓根兒不知道什麼是害怕呢，原來還是會怕的啊。」楚謨看她手都有些冰了，不敢再逗她，抱著她說。

「誰怕了？我、我才不怕呢！」

對啊，自己怕什麼？顏寧想著，一把伸手抱住他脖子。

楚謨只覺差點一口氣喘不過來。「噯……妳想勒死我啊！輕些，鬆開些。」

不能再讓她搗亂下去了，不然，這洞房花燭夜，就要過完了。

楚謨打定主意，不開口了，專心地脫衣裳，顏寧也不敢亂動，只死死地閉著眼睛。

王嬤嬤、綠衣和秀兒守在新房外，聽著裡面一會兒有說話聲，一會兒有笑聲，過了好久，聽到姑娘低聲「啊」了一聲。

王嬤嬤鬆了口氣，讓綠衣快些去傳熱水。綠衣聽到吩咐，才明白過來剛才那聲是什麼意思，連忙紅著臉出去傳水了。

過了大半個時辰，終於，新房裡傳來楚謨叫人的聲音。

王嬤嬤帶著綠衣和秀兒進去，就看到顏寧躲在被子裡，將自己裹成一個蠶繭。楚謨推了推，看她不肯伸頭出來。「妳們將水放屋裡，出去吧。」

過了一會兒，楚謨又讓王嬤嬤進來將水給拿出去，顏寧還是躲在床上被子裡，要不是露出幾縷頭髮，王嬤嬤和綠衣都要懷疑姑娘是不是不在新房？

倒是新姑爺楚謨，笑得如一隻偷吃了魚的貓一樣滿足，原本就俊俏的容顏，在花燭照耀下，只覺更加容光煥發了。

第二日，顏寧在往常練功的時辰醒來，想要翻身起床，就感覺身上有東西壓著，轉頭看到楚謨那張臉，才想起來自己昨日成親了。

她一動，楚謨也醒了。「怎麼醒得這麼早？敬茶的時辰還早。」

「那個，練功的時辰到了。」

練功？楚謨表情有些怪異地看了她一眼。「妳還有精力練功？」

顏寧不知道他那詭異的表情是什麼意思，一推就想坐起來，腳剛碰到床沿，又被楚謨給一把抓回去。

「洞房花燭後第二天，新娘子就能早起練功，妳讓我臉往哪兒擱？」練功和臉面有什麼關係？

「妳昨夜不是叫著累了嗎？」楚謨看她那傻不愣登的樣子，又說了一句。累了，累了，累……顏寧的臉，又開始慢慢紅了，直紅到脖子下。

「再睡會兒，今日不練沒什麼，下次我們一起早起，我也要練功。」楚謨看她又想躲進被子裡。「妳也不嫌熱，這裡又沒別人。」

顏寧只覺得自己前後幾十年都沒這麼羞窘過，以至於給楚洪敬茶的時候，那臉還是紅的。

府裡人口簡單，敬完茶收了見面禮，她又跟著楚謨去祠堂那邊祭拜，然後就是進宮去謝恩。

顏太后和楚昭恒早就等在那兒了，看兩人周身洋溢的喜氣，拿出早就備好的禮，賞賜給兩人。

楚寶融坐在顏太后邊上，一看到顏寧，高興地跳起來，一把抱住顏寧。「姑姑，妳什麼時候生妹妹啊？」

這小鬼，以為生孩子跟下蛋一樣快嗎？

顏寧沒好氣地瞪他一眼，看他還眨巴著眼睛期待地看著自己，沒好氣地敷衍道：「等你能爬上樹，把那窩鳥蛋給拿下來的時候。」

「寧兒，妳又教融兒淘氣，哪有妳這麼做姑姑的？」顏太后聽了訓斥道。

顏寧才想起來，這可是在姑母面前，她求救的眼神就往楚昭恒那兒瞄去。

楚昭恒看她那樣子，忍不住一笑。「母后，朕找楚謨說些事情。」

顏太后打發兩人離開，顏寧看看沒別人了，走到顏太后面前。「母后，您當他的面這麼說我，我面子都沒了。」

「姑姑撒嬌，姑姑羞羞臉！」楚寶融湊到顏寧面前刮著臉取笑。

「去去去，小鬼頭，今兒文彥沒來陪你啊？」

「嗯，文彥被妳母親拘在家裡，今日不進宮。」

顏寧聽了顏太后的解釋，想起來這三日可不能見娘家人，顏太后和楚昭恒是因為自己這彆扭的身分，又算娘家又算夫家，才能見的。

三日回門，一大早顏寧就起來收拾好了，雖然還是在一個城裡，可心境好像不同了。

顏府門前，顏烈一早已經站在門口轉悠幾圈，看到顏寧的馬車過來，高興地指揮門房。「快點、快點，放鞭炮！」

門房裡早就預備了幾掛千響炮，聽到顏烈這話，連忙點起來。

整條街上，全是鞭炮聲，幸好拉車的馬都是溫順且訓好的，不然顏寧真擔心馬要被驚了。

到了大門，楚謨當先下車，轉身來扶顏寧，顏煦和顏烈站在大門臺階上，看著兩人走上臺階。「父親和母親一早就等著了，快點進去！」

顏寧走進府裡，看到顏明德和秦氏，就歡呼一聲衝過去，王嬤嬤在後面拚命咳嗽，楚謨在一旁看著感到好笑。

秦氏拉著顏寧上下打量一圈，又沈下臉道：「看看妳，出嫁的人了，怎麼走路還是這麼沒規矩！」

「母親，我該規矩的時候規矩著呢。快點快點，早上趕著回來，我都沒吃多少東西，現在可餓了。」

聽到女兒叫餓，秦氏連忙讓人送上點心吃食。

楚謨陪顏寧在內院坐一會兒後，顏明德拉起他。「走，到前院喝酒去！」

顏煦和顏烈也跟著出去，父子三人商量了，今日可得好好灌楚謨幾杯酒。

顏寧拉著秦氏和秦可兒說話，顏文彥連外袍都沒繫好，就衝進院子裡。「姑姑——」嘴裡叫著，人已經衝進顏寧懷裡。

顏寧一把抱住他，大大親了兩口。顏文彥被親得不好意思，推開顏寧，自己開始繫外袍的衣帶。

秦可兒原本想訓兒子幾句，可秦氏在一旁和稀泥。「沒事、沒事。」

顏文彥壓根兒沒看到自己母親的臉色，拉著顏寧說自己如何思念。

顏寧聽顏文彥說他現在跟著楚寶融一起聽老師教課，很是誇獎了幾句。說了一會兒話，顏文彥被轟出去玩了，秦氏問顏寧何時回南州？

「母親，我和致遠商量過了，父王先回南州去，我們兩個等二哥成親後，再回去。」

「那就好，我就怕你們回去得急，趕不上妳二嫂進門。」秦氏高興了。

顏烈和楊瓊英的親事定在九月，秦氏當然希望顏寧能留在京城，看著二嫂過門。

顏楊兩家的親事一直在準備著，秦氏最近忙得跟個軲轆一樣，打發顏寧出嫁後，又得看著人收拾東西、準備聘禮，等著接媳婦進門。

有這些事忙碌著，秦氏連女兒嫁人的傷感都淡了很多。

九月，顏烈與楊瓊英成親。

這一對兜兜轉轉，終於成親了，秦氏和顏明德覺得一樁心事落地。頑劣的小兒子，有二兒媳這樣端方的人管著，他們就放心很多。

顏烈成親那日，顏寧和楚謨回府幫忙。

新房裡，在大家的哄鬧聲中，顏烈挑下紅蓋頭。看著楊瓊英那含羞的笑顏，還有顏烈那難得一見的羞窘，顏寧只覺高興又安心。

待楊瓊英三日回門後，顏家諸人就得北上南下了。按原先打算，顏明德和秦氏留在京城，顏文彥就留在京中陪伴祖父母，顏煦回玉陽關去。

秦可兒自然是要跟著顏煦去玉陽關的，可沒想到臨行前秦可兒覺得有些不適，請了大夫一診脈，竟然診出喜脈，秦可兒有了兩月身孕。

秦氏連呼慶幸。這兩月，顏寧出嫁，顏烈娶妻，都是秦可兒跟著忙裡忙外的，這下不敢大意了，顏煦只能先獨自一人回北地，秦可兒肯定是要生產之後，才能再去了。

顏烈倒是想帶著楊瓊英一起去玉陽關，可楚昭恒覺得他性子毛躁，讓他留在京城，去京郊西營裡歷練。京郊西營裡世家子不少，顏烈在裡面混一年，估計什麼兵油子都見識了。

眼看著大哥和二哥都安排妥當，顏寧也該跟著楚謨回南州了。

秦氏想著女兒到了南州，就要管理王府內務，也不可能每年回京探親，很難過地哭了一場。不過有秦可兒和楊瓊英在邊上勸慰，顏寧覺得放心很多。

兩個嫂子，一個性子溫和，一個看著有些不通庶務，不過都是好相處的人。

又要前往南州，只是這次去和上次去的心情，截然不同了。

一早上依依惜別後，顏寧上了馬車，想著以後不能時常見到父母親，她就忍不住掉淚。

楚謨也跳上馬車，看顏寧神情還有些無精打采，安慰道：「別難過了，我們是回家呢。等到了南州，我帶妳出去玩，上次妳來去匆匆，南州還有很多好地方沒去玩過。」

顏寧聽他說著南州內外的風景，心情也好了很多。

這一路，依然是從荊河碼頭上船，沿途的景致，兩人都是同行。

船行到鬼見愁時，江水還是一如既往的湍急，楚謨想起上次在山中遇險時的種種，過了鬼見愁，還拖著顏寧下船，到岸上走了走。

到了荊楠碼頭，顏寧指著碼頭客棧，跟楚謨說：「從南州回來時，我和二哥就是在這裡遇上蘇力紅和拓跋燾的。後來，在玉陽關時，要不是拓跋燾，我不僅救不出二哥，可能連自己也得沒命了。」

「拓跋燾是義士，蘇力紅這個忘恩負義的傢伙，以後跟他算帳！」楚謨信誓旦旦地說。

「二哥也這麼說，等以後，帶兵打到他們國都去。」

夫妻兩人懷舊講古，又在這邊客棧歇息了一夜。第二日，洛河已經帶人在碼頭上準備好馬車和馬匹。

顏寧惋惜上次來南州時，沒機會騎馬，這次當然要補足遺憾。楚謨見識過顏寧的騎術，也不攔著。

夫妻倆一路賽馬，到了城鎮閒逛，時間過得快，行程也快。

鎮南王府打發來接的人，在城外終於接到了小夫妻兩人。

顏寧換乘馬車，兩人進城後，一路到了鎮南王府門前。「寧兒，到了，下車吧！」

顏寧應了一聲，綠衣掀起車簾，顏寧踩著腳凳走下馬車。面前是紅漆大門，門前站著兩排下人迎接，大門的正上方掛著一塊匾額，上書四個鎏金大字：鎮南王府。

楚謨走到顏寧邊上，看她正仰頭看大門，笑道：「寧兒，我們到家了。」

他微微靠近顏寧，輕聲道：「我們兩個人的家，以後，妳再給我添幾個孩子……」

顏寧聽他說「兩個人」的家，展顏一笑。「嗯，到家了！」待聽到後一句，卻是粉面一紅。

站在大門口，就胡說什麼孩子！

顏寧甩開楚謨扶著自己的手，大步往前走。

楚謨連忙追過去。「寧兒，等等我！妳不認識路……」

顏寧聽著身後楚謨的絮絮念叨，初到鎮南王府的陌生感，一下消失殆盡。

以後，鎮南王府，就是她的家了。

去。

顏寧停下腳步，看楚謨走到自己身邊，兩人相視一笑，微微靠在一起，並肩往府中走去。

走過這無數風雨，此生，他們覓得彼此，願執子之手，白首不相離。

——全書完

一百種
書式生活

鴻映雪

巾幗本色，萬夫莫敵

虧她乃將門虎女，先是誤信閨密，後來錯嫁薄情郎，
把人生好局打到爛，真是愚昧得可以！
如今重生後她脱胎換骨了，
還不運用謀略，好好博一把來改寫人生？

文創風 606-610《卿本娘子漢》全套五冊

想她顏寧前世就是蠢死在身邊人的算計下，
縱然她擁有一身武藝謀略及大好家世背景，
最終卻遭廢后慘死、抄家滅族，
想想自己一手好牌能打成這樣，
無怪乎老天爺也看不下去，給她重生的機會。
而今她洞燭機先了，翻轉顏家命數是勢在必行！
於是，她一方面對昔日閨密和薄情郎還以顏色；
另一方面跟鎮南王世子培養出患難與共的情誼……
在步步為營、處心積慮的算計之下，
顏家最終趨吉避凶，她也一戰成巾幗英雄，
人生至此看似春風得意，感情也有了著落，
無奈再如何封賞，都難以改變男人納妾乃天經地義。
看來要讓未來夫婿與她實踐一生一世一雙人，
只好祭出顏家老祖宗的規矩——打趴他，讓他立誓永不納妾！

2/13陸續出版。原價250元/本，**書展特價188元/本**

一百種
書式生活

雷恩那(含小別冊)+莫顏+宋雨桐 三套簽名書合售
原價920，**限定價666**(請至過年套組購物車點選)

2018 線上書展

雷 恩那

新年首發，
眾所期待

▶▶ 傳聞「寓清入濁世、秉筆寫江湖」的乘清閣閣主，
馭氣之術蓋世絕倫，有「江湖第一美」稱號。
而她只是一個武林盟大西分舵的小小分舵主。
兩人曾於多年前結下不解之緣，後卻不明不白分別，
如今再次相見，他竟說有求於她?!

橘子說 1256.1257

《求娶嫣然弟弟》上+下

那年天災肆虐，惠羽賢曾瑟縮在少年公子懷裡顫抖，
他明亮似陽，溫柔如月光，令她驚懼的心有了依靠，
她天真以為可以依賴他到底，未料卻遭到他的「棄養」，
多年後再會，名聲顯赫的他已認不出她，她卻一直將他記在心底。
江湖皆傳乘清閣閣主凌淵然孤傲出塵、淡漠冷峻，
怎麼她眼裡所見的他盡是痞氣，耍起無賴比誰都在行！
她隱瞞往昔那段緣分，卻不知他看上她哪一點，硬要與她「義結金蘭」，
他變成她的「愚兄」，而她是他的「賢弟」，她認命地為他所用，
但即使她真把一條命押在他身上，為他兩肋插刀，
他也不能因為頂不住老祖宗的威迫，就把傳宗接代的大任丟給她承擔啊！
儘管如此，他仍是她真心仰望的那人，
只是她都已這般努力，終於相信自己能伴著他昂揚而立，
他又怎能輕易反悔，棄她而去？

2/6出版，上下不分售。原價440元/套，**書展特價330元/套**，還有限量簽名版！
小粉絲專屬 **+30元** 就能擁有**大老爺系列**番外小別冊〈**妻寶大丈夫**〉，只有書展才有唷！

雷恩那(含小別冊)**+莫顏+宋雨桐 三套簽名書合售**
原價920，限定價666(請至過年套組購物車點選)

莫顏

創意天后最新力作，
四大護法情有所屬

寒倚天身為丞相之子，為打聽妹妹寒曉昭的下落，
不得不贖回青樓花魁，豈料竟是引狼入室?!
江湖計謀，難辨真假，
誰輸誰贏，就看誰的手段更高明……

橘子說 1258

《戲冤家》【四大護法之一】

巫離是狐媚的女人，但扮起花心男人，連淫賊都自嘆不如。
巫嵐看起來是個君子，但若要誘拐女人，貞節烈女也能束手就擒。
兩位護法奉命出谷抓人，該以完成任務為主，絕不節外生枝，
可遇上美色當前，不吃好像有點說不過去。
「你別動我的女人。」巫離插腰警告道。
「行，妳也別動我的男人。」巫嵐雙臂橫胸。
巫離很糾結，她想吃寒倚天，偏偏這男人是巫嵐的相公。
巫嵐也很糾結，他想對寒曉昭下手，偏偏這姑娘是巫離的娘子。
「昭兒是好姑娘，不能糟蹋。」巫離義正辭嚴地說。
巫嵐挑眉。「那妳就能糟蹋那個寒倚天？」
巫離笑得沒心沒肺。「這不一樣，那男人可是很願意被我糟蹋。」
巫嵐面上搖頭嘆氣，心下卻在邪笑，
那麼他也想辦法讓寒曉昭願意來「糟蹋」他吧……

2/6出版。原價250元/本，**書展特價188元/本**，還有限量簽名版！
建議搭配《江湖謠言之雙面嬌姑娘》、《江湖謠言之捉拿美人欽犯》一起享用，
風味更佳，書展期間只要**六折**喔！

二〇一八一路發

抽本好書帶回家！

什麼！買一本就能參加抽獎?! 也太好康了吧！

沒錯～～只要上網訂購並完成付款，系統會發e-mail給您，
附上抽獎專用之流水編號，買一本就送一組，買十本就能抽十次，
不須拆單，買愈多中獎機率愈大！快趁過年試試手氣吧～～

福星高照獎	4名	《丫頭有福了》全四冊
吉祥如意獎	4名	《將軍別鬧》全四冊
締結良緣獎	4名	《龍鳳無雙》全三冊
財源滾滾獎	10名	狗屋紅利金 200元

- **3/5(一)於官網公布得獎名單，祝您好運滿滿～**
- **前二個獎項為三月文創風新書，會等出書後再寄送唷！**

小叮嚀

(1) 請於訂購後**三日內**完成付款，最後訂購於2018/2/26前完成付款才算有效訂單喔！
(2) 活動期間親自至本社購買亦享有相同折扣，請先電話聯絡確認欲購書籍，以方便備書。
(3) 購書滿千元(含)以上免郵資。未滿千元部分：郵資65元(2本以下郵資50元)／超商取貨70元，限7本以內／宅配100元。
(4) 特賣書籍因出書時間較久，雖經擦拭、整理，仍有褪色或整飾痕跡，故難免不如新書亮麗。除缺頁、倒裝外無法換書，因實在無書可換，但一定會優先提供書況較良好的書給大家。若有個人原因需要換書，需自付來回郵資。
(5) 各書籍庫存不一，若遇缺書情形可選擇換書或退款。
(6) 歡迎海外讀者參與(郵資另計)，請上網訂購或是mail至love小姐信箱(love@doghouse.com.tw)詢問相關訊息。

狗屋．果樹有權修改優惠活動的實施權益及辦法。

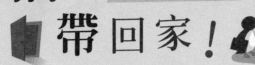

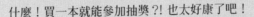

文創風 610

卿本娘子漢 5 完

國家圖書館出版品預行編目資料

卿本娘子漢 / 鴻映雪著. --
初版. -- 臺北市 : 狗屋, 2018.02
冊 ; 公分. --(文創風)
ISBN 978-986-328-831-2(第5冊 : 平裝). --

857.7 106023733

著作者	鴻映雪
編輯	黃鈺菁
校對	黃薇霓　簡郁珊
發行所	狗屋出版社有限公司
地址	台北市104中山區龍江路71巷15號1樓
電話	02-2776-5889～0
發行字號	局版台業字845號
法律顧問	蕭雄淋律師
總經銷	知遠文化事業有限公司
電話	02-2664-8800
初版	2018年2月
國際書碼	ISBN-13　978-986-328-831-2

本著作物由起點中文網(www.qidian.com)授權出版

定價250元

狗屋劃撥帳號：19001626

網址：love.doghouse.com.tw　E-mail：love@doghouse.com.tw